文春文庫

東京新大橋雨中図

杉本章子

目次

東京新大橋雨中図

新橋ステンション夕景

一

清親がはっとしたときにはもう、左わきにいた保太郎は一歩踏み出して、鋭い声を放っていた。

「足のものを、お脱ぎください」

止める間など、なかった。清親はあっけにとられて、保太郎の痩せた後ろ姿を見つめていた。五月二十五日の朝五ツ半（午前九時）——示達《したつ》の刻限どおりにやってきた二十名あまりの官兵を迎える本所御蔵屋敷《ほんじよおくらやしき》の玄関先は、一瞬静まり返った。

「なんと吐《ぬ》かした」

草鞋《わらじ》がけのまま、ゆうゆうと式台に上がった御蔵受取役が、玄関先の石畳に控える清親たち七人の引渡し役を、じろりと振り向いた。三十なかばの小太りの男で、怒りに眉を逆立てている。

「足のものをお脱ぎください、と申しました。てまえども、本日のお引渡しに臨み、十全を期すべく、昨日来、夜を徹して屋下《おくか》のことごとくを清めております。なにとぞ、足のものを」

保太郎はうわずった声をあげた。

「堀、控えぬか。退《さが》れ、退れ」

受取役を式台に出迎えていた御蔵奉行が、顔色をうしなって叱責した。

「堀さん、堀さん」

清親も蒼ざめて、後ろから袖を引いたが、保太郎は受取役を見すえて動かない。

保太郎は本所御蔵屋敷の御勘定掛で、清親と同役である。役宅が隣り合って長じたので、保太郎の人となりは知り尽くしていた。きわめて温和な性格《たち》で、まかりまちがってもこのような振る舞いに出る男ではないのだ。明ければ三十という分別のある齢《とし》で、つい先ごろ、ふたりめの子を持ったばかりである。

――もしや……。

堀さんは官兵を目にしたとたん、消息を絶った圭次郎に思いを馳せて、つい、かっとなったのではあるまいか、と清親は思った。

圭次郎は、保太郎の七つ齢下の弟である。兄とちがい、利《き》かん気で血の気の多い圭次郎は、江戸城明渡し《おしろ》の日、両親や兄夫婦の制止もきかずに、薩賊討滅を叫ぶ彰義隊に走った。そして十日前の上野のいくさで討ち死にしたものやら、どこぞへ落ちのびたものやら、杳《よう》として消息が知れずにいるのだ。

清親と圭次郎は同年《あいどし》で、しじゅう連れ立って遊んだ仲である。同じ寺子屋で学び、十四の正月からは、これまたともに講武所へも通った。できることなら清親も、彰義隊に加わりたかった。しかし清親は、若輩ながらも小林家の当主である。家と、六十の坂を越した母をおいて、彰義隊に身を投ずるわけにはいかなかった。

「この木《こ》っ端《ぱ》役人。官軍に無礼は許さんぞ」

「賊徒め、なんをほざくか。叩っ切れ」

官兵のなかから、殺気にみちた声が飛んできた。官兵は、回《え》向院《こういん》とその付近の町家に分宿している福岡藩兵である。

「もういっぺん吐かしてみろ」

受取役が式台をおりて、保太郎に近づいてきた。

「なにとぞ、足のものを……」

そこまで口にしたとき、保太郎は横っ面《つら》に受取役の鉄拳をくらって、石畳の上に倒れた。

「ばかもん。もうこの御蔵屋敷は官のもんじゃ。脱ごうが脱ぐまいが、当方の勝手次第と心得ろ」

受取役は、起き上がれずにいる保太郎を見下ろして言い放った。

「江戸は合切《がっさい》、官のものになったんじゃ。官兵《わしら》の所業が気に食わんのなら、早《はよ》う退って、こんたび下し置かれた駿河へでも落ちて行け」

徳川宗家十六代を襲った家達《いえさと》の駿河府中への移封が、昨日下達《かたつ》されたのである。受取役はつばきを吐き棄てて踵《きびす》を返すと、またずかずかと式台に上がり、おろおろしている御蔵奉行をうながして、奥へ消えた。

「堀さん」

清親は保太郎に駆け寄った。受取役の振る舞いに、腸《はらわた》の煮えくり返るような忿《いか》りをおぼえている。

「大事ありませんか」

身の丈六尺二寸もある大男の清親は、保太郎の腋《わき》下に腕を入れると、軽々と抱き起こした。鉄拳でいためたらしく、保太郎は鼻血を出している。立ち上がった保太郎は、ふらつきながら懐紙を取り出して鼻血を拭いた。

本所御蔵は十二棟百五十戸前《とまえ》あって、常時十五万石前後が詰米《つめまい》されている。その出入りを記した蔵米出入簿、御蔵の鍵、金箱、それに什器備品台帳などを査収したあと、御蔵をまわり、一行が引き揚げて行ったのはかれこれ四ツ半（午前十一時）だった。

そのあと、保太郎は奉行に呼びつけられた。ほかの引渡し役連中は、勤め部屋の後片づけを年若の清親に押しつけて、早々に帰ってしまった。役宅も接収されるため、明日じゅうに深川の下総関宿藩《しもうさせきやど》下屋敷の長屋へ移るよう、数日前に奉行から達しが出ているのだ。みんな、これまで御蔵引渡しの準備に大わらわだったせいで、引っ越し支度はこれからだとこぼしながら帰って行ったが、それは清親にしても同じである。夏羽織を脱ぐと、清親はしょうことなく後片づけにかかった。

官兵が目もくれなかった雑多な帳簿のたぐいを、お引渡しの行われた広間から勤め部屋へ運んできて、もとの倹飩箱《けんどんばこ》に納め、懸硯《かけすずり》や算盤《そろばん》などを戸棚にしまい、同僚の持ち机を部屋の隅に積み上げたら、汗だくになってしまった。五月といっても先月に閏《うるう》があって、気候は六月なのだ。まだ梅雨も明けず、蒸し暑い日が続いている。清親はうんざりしながら部屋を掃きはじめた。だがそのうちに、もう二度とここへくることはないのだという感慨が胸にあふれ、手を止めてつくづくと部屋を眺め渡した。

清親は弘化四年（一八四七）八月一日、本所御蔵屋敷の小揚方総頭取、小林茂兵衛の子として生まれた。小揚方総頭取というと聞こえはいいが、なんのことはない、小揚人夫三百名の総監督にすぎないのである。食禄もわずか五両二人扶持《ぶち》、御蔵役人のなかでも端役《はやく》で、父親は毎晩、竹刀削りの内職をして暮らしを立てていた。内職は、父親がひとつ格上の御勘定掛になってからも続いた。

清親が十六のとき、父が死んだ。清親は九人兄弟の末子であったが、上が早世したり、酒色に身を持ち崩したりして家を出ていたため、家督を継いだのである。

亡き父親が坐り、自分も十六の齢から坐った勤め部屋の畳に、清親はごろりと横になった。父がそうであったように、役宅とこの部屋とを行き来して、お役目大事に勤め上げ、平穏な生涯を終わるはずだったのである。それが十九の齢、十四代様の長州再征の上洛に御勘定下役として従ってからというもの、狂ってしまったのだ。あしかけ四年も大坂に滞陣させられたあげく、にわかに鉄砲組として駆り出された鳥羽伏見のいくさで惨敗を喫し、命からがら江戸へ逃げ帰ってみると、御蔵屋敷はもうその役目を止めていた。そして今日の引渡しである。清親はしみの出た天井板をしばらく眺めていたが、やがて身を起こすと、隅々まで掃き清めて部屋を出た。

通用口までくると、奥から保太郎が姿を見せた。

「なんだ、まだ残っていたのか」

保太郎は清親に気づくと、声をかけた。

「はい。後片づけがありまして」

「さては、みんなに押しつけられたな」

ふたりは肩を並べて通用口を出た。

「いやもう、さんざんに絞られた。大事のまえの小事と思い、奉行のわしが目をつむっているのに、身分もわきまえず、至らぬ口を利くとは不埒千万。おまえの失態で、御蔵引渡しがぶち壊しにでもなったならなんとした。切腹ものだぞ、とな」

保太郎が首筋をなでながら苦笑した。

「しかし土足で押し通るとは言語道断ですよ。屋敷じゅうくまなく清めて、お引渡しに使う広間などは畳替えまでして待ち受けていたというのに……。しかもこれが薩長のやつらならばいざしらず、つい先ごろまでは外様ながらも、譜代衆同様に大公儀《おかみ》にかしずいてきた福岡藩の者ではありませんか。少しはこちらの心中を察してくれてよさそうなものを……」

清親は受取役の傲慢《ごうまん》な顔つきを思い出して、吐き捨てるように言った。

「それはそうだが、あの藩はあの藩でいろいろと面白くない事情があるらしい。これはお奉行の話なんだが、天下の形勢を見て大慌てで藩是《むき》を変えて、東征軍に従ったはいいが、薩長のやつらにてんから相手にされていないというんだ。そしてあのようなにわか官軍の手合いは、いつも弾よけがわりに陣頭に立たされているそうな」

「……」

「それでいて、戦功《てがら》はすべて軍監を務める薩長のものとなる。うっぷんもたまろう。今日の土足の一件も、そういったうっぷん晴らしだったのかもしれん。おれもな、官兵を迎えたとたん、やつらが圭次郎の仇敵《あだ》に思えてきて、うっぷん晴らしをせずにはおれなかった」

「……」

やはりそうだったのか、と清親は思った。

「さ、急いで戻ろう。今度は役宅の引渡し役をやらねばならんからな」

保太郎は気を変えるように戯《ざ》れを言うと、清親をせかして門のほうへ足を早めた。

門を出たところで、清親はひっそりとした御蔵を振り返った。春、夏、冬の切米支給の日——御蔵前は札差しや仲買人、それに馬持ちや大八などでごった返したものである。清親はそのころの埃くさい賑わしさをしのびながら、先を行く保太郎のあとを追った。

翌日、清親母子と堀一家は、大川越しに首尾の松の見える横網河岸《よこあみがし》の役宅から、南へ半里《はんみち》ほど下った高橋《たかばし》すじの霊巌寺《れいがんじ》西向かいにある関宿藩下屋敷の長屋へ、そろって引き移った。だが長屋は先方ですでに割り振られていて、これまでのように隣り合って住まうわけにはいかなかった。

九月八日、慶応が明治と改まった。それから十日あまり経った夕方のことである。保太郎が、裏門に近い清親母子の長屋へやってきた。清親が自室にあてている入口そばの小部屋へ通すと、保太郎は声を曇らせて言った。

「明日、圭次郎の弔《とむら》いをする。ついては、おぬし、線香を供えてやってはくれぬか」

「そんな、生死が明らかでもないのに」

清親は保太郎を見つめてなじった。

「いくさが止んでもう四月《よつき》だぞ。彰義隊狩りもおさまったというのに、いまもって消息がない」

「……………」

「おれもあきらめきれずに上野かいわいはおろか、市中の心あたりは一軒残らず尋ねてまわったが、皆目、行方が知れないのだ。もう、あきらめるしかなかろう」

「……」

「弔いをして踏ん切りをつけないことには、家の者の心が安まらんのだ」

「……わかりました。お参りします」

清親は迷ったすえにうなずいた。

「かたじけない。おぬしが線香をあげてくれたら、圭次郎も泉下で喜ぶことだろう。ところで、この長屋も十月きりで立ち退かねばならんが、おぬし、身の振りかたをどうするのだ」

保太郎は話を変えた。

譜代衆であり、下屋敷が本所御蔵に近いことから、役宅を接収された御蔵役人を暫時預かるよう徳川家に頼まれた関宿藩は、一日も早く預かり人を厄介払いしたがっていた。頼み主の徳川家を嗣《つ》いだ家達は、八月九日に江戸を発《た》って、すでに駿府に移っているのである。

それと前後して、旧幕臣たちの離散がはじまっていた。家達のあとを追って駿府へ下る者、新政府に抗《あらが》い奥羽北越の地をめざす者、暇乞《いとまご》いをして農工商などに帰する者、新たに官途につく者――道は、この四つしかない。

「はい。駿府に下ろうと思っています」

清親は声をひそめて言った。

七月十七日、江戸が東京《とうけい》と改められてこっち、ずっとそのことを考えていた。やがて新政府のやつらは江戸の町をも毀《こぼ》ってゆき、東京という新奇な名の似合う町に仕立て直すにちがいない。日に日に姿を変えていくであろう江戸の町で、暮らしていきたくはなかった。

「ただ、母が承知してくれるかどうか。あの齢ですから、言い出しかねています」

「そうか、駿府へな。それもよかろう」

保太郎は大きくうなずいた。

「母御のことは、まあ、なんだが……。独り身のおぬしは身軽でよい。おれなどは係累が多くて、いきおい大事をとらねばならん」

「堀さんはどうなさるのですか」

「うむ。団子屋をやることにした。暇乞いをして、なにか小商《こあきな》いでもと考えていたやさきに、ついそこの霊巌寺表門前町《れいがんじおもてもんぜんまち》で、団子屋の売りものがあったのを目にしてな」

「………」

「ほんの小店だが、値が手ごろだし、家内も団子屋ならばなんとかやれそうだというので、腹を決めて手付けを打った」

「団子屋、ですか」

御家人だった身が、団子屋のおやじとは……清親は公儀瓦解のなんたるかを、まざまざと見せつけられる思いがした。

「ああ。取るに足らん軽輩が、扶持に離れたのだ。恒産があるわけではなし、なんでもやるさ。一家を養わねばならんからな。みごと団子屋のおやじに納まってみせるさ」

保太郎はさっぱりとした口調で答えた。それから小半刻《こはんとき》（三十分）ばかり、保太郎は聞き知った同役たちの身の振りかたなどを話して戻って行った。

その夜、つましい夕食のあとで、清親は駿府移住の話を切り出してみた。母は、ときどきうなずきを入れて耳を傾けている。

「小林家の当主はおまえなのですから、おまえの意に従います」

清親が話を結ぶと、母はきっぱりと言った。

「わたしはこれでも、足腰は達者だから、道中おまえの足手まといにはなりませんよ。安心をおし」

兄たちの不身持ちなどで心を痛め続けた母は、五十を前にしたころから、なかば白髪をいただいていた。この母に、これからまたしても心労苦労を積ませるのかと思うと、清親は胸が痛んだ。

圭次郎の弔いをすますと、堀一家は長屋を引き払い、霊巌寺表門前町の団子屋に移って行った。

月が替わった十月朔日《ついたち》の昼どき、清親は三人の兄と嫁いでいるふたりの姉たち一家を長屋に招いて、ささやかな別離の宴を張った。五日に、駿府へ旅立つことにしたのである。その宴に、佐江だけが姿を見せなかった。佐江は、三番めの兄虎造の妻である。

「佐江はあいにくと躰をこわして、臥せっておりますので……」

遅れてきた虎造が、上がり口で母にそう言いわけをしているのを、清親は長兄の茂平に酌をしながら耳にはさんだ。虎造は村松町《むらまつちょう》の長屋に住んで、得意先まわりの貸本屋をしている。兄弟は日ごろの無沙汰を詫び合うと、夕方まで歓をつくした。

兄弟たちが別れを惜しみながら帰って行くと、母は後片づけにもかからず、がらんとした部屋のなかに坐っていた。その淋しそうな姿に、声をかけるのもはばかられて、清親は自分の部屋に入り、小葛籠《こつづら》を抱えてくると、黙って外へ出た。

外は、風が冷たかった。風にのって、米搗《こめつ》き場のあたりから目を刺すような白い煙が流れてきた。焚《た》き火をしているのだ。清親は焚き火のそばへ行き、落ち葉や古俵を焚いている中間《ちゅうげん》に、燃したいものがあるので代わってくれと頼んだ。中間はあっさりと承知し、後始末にはたっぷりと水をかけておくんなさいと言って、立ち去った。

清親は小葛籠をあけた。なかに、これまで描きためた画帳がぎっしりと詰まっている。清親は一冊一冊取り出しては、ぱらぱらとめくって火にくべた。画帳はふちから狐色になってめくれあがり、よじれ、みるみる燃えていった。

小葛籠がなかば空になったところへ、母がやってきた。

「どこに行ったのかと思ったら……。まあ、おまえ、大事にしまっている画帳を燃すなんて」

母は驚いて小葛籠のわきにかがみこんだ。

「駿府《むこう》では絵など描けないでしょう。もう絵筆を捨てるつもりで燃しているんです」

采邑《さいゆう》四百万石の将軍家が、いまではその六が一もない駿府七十万石の一領主に落ちたのだ。とても従前《これまで》どおりの食禄をいただけるとは思えない。おそらく食うに事を欠く仕儀となるだろう。このさい余技の絵筆は、きっぱりと捨てる——清親はそう決めていた。

「それにしても、せっかくの絵を……」

母は画帳を手に取って、惜しそうに言った。

「せっかくの絵なものですか。師に就いたこともない、我流の描き散らしにすぎません」

そうおっしゃるのは親ばかというものですよ、と清親は笑った。母も誘われたように笑い、

「師といえば、おまえ、覚えておいでかい。一ツ目橋近くの絵の先生。あそこへおまえを連れてって、大恥をかきましたっけ」

と懐かしそうに言った。

「おまえは、小さい時分から絵が好きでね。絵さえ描かしておけば、一日じゅうおとなしくて、手のかからない子でしたよ。かつかつの暮らしだったけれど、そんなおまえを見て、父上が絵の先生に就けてやろうと言い出されてね。わたしが、狩野派だとかいうあの先生のところへ連れてったのですよ。あれはたしか大地震の前の年だったから、おまえが八つのときでした」

「………」

「そしたらまあ、おまえは先生の描いてくだすったお手本を見るなり、こんな梅がある

もんかと、ぽいと抛《ほう》ったではありませんか。先生はかんかんになられるし、おまえは早く帰ろうとせつくし、とんだ大恥をかきました」

「そうでしたね」

清親も忘れてはいない。

赤い毛氈《もうせん》を敷いた部屋で、にこやかに迎えてくれた八徳《はっとく》姿の年寄りが、さらさらと描いてくれた画手本《えでほん》は、梅の木であった。幹はおおぎょうに節くれだって折れ曲がり、花びらはどれもが正面を向いていて、しかも車輪そっくりのかたちをしていた。それが狩野派独得の画法と知ったのは後のことで、そのときはこんなへんてこな梅を描く先生になんか就くものかと、いっぺんで嫌いになってしまったのである。

以来、どの門も叩かず、気に染めば人物だろうと風物だろうと、我流の筆を揮《ふる》い、画帳を増やしてきた。

「ねえ、一冊くらいは取り置いてもいいでしょう。これなどは向こうで、お江戸を偲《しの》ぶいいよすがになりますよ」

母のめくっているのは、景色ばかりをおさめた画帳である。

朝日のさす百本杭のあたり、雨の夕暮れの御蔵橋、澄み渡った碧《あお》い空に幾条《すじ》もの白煙を立ちのぼらせている中之郷《なかのごう》の瓦焼き場、小雪の舞いしきる柳島の萩寺……絵心をかきたてられた景色を写生して、岩絵具で色づけしたものであった。

「では、その一冊だけは取っておきましょう。さ、風も冷たいですから、それを持って長屋へ引き取ってください」

出立前に風邪でも引かれたら、事である。清親は母をうながして去らせると、急いで残りの画帳の始末にかかった。

出立を明日に控えた暮れ方のことである。別れを告げに行った霊巌寺表門前町の堀家で、母御に、と持たせてくれた団子の折りを下げて、清親が家に戻ると、

「おや、かけちがいでしたねえ。いましがた虎造が帰って行ったところですよ」

と母が台所から顔を出した。

「虎造ったら、もう一度母上の顔を見たくなったから来ました、なんてね。いい齢をして、子供みたいでしょう」

母は嬉しそうであった。だが虎造は、そんな殊勝な気持ちから訪ねてきたのではなかったのである。

旅の初日に泊まった保土ヶ谷宿の旅籠《はたご》で、手行李《てごうり》から財布を取り出した母は、はじめてそれに気づき、身も世もなく嘆き悲しんだ。

「虎造が、なんと情けない。茶を淹《い》れに立ったすきを見すまして、親が爪に火をともすようにしてためた命金《いのちがね》をかすめ盗るとは……」

財布から七両の金子が消えて、かわりに脇差《わきざし》の鍔《つば》と「虎、拝借」と書いた紙切れが出てきたのである。行灯の照らすその紙切れを、清親は暗然とした思いで見つめていた。

二

母の足取りを気遣いながら陸路を八日かかって、駿府に着いた。

穏やかなよい日和で、空《から》っ風の吹きすさぶ江戸からきた身には、まるで花見時分の陽気に思えた。

昼どきというのに、町はいたるところ普請《ふしん》の槌音が響き渡り、通りには土地の者にまじって、旅装の者が数知れず行き来していた。母は、大きな革袋と胴乱を背負った清親に、すがるようにして歩いている。草鞋ぐいで、足を痛めているのだ。清親は大手門に近い呉服町《ごふくちょう》通りの茶店に母を待たせて、城内三の丸の藩庁に出向いた。

藩庁は江戸からの移住者でごった返しており、五、六人ほどの係りの役人がその応接に追われて、てんてこまいしていた。一刻（二時間）あまりも待たされて、やっと清親の番がきた。

「ええと、小林清親殿ですな。先役《もと》は本所御蔵屋敷御勘定掛……。して、ご同行の家人《かじん》は母御おひとりか」

三十そこその役人は、清親の差し出した書付に目を走らせたあと、しばらく手もとの帳面を繰っていたが、

「目下、市中はいずこもいっぱいで、たといおふたりであっても寄宿はかないませんな」

と言った。それからまたべつの帳面を繰りはじめ、やがて顔を上げると、

「いずれ町会所《まちがいしょ》にあたって、市中に受け入れ先をお探し申そう。それまでは、ここから東へ三里ほど行った三保《みほ》村の御穂神社にご逗留くだされ。まあ居心地はよろしくなかろうが、景勝の地に免じて、しばらくご辛抱を……」

意味ありげな目つきで笑いかけた。清親はわけがわからず、ただ、かしこまりました、とだけ答えた。

「で、お役目だが、新番組に入っていただく。久能山の守護と、宝台院におわす前上様《ぜんうえさま》の護衛が任《にん》でござる。久能山の内番所を本営としているので、明日にでも行かれるがよい。それからこれは師走に入ってからの宛行《あてがい》になるのだが、くだしおかれるのは一人扶持、よろしいな」

役人は早い筆づかいで、久能山の本営と御穂神社の神主あてに二通の書類を書き上げ、清親に渡した。

――一人扶持か……。

一日に玄米五合、年にして一石八斗では、母子ふたり暮らせるはずがない。なにか収《み》入《いり》の手だてを講じなければと思いながら、清親は藩庁を出た。

清親が母を伴って御穂神社の鳥居をくぐったのは、日暮れ前であった。

広大な境内のおおかたを埋めつくした松や楠が、浜風に鳴っている。小さな本殿の手前右手に、社務所があった。清親はそこへ行って、四十がらみの篤実そうな禰宜《ねぎ》に、神主あての書類を渡した。禰宜は奥へ消え、しばらくして現われると、清親母子を裏手へ案内した。

裏手へまわってわかったことだが、社務所は母屋《おもや》と棟続きになっていた。広壮な母屋に、清親は目を瞠《みは》った。

「ここをお使いなさるようにと、殿さまが申されまして」

禰宜は、母屋わきに建つ古びた小さな平屋の戸をあけた。

「かたじけない」

と言いながら、神主が殿さまかと、清親は内心奇異に感じた。禰宜が立ち去ると、母は旅装もとかず、欲も得もないといった様子で古畳に横たわった。

翌朝、清親は久能山の本営に出かけた。切り立ったような山肌につけられた石段は、つづら折りになって、はるか山頂の東照宮まで続いている。千段は優に超えていそうな石段の途中で、清親は幾度となく眼下を見おろした。群青色《ぐんじょういろ》の駿河の海をへだてて、遠くにけぶる伊豆の連山が、まさしく一幅の画として目に入ってくる。絵筆を捨てたのが悔やまれるほどの絶景であった。

眼下の眺望と優り劣りのない、みごとな色彩の楼門をくぐった清親は、すぐさま内番所へ行き、玄関先に居合わせた隊士らしい男に、組頭《くみがしら》への取り次ぎを請うた。

「あいにくと不在でしてな」

清親よりいくらか年かさに見えるその男は、組頭は半刻ばかり前に組頭並《くみがしらなみ》を連れて、藩庁へ出向いたと教えてくれた。

「夕刻でないとお帰りがない。ま、上がって待たれてはどうか」

男はそう勧めてくれた。しかし清親はいったん御穂神社へ立ち戻って、家のなかの片づけでもしようと思い、

「いや、それならばまたその時分に出直すとします。それがし、ここからさして遠くない御穂神社に仮住まいしていますので……」

と言った。すると男は、なにっ、御穂神社だと、と目をむいた。

「おぬし、とんでもないところに宿を借りておられるな」

御穂神社の神主は、太田健太郎といい、駿州赤心隊《すんしゅうせきしんたい》の主唱者のひとりなのだ、と男は口早に言った。清親には、男の話がさっぱりわからない。

「駿州、赤心隊？」

「さよう。この三月に東征軍《きんぎれ》がやってくると、このあたりの神主どもは徳川家《とくせんけ》累代の恩も忘れて、やつらに取り入り、ほうぼうで勤皇隊なるものをつくりましてな」

太田も近くの草薙《くさなぎ》神社の神主と語らって、駿州赤心隊なるものをつくったという。そしてほかの勤皇隊とともに東征軍に従って東上し、江戸の地で警護にあたるばかりか、上野のいくさでも働いたそうである。

「そうでしたか……」

清親はいまになって、藩庁の役人の目つきが読めた。よりによって、胸くそ悪いところへ割り当てられたものである。

「驚くのはまだ早い。太田め、江戸から帰ってくると余勢を駆って、旧幕の者にことごとに楯突きましてな。先月には、天もゆるさぬ所業に出たのでござる。ま、そこへ」

男は清親を玄関口にかけさせると、自分も並んで腰をおろし、咸臨丸《かんりんまる》の一件を話しはじめた。

この四月来、新政府への軍艦上納を拒んできた旧幕府海軍副総裁榎本武揚は、八月十九日の夜陰、品川沖をひそかに出航して、反薩長の旗を掲げる奥羽越列藩同盟の本拠地仙台を目指した。ところが三日め、銚子沖で暴風雨に見舞われ、一隻が沈没、四隻が損傷をこうむった。このうち咸臨丸と蟠竜《ばんりよう》の二隻は、風に流されたすえ、やっとのこと徳川領の清水港にたどりついたのである。

しかし乗船の者はいずれも、朝命に背いた脱走者と見なされているため、入港が新政府の知るところとなれば、藩もただではすまなくなる。とはいえ、その挙は一途《いちず》な忠誠の現われだから、藩では隠密裡に、夜を日に継いでの修理を行い、出港させることにした。

「蟠竜は先に直って出て行ったのだが、咸臨丸は傷《いた》みがひどくて、修理に手間取っておったのでござる。その咸臨丸を、九月十八日の朝、官軍が三隻の軍艦で襲ってきましてな」

男は声を昂《たかぶ》らせた。

戦う力のない咸臨丸は、やむなく白旗を掲げた。ところが官軍はそれを無視して、盛んに艦砲を放ったのである。このとき副長以下大勢が斃《たお》れたが、海に飛びこんで三保の岬《みさき》に泳ぎついた者も少なくなかった。

「さあ、ここから太田が登場する。やつは村の連中に下知をして、咸臨丸から逃れてきた者を追いまわし、無惨にも竹槍で殺させたりもしたのでござる。われわれ新番組の者で、太田を恨まぬ者はひとりもおり申さん」

「ふうむ、ふうむ」

清親は驚きと怒りに気持ちが乱れ、ただ唸るばかりであった。

「太田め。誰の恩恵《おかげ》で、代々、結構ずくめの暮らしができたと思っているのだ」

犬畜生めが……と、男は目の前に当の太田がいるかのようにいきりたった。

太田家は代々、幕府から朱印地百六石、除地《のけち》二百七十石を許されていた。そのうえ、三保の海上一里四方にわたる漁業《すなどり》の権益まで与えられていたので、漁師たちから水揚げの七が一を運上として取り立てていたという。清親は男の話で、広壮な母屋と、太田を殿さまと呼んだ禰宜の言葉を思い出した。

――おれはいったい、どうすればいいのだ。

清親は頭をかかえた。

その日の夕刻に対面した組頭の中条金之助も、清親の寄宿先を訊くと眉をしわめた。そしてすぐさま、組の者を久能山麓の村々に走らせ、仮住まいできるところはないかと当たらせてくれたのだが、空きは一軒もないとのことであった。当分は、太田のところにいるしかなかった。非番のときは近くの百姓の手伝いをして浜の芋畑を耕し、雀の涙ほどの金をもらう日が続いた。

師走に入って、十三日めのことである。藩庁から、「駿府茶町《ちゃまち》一丁目、池田屋甚左衛門方に移られたし」と通知があった。これでやっと、太田の屋敷を出られる。ほっとした清親は、

「ようやく落ち着いているのに……」

と愚痴をこぼす母をせきたてて、翌日には御穂神社をあとにした。ふた月いたのだが、太田の顔はとうとう見ずじまいだった。

茶町一丁目は呉服町通りの西にあって、町の名のとおり、茶問屋と葉茶屋の多いところであった。この町のなかで池田屋は、笊《ざる》や竹籠などの細工物を商うかたわら、酒の小売りもしていた。清親母子は、もとは空き樽をしまっていたという裏手の納屋に住むことになった。

池田屋に移って六日が経った昼すぎのこと、非番の清親は納屋の前でせっせと真竹を割っていた。あるじの甚左衛門が世話をしてくれた、竹ひご作りの内職をしているのである。そこへ、買い物に出たはずの母が、手ぶらであたふたと戻ってきた。

「おまえ、大変なことが……」

母は竹の束《たば》をまたぎまたぎして、清親のそばへやってきた。

「ゆうべ、御穂神社に押し込みが入って、神主さんが殺されなすったそうですよ」

「太田が？」

「ああ。そこの辻の、ほら、店先に大きな茶壺の看板のある葉茶屋さんの前で、四、五人のひとが声高に喋っていたんですよ。わたしは肝《きも》をつぶしてねえ」

母はうわずった口調で、聞いてきたばかりの出来事を話しはじめた。

十二月十八日の夜分、御穂神社の社務所を訪ねる女の声がした。住みこみの禰宜が戸をあけたとたん、覆面の侍が七、八人なだれこんできて、禰宜を血祭りに上げた。それから母屋へ突っ走り、奥の間に寝ていた太田を斬り殺したのだという。

――新番組のだれかの仕業だな。

清親は直感した。自分が御穂神社を出るのを待っていたように、太田を襲ったところといい、十八日という咸臨丸の一件が持ち上がった日を択《えら》んで、決行したところといい、まさしく新番組の仕業に相違ない。弔いにやったのだ、と清親は思った。

翌日、清親は久能山の本営に詰めたのであるが、思うところは皆同じらしく、あの男ならやりそうだ、いやあの仁こそやりかねん、と組内の者の名を挙げて、終日その話ばかりだった。三日して非番となった清親は、四ツ半（午前十一時）ごろ久能山の石段を降りた。

城下に入り、呉服町通りまでくると、往来の両わきにびっしりと露店が出ていて、雑踏をきわめていた。あきんどたちは声を張り上げ、三方《さんぽう》に門松、注連飾《しめかざ》りなどから、年越しに要るもろもろの道具を売っている。清親は人ごみのなかを進みながら、師走の十五日には欠かさず出かけていた、深川八幡の年の市を懐かしんでいた。

人ごみをぬけて茶町へ帰ってきた清親は、納屋の前に大小をたばさんだ怪しげな男がいるのを見た。男は戸に手をかけて、納屋のなかをうかがおうとしている。母は池田屋の仕事場で笊編みの内職をしているので、納屋は無人だ。さては物盗りか、と清親は足を早めた。お泊まりさん――と呼んで、土地の者が厄介者扱いをしている江戸からの移住者のなかには、その日にも困って盗みを働く者がいると聞く。

清親の足音を耳にしたのだろう。男が、ひょいと振り向いた。その顔を見て、清親は棒立ちになった。男は、堀圭次郎であった。

「圭次郎、生きておったのか」

清親は喉《のど》がつかえたような声を出した。

「おお、このとおり生きているとも。官賊どもに殺《や》られてたまるか」

圭次郎は大股で近寄ってくると、清親を見上げて笑った。上背のある圭次郎も、大男の清親の前では見劣りがする。

「それならば、どうして……。おまえの消息が絶えたものだから、家の皆さんはてっきり死んだものと思われて、泣く泣く弔いをされたのだぞ。このばか者め」

圭次郎の戒名を記した真新しい位牌《いはい》に手を合わせたときの、あのなんともいえなかった気持ちがよみがえってきて、清親は怒鳴った。

「うん、兄上からも手ひどく叱られた」

圭次郎は苦笑して、実はな、と釈明しようとした。

「ま、なかへ入れ。話はそれからだ」

清親は慌ててさえぎり、先に立って納屋のなかに入った。

「上野《おやま》で、おれは谷中門口《やなかもんぐち》を固めていてな。緒戦《はじめ》は、団子坂のほうから攻めてくる官賊どもを、てんで寄せつけなかったものだ」

草鞋を脱いで落ち着いた圭次郎は、すぐさま話しはじめた。

「なにしろ団子坂の両側ときたら、ひどい高低《たかひく》があって、とても歩けたもんじゃないから、官賊どもは坂の両側に散兵ができず、雨で泥沼のようになった狭い坂を縦隊で攻め上がってくるしかなかった。こっちは高みに陣取っているので、存分に狙い撃ちができる」

「………」

「古手《ふるて》の銃ではあったが、おもしろいほど中《あた》ったよ。まるで人形を倒すようだった。これには敵も参ったと見えて、とうとう先頭から崩れて敗走さ。そこをすかさず、白刃を連ねて追い撃つというありさまでな。これはもう勝てると信じて疑わなかった。ところがだ」

「なんと、城の大手ともいうべき黒門口が破られたのだろう。昼すぎになって本郷の加賀藩邸から撃ちこまれた、例のあるむすとろんぐ砲とかいうやつのおかげでな」

と、清親が話を引き取った。

肥前藩自慢の二門の大砲《おおづつ》は、恐るべき威力を見せたのである。善美を極めた堂塔伽藍《がらん》も、不忍池を軽々と飛び越えてくる砲弾で、たちまちのうちに砕かれてしまい、砲声がとどろくたびに山内のあちこちに煙が立ち、火焰が上がった。隊士たちは浮き足立ち、それに乗じた薩摩兵が、黒門口に雪崩《なだれ》を打って攻めこんだ。——というようなことを、そのおり出まわったかわら版や噂話で、清親も知っている。

「あるむすとろんぐ砲の話を聞いて、堀さんもおれも、どれほど無念だったか」

「いや、それはたしかにあの大砲の威力は凄かったさ。おれも山内の子院《てら》の吹っ飛ぶのを見て、度肝を抜かれた。だがな、あの大砲のせいで彰義隊《おれたち》が総崩れになったわけではない。官賊め、卑劣極まる手を使ったのだ」

圭次郎は色をなして言った。

「官賊はな、会津からの援軍を騙《かた》って、まんまと新門口《しんもんぐち》から山内に兵を送りこんだのだぞ」

會、とひと文字染め出した会津藩の旗一旒《いちりゆう》を先頭に、陸続と新門口から入ってきた一団を見て、隊士たちは小躍《こおど》りした。ところが、である。この一団は黒門口めがけて突っ走ると、摺鉢山《すりばちやま》の手前でこの旗をおろし、一の字に三つ星の旗を掲げた。彼らは長州勢だったのである。長州勢はそこから、黒門口を死守する隊士の背中めがけて、銃を撃ちまくった。黒門口はこうして内から破られたのだ、と圭次郎はこぶしをふるわせて語った。

「おれは仲間と、黒門口の助勢に駆けつけたところだったから、旗のすりかわったのをこの目でしかと見ている」

「なんと卑劣な……」

清親は絶句した。

「あとは、もう……」

圭次郎は首を振った。

味方の陣地から不意に銃撃を浴びて、わけがわからず混乱に陥った隊士たちに、このときとばかり、三橋からどっと敵が攻めかかってきた。白兵戦のなか、多勢に無勢で、味方は後退四散するばかりだった。圭次郎は無我夢中で白刃を振るい、追ってくる敵をどうにか斬り抜けて、いつしかまた谷中門口近くまで退《さが》っていた。ほっとして一息入れようとしたところへ、どこからか流れ弾が飛んできて、太腿《ふともも》をえぐった。

もうこれまでと思い、やられた足を引きずって、遠く近く炸裂《さくれつ》する砲弾の音を聞きながら、どうにか根岸へ落ちたが、圭次郎は雑木林そばの小家《こいえ》の前でとうとう動けなくなってしまった。そこへ家のなかから足もとのおぼつかない老人が出てきて、こころよく匿《かくま》ってくれた。老人は独り者で、人形師ということであった。

圭次郎はこの老人の手厚い介護を受けながら、彰義隊狩りのほとぼりの冷めるのを待った。だが、ほとぼりは冷めても、太腿の傷はいっこうに癒《い》えなかった。手療治のうえに夏場にさしかかり、傷口が膿《う》んでしまったのである。高熱にうなされる日が幾日も続いて、ようやく歩けるまでになったのは、もう十月も終わりに近かった。そのあいだ、幾度も家に消息を伝えようと思ったのだが、老人の足つきでは使いも頼めず、心ならずも打ち捨てていたのである。

「すぐに役宅に戻ってみたが、どこも空き家になっていてな。そこで松倉町《まつくらちょう》の親戚へまわって、家の者の立ち退き先を訊ねたのだ」

「そうだったのか……。一家あげて、さぞ喜ばれたであろう」

清親には、生還した圭次郎を囲んで喜ぶ堀一家のさまが、手に取るようにうかがえた。

「うむ。だがな、年寄った両親をかかえて、不慣れな商売に四苦八苦している兄夫婦の小店に、大の男がべんべんと居候をするわけにはいかん。それにだ、いまや官賊どもがのさばりくさる江戸の町で、生きていくのは嫌でな。そこで駿府へやってきたというわけだ。第一、ここにはおまえがいる。旧幕の面々がござる。十六代様がおわす。駿府こそ、江戸だと思ってな」

圭次郎は言った。今日駿府に着いたその足で藩庁へ出向き、清親の寄宿先を聞いたのだそうである。

「部屋住みのおれが、駿府へきたところで役にありつくことなどできんが、それでもきたかったのだ。しばらくここに置いてはくれぬか」

「水くさいことを言うな。おまえならば、母も喜んで迎えるぞ。まかせておけ。ここのあるじには、おまえをおれの従兄弟《いとこ》だということにして、話を通す。狭いところだが、なに三人くらいは楽に起き臥しできる」

清親は納屋のなかを見まわして言った。圭次郎にも竹ひご作りの内職をやらせたら、なんとか食べていくことぐらいはできよう。

「だが言っておくが、おまえ、彰義隊にいたことは口外するんじゃないぞ。藩では、新政府をはばかることしきりでな。わかれば、おそらく城下においてもらえまい」

清親は言い置くと、さっそく池田屋へ話をしに行った。

三

明治二年（一八六九）の秋になった。

藩庁は遅まきながら、困窮の底にあった移住者の救済にのり出し、帰農する者は三方《みかた》原《はら》や牧之原《まきのはら》といった開墾地へ、漁業につく者は海沿いの村や浜名湖畔へと分散させ、仕事を与えて暮らしの立ちゆくように計らった。

新番組のほとんどの者が牧之原への入植を望んだが、清親は年老いた母に荒蕪地《あれち》での暮らしは無理と見て、どこか漁村に移り住むことを申し出た。すると、浜名湖畔の鷲津《わしづ》という村に割り当てられた。

圭次郎はというと、この春ようやく藩庁から沼津の在に移住を認められていた旧彰義隊の連中が、牧之原へ入植すると聞いて行をともにすることにしたのである。ふたりは別れ別れになった。

鷲津へ移った当座、清親は朝に夕に色あいを変える浜名湖を、飽きもせずに眺めたものである。ことに、さざ波が夕日に映えて、まるで金梨子地《きんなしじ》のような輝きをみせる暮れがたの湖が好きだった。だがそれも見慣れてしまえば、どうということもなくなる。半月もしないうちに、清親は湖に飽きてしまった。

暮らしのほうも、漁師にまじって働き、魚獲りの要領さえのみこんでしまえば、どうにかやっていけたが、さてそうなると変化に乏しい浦里住まいがむしょうに退屈なものになったのである。母は江戸を恋しがり、持ってきた清親の画帳を毎日のように開いては、ため息ばかりついていた。

気のめいるような退屈な暮らしが一年ばかり続いたある日、ひょっこりと圭次郎がやってきた。やつれの見える圭次郎の顔は、漁師顔負けに日焼けしていた。清親も母も珍客を喜び、精いっぱいの馳走を並べた。

「いや、甘かったよ。荒蕪地を切り開いて耕すというのは、並たいていの苦労ではない。情けない話だが、百姓にできる辛抱が、おれたちにはできんのだ……」

清親の釣ってきた黒鯛の刺身に舌鼓を打ちながら、圭次郎は牧之原の生い茂った茅《かや》や小松の根っ子を掘り起こす苦労話や、水不足に泣かされた話などをした。飲み水は遠くの沢から担《かつ》いでこなければならず、風呂や洗い物に使う水は、天水に頼るありさまだったという。

「夏は、それこそ地獄だ。一日じゅう日に灼《や》かれて鍬鎌《くわかま》を振るったあと、浴びる水もないのだからな」

ひと夏で、脱落する者が続出した。圭次郎も開墾に見切りをつけ、仲間と語り合って、撃剣興行を思い立ったのだという。

「ひらたく言えば、剣術の見世物だ。これならば昔とったきねづかで、開墾よりはずっといい。まあ、ためらいもあるが背に腹は替えられん」

そこでおまえを誘いにきたというわけだ、と圭次郎は言った。

「いや、おれは駄目さ。おまえとちがって、からきし腕がない」

清親は笑った。

講武所に五年も通ったのだが、さっぱり腕は上がらなかった。圭次郎のほうは、清親が大坂に滞陣しているあいだ、下谷御徒町《おかちまち》の伊庭道場へ通って、腕を磨いているのだ。

「腕などいらん。その大兵《だいひょう》を見こんでのことなのだ。おまえが木戸口に立っていてくれれば、厄介な飛び入りも防げようし、客寄せにもなる」

圭次郎は箸を置いて、口説いた。

「しかし……母を残してはな」

台所で燗《かん》をつけている母のほうをちらりと見て、清親は小声で言った。知るべのない土地に、母をひとり置き去りにするわけにはいかない。いまでさえ江戸を恋しがり、清親の画帳を開かない日はないのである。浅草御蔵方の小揚頭の娘として育ち、本所御蔵の小揚総頭取に嫁いでからもずっと、御蔵かいわいの賑わしさのなかに身を置いてきた母には、この浦里住まいがしんからこたえているようだ。

「うむ。そりゃ母御には申しわけないさ。だが、おれたちはなにも百姓や漁師になるつもりで駿府へ下ってきたわけではなかろう。それがどうだ、藩のお荷物となって、このていたらく。ここは一番、奮起せずばなるまい」

「……」

「おまえ、このまま漁師で果てるつもりか」

「ばかな。気のめいるような退屈さに参っているのだ。しかしここを出ようにも、先立つものがな」

「そうだろうが。そこでだな、その先立つものを手にするために、いっとき母御に辛抱を願うのだ」

「……わかった。仲間に加えてもらおう」

清親は承知した。見世物になるのはぞっとしないが、いまの暮らしを思えば耐えられそうである。ここはひとつ母にも辛抱を願うとしよう。分けまえは仕送りをして、将来《さき》の暮らしの元手に充てるのだ。

「おう、応じてくれるか。いや、よかった。必ずおまえを引っ張ってくると、仲間に請け合ってきたのだ」

圭次郎は喜色を見せて、仲間は清親を入れて総勢二十名、撃剣会の蓋あけは三河の岡崎、初日は四日後、と話した。

清親はその夜、圭次郎が寝入ったあと、なかなか肯《がえ》んじない母をどうにか説き伏せた。そして翌朝、庄屋のもとを訪ねて留守中のことを頼みこみ、圭次郎と岡崎へ発った。

撃剣会は、六地蔵町《ろくじぞうちょう》というところで興行されることになった。岡崎城の外堀の東にあって、矢場や芝居小屋、それに食べ物店などの立ち並んだ賑やかな町である。幔幕《まんまく》を張りまわしたなかに桟敷が組まれたのは、五日ほど前まで操り芝居が小屋掛けしていたという空き地だった。

四ツ（午前十時）の開演にはまだ半刻あまりもあるというのに、木戸の前には見物客で芋を洗うようだと、勧進元がほくほく顔で清親たちの溜《たま》りにやってきた。

「だもんで、まだちっと早えけんどのん、ぼちぼちなかへ入れようと思うとるんだわ。ええっと、木戸にお立ちくださるんは、どなたでござんしょ」

元締めと呼ばれている、五十がらみのでっぷりとした勧進元は、溜りを見まわした。

「わたしだ」

四枚垂れの上に黒胴をつけた清親は、木刀を手にして進み出た。仲間うちで話し合ったすえ、行司検分役《けんぶんやく》や勧進元との交渉役は皆が交替で務めるが、清親だけは呼びこみを兼ねた看板役一本でいくことになったのである。

「ああ、ほいじゃ悪《わり》いだが、なんしょ、おたのもうします」

勧進元は清親を仰ぐようにして言った。

「しっかりと客を呼びこんでくれよ」

そばで籠手《こて》をつけていた圭次郎が、からかうように言った。清親は圭次郎を睨みつけると、勧進元と連れ立って溜りを出て行った。

清親が木戸に立つと、押し寄せていた見物客はどよめいた。

「はあ、えれえ大男だの」

「丈《たけ》なら、角力取りもかなわねえだらあ」

「ほうだ、ほうだ。それに、なんだのん。いかついお顔のひとだがな」

清親は晒《さら》し者にされたようで、すっかり逆上《あが》ってしまい、試合の順序や対戦者の流儀の披露《ひろう》など、口上をきれいに忘れて立ち往生してしまった。それを見て、木戸口で銭箱を守っている勧進元の手下が、機転を利かせて呼びこみをはじめた。

「さあ、入ったり入ったり。木戸銭は一朱だでえ。一刻《いっとき》でも一日でも一朱ぽっきり。たった一朱で、花のお江戸のヤットウが見られるだあよ。腕を競うは名立たる剣士だ。入らにゃ損だで」

二、三日すると、清親もどうやら慣れてきて、大声で口上が言えるようになった。岡崎での十日間の興行は、連日大入り満員の盛況を極め、あちこちから引き合いがきて、つぎの興行先も豊橋の札木町《ふだぎちょう》とすぐに決まった。

はじめのうちはどこで打っても大入りで、おもしろいように収益《えき》を上げたが、そのうちほうぼうで別の撃剣興行団と鉢合わせをすることが多くなった。撃剣会が大はやりして各地に興行団が生まれ、それらがあちこちをまわりはじめたのである。そうなると、まるで博徒の縄張り争いで、客の奪い合いに躍起となり、商売がたきと喧嘩になる始末だ。伊勢の亀山で興行を打っていたときなどは、商売がたきに寝こみを襲われて、仲間に大勢の手負いが出た。

三河、尾張、伊勢、美濃のあたりを転々と巡業してまわる日が、三年ばかり続いたろうか。だんだんと客足がにぶり、勧進元にも足もとを見られて、買い叩かれるようになった。いきおい、母への仕送りも滞りがちになる。これではなんのために、母に心細いひとり暮らしを強いているのかわからないありさまになってしまった。

明治七年の三月はじめ、美濃大垣の舟町《ふなまち》で打った興行は、あいにく初日から連日小雪の舞う悪天候に客が寄りつかず、青空天井の桟敷はがら空きであった。四日めの打ち出しのあと、安旅籠に引き上げて、まずい夕飯をとっている清親たちのところへ、勧進元がやってきた。目に険のある、三十そこそこの、肌の浅黒い勧進元は、苦い顔をしている。

「まあ、困ったこっちゃのぉ。これじゃ元取るどころか、だえぶ損をかぶるでな。もうここらで、打ち切ろう思うが」

興行はまだ六日を残しているというのに、勧進元は打ち切り話を口にした。

「なにを言うのだ。それでは約束とちがうではないか。いきなりそう告げられても、われわれは困る」

交渉役は仲間の手前もあってだろう、膳を払って勧進元に詰め寄った。しかし勧進元

は引かず、

「ほんでも、まあ、こう客が入らんでは約束も反古《ほご》にしてもらわんとならんがな」

とつれなく言い、明日の客の入り次第では打ち切らせてもらうと宣して、帰って行った。仲間はだれもが食べる気をなくして、膳を遠ざけた。

「ちょっと、外へ出ないか」

清親は、腕組みして天井を睨んでいる傍らの圭次郎に声をかけて、立ち上がった。

旅籠を出たふたりは、みかん色の灯をともした住吉灯明台に誘われるように、寒空のなかを舟着き場へ向かった。

桑名通いの舟も出る舟着き場では、六ツ半（午後七時）もすぎたというのに、川端のかがり火を頼りにして、二、三人の人夫が黙々と俵を舟積みしている。それを見ながら清親は、撃剣会を脱けようと思うが、と口を開いた。

「母に満足な仕送りもできんのに、このままずるずると続けてもしかたあるまい」

「うむ……。それがよいかもしれんな」

少し沈黙したあとで、圭次郎は言った。

「で、いつ鷲津へ戻るのだ？」

「いや、鷲津には戻るがな。それは母を迎えに行くためで、おれは東京へ戻るつもりだ」

清親は東京という言葉に力を入れた。

「東京だと？　おまえ、本気なのか」

圭次郎は清親の顔をのぞきこんだ。

「本気さ。尻尾《しっぽ》を巻いて離れた土地だが、なんと言っても故郷《ふるさと》だ。戻るとすれば、東京しかあるまい……。三年あまりも木戸口で呼びこみをやっていると、ずうずうしくなってな。よし、東京という新奇な町でもかまわん、ひとつ生きてやろうじゃないかという気になったのだ」

清親は、前々から考えていたことを話した。舟積みを終えた舟が舫《もや》いを解いて、ゆっくりと岸を離れて行く。舳先《へさき》のカンテラが、揺れながらやがて闇にのまれていった。

「ふうむ。東京に戻るか……」

圭次郎は腕組みをして言った。

「そうだな。撃剣興行の先も見えたし……。気に染まんが、おれもひとつ官賊どものさばりくさる東京で、生きていくとするか」

話が合ったふたりは旅籠へ引き返すと、撃剣会を抜けさせてくれと仲間に申し出た。やぶから棒の話にだれもが驚き、口ぐちに引き留めたが、興行が危ぶまれるなかでの慰留は力がなく、しぶしぶと承知してくれた。

翌朝、清親と圭次郎は早めに旅籠を発って、桑名下りの舟に乗った。きのうまでとは打ってかわった上天気で、川風も肌を刺すほどではなく、春の日ざしを浴びた川面《かわも》は、光をはじいてきらめいている。

――今日は、入りがよければいいが。

清親は仲間のために願った。

桑名に着いたふたりは、舟を乗り継いで宮へ渡り、その日は岡崎に宿をとった。矢作《やはぎ》橋近くの旅籠に入った清親と圭次郎は、初めてこの土地で撃剣興行を打ったときのことを懐かしく語り合った。そろそろ眠るかということになったのは、もう四ツ半（午後十一時）すぎであった。

「明日はいよいよ鷲津だな。母御の旅支度さえできれば、あさってにも東京へ発てるわけだ。おかしなもので、戻ると決めたら帰心矢のごとくでな、一刻も早く東京へ戻りたくなった」

行灯を消したあと、圭次郎はこう言って笑った。清親にしても思いは同じである。

ところが次の日、早立ちをして七つの宿場を突っ切りにぬけ、夕闇に沈んだ鷲津村へ戻ってみると、母は病の床についていた。正月ごろから躰の具合が思わしくなかったところへ、二月の末に風邪を引きこみ、それからこっち起き上がれずにいるのだそうである。

枕もとには、底に粥《かゆ》の残った茶碗と、梅干しの種の転がった手塩皿があった。おそらく隣人の心遣いのものであろう。知るべのない土地で、ひとり病の床に臥した母が、不安にさいなまれながら、気兼ねしいしい他人の世話を受けているさまを思い描いて、清親は胸がしめつけられた。長いあいだ、母をほったらかしにしていたことが、いまさらのように悔やまれる。

「おまえ、一足先に東京へ戻ってくれ。おれは母の本復を待って、あとを追う」

清親は、気遣わしげに病人をのぞいている圭次郎に言った。

「それじゃ、おれは明朝発つことにする。母御はお高齢《とし》だからな。ゆっくりご養生なさってからでないと、旅は無理だろう。おれはひとまず、兄のところへ転がりこむ。おまえ、東京へ戻ったら、すぐにも報せてくれ」

　圭次郎は目を清親に移して言った。

　翌朝、圭次郎は清親を励まして鷲津を発って行った。

　清親が母を伴って東京へ向かったのは、それからふた月後のことであった。滋養のあるものを摂り、養生専一につとめても、体力が回復《もど》るまでにそれだけの日数が要ったのだ。

　初夏の風が吹き渡る街道を、母は達者な足取りで歩いて、清親をはらはらさせた。鷲津を発って五つめの袋井宿をぬけたところで、母は草鞋ぐいを起こした。六年前、駿府へ下ってきたおりの草鞋ぐいには音《ね》をあげた母が、このたびは足を引きずりながらも弱音を吐かず、気遣う清親を逆にせき立てて、道を急いだ。母の江戸恋しさがのぞけて、清親は胸が痛くなった。

　だがその母も、江戸まで二日の里程にある平塚宿の旅籠で草鞋を脱ぐと、積もり積もった旅の疲れが噴き出して、動けなくなってしまったのである。五日も寝こんで、母が草鞋を履いたのは六日めであった。宿を出たものの、顔色はさえず、足取りも頼りない。

清親は辻待ちの人力俥に目をとめると、母を今日の泊まりの保土ヶ谷まで乗せることにした。懐具合を考えると、俥賃《くるまちん》の五十七銭は痛事《いたごと》であるが、仕方がない。

　この道中で初めて人力俥を見かけた母は、俥が通るたびに物珍しげな目を向けて、

「一度は乗ってみたいものですねえ」

　と言っていた。が、いざ乗るだんになると俥賃《かかり》がもったいないとか、高みに腰をかけるのはこわいとか言い出して、清親を困らせた。どうにか母を俥に乗せると、待ちかねていたように俥夫が梶棒を上げた。

　俥のわきを走りながら、清親は東京に着いてからの借家探しを苦にしていた。躰の弱った母のためには、着いたらさっそくにでも、住みかを見つけなければならないが、そうやすやすと見つかるものかどうか。やはりひとまずは、母を茂平兄上の家に預かってもらうしかないか、と清親は思った。

　一年ほど前に届いたという茂平の書状を、このあいだ母が見せてくれたが、それによると四谷《よつや》坂町《さかまち》で小さな煙草屋を開いたとあったのだ。身すぎ世すぎは草の種とばかりに、これまでは辻謡曲《つじうたい》、売卜者《うらない》、看板書き、笛売りと目まぐるしく商売を替えて、いっこうに尻のすわらなかった茂平だが、なにを思い、どこでどう金の工面をつけたものか、とにかく店を構えたというのである。東京の土を踏んだら、その足で茂平兄上の家を訪ねようと決めて、そっと母の顔をうかがうと、母はかりかりと小石をかんで走る人力俥の上から、道筋に広がる景色を無心に眺めていた。

翌日は母が歩くと言ってきかないので、やむなく従うことにした。川崎宿までの三里半あまりを二刻（四時間）もかけて歩き、一休みして六郷の渡し舟に乗った。川の中ほどまできたときである。

行く手の八幡塚の方角から耳をつんざくような音をとどろかせて、黒鉄色《くろがねいろ》の陸蒸気《おかじょうき》がまっしぐらに進んできた。陸蒸気は、真っ黒い煙をたなびかせながら、川上に架かった木橋をあっという間に渡って、茅葺《かやぶ》き屋根の向こうに消え去った。母は舟べりから身を乗り出すようにして、陸蒸気を見送った。

――あれが、黒鉄牛《くろがねうし》か。

行くさきざきの興行地で、絵草紙屋があれば店先をのぞいていた清親は、これまで幾度となく錦絵のなかの陸蒸気を見ている。品川あたりを走る陸蒸気や、新橋ステンションにすべりこむ陸蒸気の錦絵などは、どこの絵草紙屋でも見受けたものだが、どれもが玩具のように描いてあって、実物《ほんもの》がまさかこれほど迫力のある代物《しろもの》とは思わなかった。

薄暮の迫ってきたころ、清親と母は芝源助町《しばげんすけちょう》にさしかかっていた。四谷坂町まではまだ道のりがある。母は足を引きずるようにして歩いているが、清親からひとまず茂平兄上の家へ行くと聞かされているので、早くたどり着きたいのだろう、一息入れたいとも言わない。突然、右手の町屋の向こうで汽笛が尾を引いて鳴り、清親はせき立てられる思いがした。

芝口《しばぐち》三丁目に入る手前で、清親たちは溜池《ためいけ》へ出ようと愛宕下町《あたごしたちょう》のほうへ折れた。西へのびた裏通りをものの半町も行かないところで、清親は足を止めた。右手の小体《こてい》な二階家の表口に、貸間札が貼ってあるのを目にしたからである。つられて、母も足を止めた。

「きょう明日《あす》ぐらいは四谷に泊めてもらうにしても、どの道すぐに借家探しをしなければなりませんし……。ちょっと見るだけでも見てみますか」

清親は母に言った。

「それもそうですね。そうひどい部屋でなくて、家賃もそこそこのものなら、今夜からでも借りていいではありませんか。夜着などなくとも、もう寒くはないし、一晩くらい平気ですよ。それにおまえ、四谷へ行っても、あすこは子沢山ときてるから、わたしたちを泊める部屋があるかどうか……」

疲れを背負って歩きどおしの母は、渡りに船とばかり話に乗った。ふたりは、その家の戸をあけてなかに入った。

土間に立つと、とっつきは間仕切りを取り払った十畳ほどの板の間であった。木と墨と絵具のにおいのこもった板の間には、奉書紙の束や絵具皿、それに砥石《といし》を入れた盥《たらい》、大小さまざまの道具箱といったものが、足の踏み場もないほど置かれていた。そのなかで、三つもの吊りらんぷを頼りに、西の窓ぎわに彫り師が三人、東の窓ぎわに摺り師が二人、それぞれに陣取って、黙々と手を動かしている。

「あの、表口の札を見た者ですが」

清親が声をかけると、一番奥の彫り台にかぶさるようにして刀《とう》を使っていた男が、顔を上げた。齢のころは四十五、六といったところで、いかつい肩の上に人の好さそうな丸い顔がのっている。

「ああ、貸すのは二階《うえ》の四畳半と三畳でね。まあ、上がって見ておくんなさい」

男は膝の上の木屑を払いながら立ってきて、清親と母をじろじろと見た。ふたりの埃じみた旅ごしらえを見て不審に思ったらしいが、別段なにも聞かず、次の間から女房を呼ぶと、洗足《すすぎ》桶の用意をさせた。男は清親たちが洗足するのを待って二階へ案内し、雨戸を繰った。青白い夕明かりが部屋に流れこんできて、いたんだ畳と下塗りだけのぶっつけ壁を浮かび上がらせたが、駿府での納屋暮らしや鷲津村での苫屋《とまや》暮らしを味わっている清親の目には、至極けっこうなものに映った。

「上等ですよ」

母も小声で清親に言った。

「家賃はいかほどでしょう」

「たしか一円とか言ってたな」

男は腰に下げた手ぬぐいで、目をこすりながら言った。

「ここん家《ち》はステンション前の山瀬って運送屋のものでね。あっしも階下《した》を借りてる人間だよ。階下は見てのとおり、足の踏ん場もねえんで、二階も借りてえところなんだが、懐が許さなくってね。なんせあんた、御一新前までは、彫り師も摺り師も板元《はんもと》さんの抱えだったのが、当節じゃ彫り師が摺り師を抱えなきゃならなくなってさ」

男は、彫り師の岡田信八と名のった。清親も名のったあと、駿府から東京へ舞い戻ってきたいきさつを約《つづ》まやかに話した。

「それはそれは、大変なご苦労でしたねえ」

信八はいたわるような口調で言い、

「ま、こんなところじゃお気に召さんでしょうが、ここんところ東京へ出てくる人間が多くて、貸間にしろ貸家にしろ、探すのは楽じゃねえって話だから、貸間札を見なすったのもなにかの縁と思ってさ、よかったらお借りなさいよ」

としきりに勧めた。

「ここいらの相場はね、二階家丸借りで四円から六円ってとこでさ。それからすりゃ安いよ。あっしはあの板の間に六畳と三畳がついて、二円五十銭の家賃なんでさ」

職人はみんな通いで、ふたりの娘はとうに縁づけているから、夜分は女房とふたりきりなのだ、と信八は話した。

「これから大家さんに話してきます」

一円という家賃もまあまあのものだし、この気のいい信八とならば、毎日のつきあいもうまくゆくだろうと、清親は思った。

「そうなせえ。おっかさんはそのあいだ、うちで休んでいなさるといい。嬶《かかあ》に茶でも淹《い》れさせまさあ。あっしも急ぎの仕事さえ抱えてなきゃ、山瀬へお供してもいいんだけど」

信八は雨戸をたてながら言った。

「いやあ、痛み入ります」

清親は信八の好意に甘えて、母を休ませてもらうことにすると、新橋ステンションに向かった。

車寄せのある平屋を両側からはさむかっこうで、石造りの二階建て洋館が二棟並んだ駅舎《しゃ》には、硝子入りの窓という窓に灯がともっていた。駅前の広場では、乗合馬車の馭《ぎょ》者がさかんに喇叭《らっぱ》を吹き鳴らして客を呼んでいる。

たしか、ここには竜野藩の屋敷があって、その先に仙台藩、会津藩の屋敷が甍《いらか》を競っていたところではなかったか。それが影もなく消え失せて、跡地にこのような異国風の新橋ステンションが出現している。予期はしていたものの、目の前に変わり果てた江戸を見て、清親は暗然とした気持ちになった。

山瀬のやっている運送屋は、休憩《やすみ》茶屋と紙問屋のあいだに、大きな屋根看板を上げていた。ここでもまだ四、五人の半纏着《はんてんぎ》が、らんぷを吊した広い土間で、木箱に縄がけをしたり、荷札をつけたりして働いていた。みんなが一様に散切《ざんぎ》り頭なのを奇異に感じながら、清親はそのなかのひとりに、主人への取り次ぎを頼んだ。男はうなずくと、土間の奥の簾戸《すど》をあけて、旦那、客人ですぜ、と声をかけた。

簾戸の向こうの部屋では五十年配の瘦せ柄の男が、帳場のなかで行灯を頼りに帳づけかなにかをしていた。その男が山瀬らしい。山瀬もまた、散切りであった。

「源助町の貸間札を見て、伺いました」

清親が土間先から来意を告げると、山瀬は上がりはなまで出てきてさし招き、まあこへおかけなさいと上がり框《がまち》をさした。そばで見る山瀬は、目尻や口もとの皺こそ深いものの、万筋《まんすじ》の袷《あわせ》のよく似合う、どこか粋な感じのする男だった。清親は名のって框に腰をおろすと、信八にした話をもう一度繰り返した。山瀬は耳を傾けていたが、清親が話を結ぶと、

「弱ったね、どうも」

と首筋に手をやった。その拍子に袖口がめくれて、二の腕の刺青《ほりもの》がちらりと見えた。

「遅かりし、由良之助だ。実はいましがた、茶屋《となり》の女将《おかみ》がきてね。この月ずえに大坂から出てくる甥っ子に貸してくれと言うもんで、承知したばかりなんだよ」

「そうですか……。それでは致し方ない」

これから四谷まで歩くことを思うと、清親はうんざりしたが、縁がなかったとあきらめて腰を上げた。それを山瀬が、待った、と引きとめた。

「小林さん、と言いなすったか。またひどく、あきらめのいいおひとだね。そこが江戸っ子のいいところだが、ちっとは粘って、無理を押すようでなきゃ、この節の東京じゃ暮らしてゆけないよ」

と好意のこもった口ぶりで言った。

「しかし、先約があっては……」

「そのとおりだがよ。こちとら、江戸っ子に義理はあっても、上方もんに義理はねえ。

ここはひとつ小林さんに肩入れしねえことには、権現様にすまねえし、おれの男も立たねえから、なんとか先約のほうを断わろうと思案してるところへ、すたこら帰って行かれちゃ、がっくりだぜ」

「……」

「まあ隣からの話は、どこかに代わりの借家を探すってことで、詫びを入れるとしてだ。あすこは、小林さん、あんたにお貸ししましょう」

と山瀬は清親にうなずいてみせた。

「なんとお礼を申してよいものやら……」

清親は深々と頭をさげた。先刻、ステンション前の広場に立ったとき、変わり果てた江戸の姿に暗然としたものだが、ここにみる江戸っ子の性根は、瓦解前といささかの変わりもなかった。

「明日、家賃と敷金《しききん》を持参しますが、敷金のほうはいかほどでしょう」

清親は訊ねた。

「うちは敷金なんか取らないよ。その代わり前家賃だし、三つためたら出てってもらうことにしてるんだ」

山瀬は指を三本立てて笑った。

「ところで小林さん。差し出がましい口をきいて失敬千万なんだが、仕事の当てはあんなさるんで？」

「いまお話ししたとおり、東京の土を踏んだばかりなので、いまのところ皆目……」

「だったら、どうだろう。うちで働いてみちゃ。もっとも人足仕事なもので、強《し》いて勧めるわけにはいかねえが……。手間賃は日に三十銭、ただし七日めごとに日曜日《どんたく》てぇものがあって、この日は仕事を休んでもらう。これはステンションの運送倉を取り仕切ってる異人さんが休むんで、こっちも仕事にならず、しょうことなしに休むんだがね」

山瀬は清親の躰をつくづくと見た。これならば、力仕事には打ってつけだと思ったようである。

——日に三十銭か……。

日曜日は仕事にありつけないが、それでも詰めて働けば、月に七円八十銭ほどになる。この日当なら、母に内職をさせなくても、なんとかやってゆけるだろう。これまでにも、いろんなことをやってきたのだ。人足仕事、大いにけっこうではないか。清親は、山瀬にもう一度頭をさげた。

「願ってもない話で、よろしくお願い申します」

四

壁に取りつけた半畳ほどもある大鏡のなかの自分と、椅子がけで対座している清親は、ひどく居心地が悪かった。

——なんという面相だ。

ぎょろりとした目、分厚くて大きな口もと、がっしりと張った顎《あご》、おまけに左眉の上には小豆《あずき》大のほくろまである。どう見ても、もてる顔ではない。しかも元結いを解いたざんばら髪ときているので、わが顔ながら見られたものではなかった。

「このくらい月代《さかやき》が伸びてりゃ、割どおし、撫でつけ、いろいろとできますがね。散切りでよござんすか」

たすきがけの断髪師は、右手に剪刀《はさみ》、左手に梳《す》き櫛《ぐし》をかまえると、大鏡のなかの清親に念を押した。大鏡わきに貼ってある髪型の絵を確かめるまでもない。

「ざ、散切りでけっこう」

清親は慌てて言うと、目をつむった。額から盆のくぼまで一本の分け目をとおしたものや、べったりと後ろへ撫でつけたものが似合うはずもない。それにもともと、流行《はやり》を追って髷《まげ》を切るわけではないのだ。

母を連れて四谷坂町の茂平のもとを訪ね、東京に戻ってきたことを報せた翌日、清親は山瀬の半纏を着た。それから三日ほど経った夕暮れのことである。横浜から送られてきた五箱の洋服生地を、日本橋通りの西洋裁縫店《したてや》まで運び、空車《からぐるま》を輓《ひ》いて戻ってきた清親は、受取書を持って帳場に上がった。

「届けてまいりました」

「や、ご苦労さん」

帳場のなかの山瀬は、清親の差し出した受取書を帳面にはさむと、ちょいと話がある、と言った。

「こいつは前もって言っとかなきゃならなかったのに、つい、うっかりしててね。そうなると妙に言い出しにくくてさ。今日になってしまったんだが……。実はその、髷を切っちゃもらえねえかな」

「髷を？」

清親は思わず頭に手をやった。

「ああ。うちで働く者《もん》は仕事柄、ステンションの運送倉へは始終出入りしなきゃならねえんだが、運送倉を取り仕切っているハーパーって男はね、髷を結ってる者を見ると、西洋嫌いの旧弊者《きゆうへいしや》と決めつけて、遠ざけるってことなんだ。遠ざけられちゃ仕事にならねえ。ま、そんなわけで、うちで働く者はみんな髷を切ってもらってるんでさ」

山瀬は苦笑いしながら話した。

――なるほど。

それで主人から人足までみんな散切りだったわけか、と清親は思った。身すぎのためには、丸腰になって人足をしているのだ。いまさら髷などにこだわってもはじまらない。公儀瓦解このかた、体面というやつは失くしてしまっている。

「わかりました。日曜日に髷を落とします」

清親はあっさり言って、山瀬を安堵させた。

そういう次第で今日、早昼をすませると、山瀬の勧めたここ南金六町《みなみきんろくちよう》の斬髪床にきたのである。髪型を決めてからは、ずっと目を閉じている清親の頭のまわりで、しきりに剪刀の音がする。その音につれて、首から下をすっぽり覆った白布の上に、ばさりばさりと髪が落ちてくるのがわかった。

——ここを出たら……。

虎造兄上のところか、と清親は気が重くなった。出しなに母から、虎造を訪ねて様子を見てきてほしいと言われている。駿府へ下るおりに母の金を盗んだ虎造は、つい半年前にも兄弟の家を一円、二円と無心してまわり、茂平の家では店から四円もくすねて、ばったりと寄りつかなくなったそうだ。茂平からその話を聞いた母は、

「性根の腐った、悪者になり果てて……」

と嘆いたが、そこは親で、虎造がどうしてこうも金に困っているのか、心配になったとみえる。躰さえ丈夫であれば、自分で村松町へ出かけるところだろうが、母は茂平の家を訪ねてからこっち、立ちくらみがするとかで、床につく日が多くなった。

——しかし……。

様子を見てこいと言われても、会ってなにを話せばいいのか。兄にしても、母から盗んだ七両の一件が頭にあろうし、清親が顔を見せたら、いたたまれないだろう。清親がため息をついたとき、

「はい、刈り終わりましたよ」

と断髪師が声をかけた。

清親が目をあけると、大鏡のなかから、髪ののびた願人坊主《がんにんぼうず》といった感じの男が、こちらを見ている。睨み合いをしていると、よくお似合いで、と断髪師が空世辞《そらせじ》を言いながら髪洗い場へ誘い、石鹼《しゃぼん》とやらで頭を洗ってくれた。椅子に戻ると、今度は香水吹きを持ってきたので、清親は慌てて断わり、自分で白布を取って立ち上がった。香水などつけられてはたまらない。料金の二十銭を払うと、逃げるようにして表へ出た。朱と白と藍の三色で捩《ねじ》るように塗り分けた、あめん棒と呼ばれている置き看板のわきで、心細いほど軽くなった頭に手をやってから、清親は北へ歩き出した。

虎造の住む村松町の長屋は、薪炭問屋と八百屋のあいだの路地奥にあった。清親はかつて一度、この長屋の木戸をくぐっている。

あれはたしか鳥羽伏見から敗走してきて、顔を出したときであったから、七年前の小正月すぎのことだ。虎造が家にいる時分を見当つけて、夕方遅めに訪ねたのだが、虎造の姿はなく、家にはひとり佐江がいた。夕餉《ゆうはん》の支度にかかっていたらしく、味噌汁のにおいのこもった家のなかから出てきた佐江は、見るからに楚々《そそ》とした美しさを持った女だった。

母の話だと、佐江の家は代々御先手同心をつとめていたそうである。だが家督を継いだ兄が、先代からの借財に窮したあげく、同心株を町人に譲り渡して、妻子ともども下谷の組屋敷から、北本所番場町《きたほんじよばんばちよう》へ引き移った。その町の空樽問屋に嫁している従姉を頼ったのだそうだ。

早くに両親を喪《うしな》い、十五のそのときまで、ずっと兄夫婦に養われていた佐江は、ついて行くのをはばかり、組内の者の口利きで横山町《よこやまちょう》にある大きな料理茶屋の住みこみ女中になったという。そこの隠居が大の草紙《ほん》好きで、虎造の上得意であった。三日めごとには決まってまわってくる虎造と、いつしか言葉を交わすようになった佐江は、虎造が御家人の三男坊と知ると、出を同じくするせいか次第に心を開くようになり、所帯を持ったのだそうである。

「あのう、わたしは……」

戸口に立った清親が名のる前に、

「清親さん、でございましょう」

と佐江が言った。

「お姿で、すぐにわかりましてよ」

佐江は整ったうりざね顔に、小さなえくぼをよせて笑った。虎造から、清親の大男ぶりを聞かされていたとみえる。

「嫂上《あねうえ》には、初めてお目にかかります」

清親はどぎまぎしながら、三つ齢下と聞いている嫂《あによめ》に頭をさげた。佐江が案に相違した女だったからである。

清親とちがい、男っぷりのいい虎造は、たいそうもてた。一度など両国広小路の水茶屋の女と深間に落ちて、清親は虎造に水茶屋まで引っ張って行かれ、その女に会わされたことがある。女はなるほど器量よしではあったが、物言いからしぐさまで、どことなくすれた感じがして、清親には好感が持てなかった。そんなことがあったものだから、佐江もおおかたそのたぐいの女だろうと思っていたのである。

「そろそろ虎造も帰りましょう。さ、お入りになってくださいな」

佐江は清親をなかに招じ入れると、あらためて挨拶をして、茶を淹れにかかった。

そのときのことを思い出しながら、ごめんくださいと声をかけ、返事も待たずに腰高障子をあけた清親は、棒立ちになった。見知らぬ若い女が、上がり口に横坐りで、赤子に乳をふくませていたからである。

「どなたさん？」

女は胸もとをかき合わせながら、清親を睨んだ。乳房を取り上げられた赤子が、むずかり出した。

「や、失礼。ここは小林の家では……」

清親は顔を赤らめて言った。木戸をくぐって右手の二軒めと覚えていたのであるが、思いちがいだったろうか。

「小林だかだれだか知んないけど、前《せん》に住んでたひとなら、夜逃げしちゃったそうだよ」

女は厄介払いでもするように、そっけなく言った。

「夜逃げ？　いつのことですか」

清親は我知らず土間に足を踏み入れた。

「お隣さんの話じゃ半年ばかり前のことだってさ」

「……」

虎造が兄弟の家を無心してまわり、茂平の店から四円の金をくすねたのが、ちょうど半年前である。にっちもさっちもいかなくなっての夜逃げなのだ。それにしても、どうしてそう金に困っているのだろう。これまで貸本屋でやってきたはずではないか。清親はにわかに心配がつのってきて、うわの空で邪魔を入れた詫びを言うと、外へ出た。

路地をぬけ、表通りまで出た清親は、番場町へまわって佐江の兄を訪ねてみるかと思った。あるいは虎造と佐江の居所を知っているかもしれない。小林の一統に顔向けならなくなったふたりが、ほかに頼るところといえば、そこしかないのだ。清親は足を早めて両国広小路へ向かった。

両国広小路にきてみると、様相が一変していた。かつてここには芝居小屋、見世物小屋、水茶屋、床見世などが立ち並び、人が群がり集《つど》ったものであったが、それらはきれいさっぱりと取り払われていた。葭簀《よしず》張りの水茶屋がかたまっていた橋の西詰め右手には、灰色がかった煉瓦造りの二階建て洋館が立っていた。建物の表口の大標札に、「両国電信局」と書いてある。その証《あかし》のように、洋館の横手に電信柱が二本、空を指していた。

「おいおいに開けゆく開化の御代のおさまりは、郵便はがきでことたりる。電信《はりがねだより》や陸蒸気……か」

人足仲間のひとりがよく口ずさむ、流行の開化大津絵のひとふしである。嫌いな唄なのに、つい口をついて出た。清親はいまいましげに舌打ちすると、橋板を鳴らして東へ渡りはじめた。

渡り切って左へ折れ、横網河岸まできてみると、生まれ育った役宅が影も形もなくなっているのに唖然《あぜん》とした。このぶんだと、御蔵もとうに消えていることだろう。清親はそう思いながら御蔵橋のほうへ歩いた。

ところが、御蔵は無傷で残っていた。御蔵橋の架かる入り堀の淀みも、青藻くささも、昔のままであった。しかし「椎の木松浦」と呼ばれていた松浦豊後守の上屋敷をはじめ、御蔵の前に海鼠塀《なまこべい》を連ねていた幾つもの大名屋敷はすべて取り毀されて、町屋に変わっている。

清親はしばらく御蔵橋の欄干にもたれて、あたりの遷《うつ》り変わりのさまを眺めていた。が、やがて欄干を離れると、「おいおいに毀れゆく開化の御代のおさまりは……」と元歌を皮肉にこわして呟きながら、歩き出した。

大川沿いに番場町まできた清親は、物揚げ場のそばで子供を遊ばせている老婆に、空樽問屋を訊ねた。老婆は北のほうを顎でしゃくり、

「一町ばかり先を右に曲がりゃ、表通りに出ますがね。その通りの中ほどですよ」

と教えてくれた。

表通りに出た清親は、なんなくその店を見つけた。屋号を永楽屋という空樽問屋は、

かなりの店構えである。土間先では、手代が空樽買いの持ちこんだ樽を値ぶみしていた。清親はその手代に、おかみを呼んでもらった。

「どなたさまでござんしょう」

店の奥から出てきた四十年配の太り肉《じし》のおかみは、清親に不審顔を向けた。

「卒爾《そつじ》で、ごめんください」

清親は名のると、佐江の兄の住まいを訊ねた。

「ああ、道之《しょう》助さんでしたら、うちの家作にいますよ。けど、お急ぎでしたら、ついそこのつち正に行かれたほうが……」

つち正は壁土や砂利などを扱う土屋《つちや》で、佐江の兄清水道之助はそこで川浚《ざら》えをして、壁土に使う黒土を採っているのだと、おかみは気さくに話してくれた。

――川浚えか……。

道之助の暮らしも楽ではなさそうである。そんな様子だと、佐江たちが頼って行きそうにもないが、ここまできたことだし、清親はひとつ道之助に会ってみようと思った。

おかみに礼を言って永楽屋を出た清親は、店の前に黒土を詰めた叺《かます》を山と積み上げているつち正に入った。土間の隅に腰をかがめて、長い柄のついた鋤《すき》のようなものに油をひいていた男がいたので、取り次ぎを頼むと、

「わたしだが」

と怪訝《けげん》そうな顔を向けた。なんと、当人だったのである。三十なかばの男で、紺の腹

掛けから出ている尖った肩先と痩せた腕が、痛々しく見えた。

「これはどうも。わたしは小林虎造の弟で、清親と申します。永楽屋さんに伺って、ここへまいりました」

清親は慌てて頭をさげた。

「おお、虎造どののご舎弟でしたか」

道之助はそばへ寄ってくると頭をさげ、いま舟から上がったところでよかったと言った。そのとき店の奥から若い男が出てきて、清水さん、あっしら先に飲《や》ってますぜ、と道之助に声をかけた。道之助はうなずいてから清親に向かい、

「で、なにかご用でも？」

と訊いた。

「実はさっき、村松町へ行ったところ……」

清親は道之助に、虎造たちの夜逃げの一件を話して聞かせた。道之助の日焼けした顔に、驚きが走った。やはり佐江たちは、道之助を頼ってはこなかったとみえる。

「いっこうに知らぬことでした」

聞き終えると、道之助は沈痛な声で言った。

「しかし半年ほど前といえば、そのころ佐江が金策にきましてな。どうしても十円の金子が入用だと申して……」

「ほう」

「いや、借りにきたといっても、このわたしにではなく、永楽屋に頼んでほしいということでして」

道之助は苦笑した。

「この姿でおわかりのとおり、わたしのところはその日暮らしがやっとで、佐江もそれは先刻承知しております」

「…………」

「ですが、断わりました。永楽屋には住まいから仕事まで、さんざん世話になっている。このうえ金まで貸してほしいとは、言えた義理ではない。押して言えば、永楽屋での従姉の立つ瀬はなかろうと、佐江にそう言い聞かせたのです」

「…………」

「すると佐江は、そうでしたと素直に言い、ほかに当てがないでもないからと、戻って行きました。わたしはほっとしたのですが、どうやら心配をさせまいとついた嘘のようですな。夜逃げをするほど切羽つまっていたとは……」

道之助はため息まじりに言った。

「嫂上はそのおり、金策の理由《わけ》を話されたのでしょうか」

清親は気になっていたことを訊ねてみた。

「なんでも虎造どのが、ひとに騙《かた》られたとか申しましてな。しかし佐江が深くは話したがらんので、詮索《せんさく》はひかえました」

「そうですか」

虎造のせいで佐江が苦労しているのを知った清親は、道之助の前にいづらくなって、もし佐江たちの居所がわかれば報せてほしいと頼み、自分の住まいを教えて早々につち正を出た。

躰の弱った母にこの話をしたものかどうか、思案にくれながら道を引き返し、東両国までき
た清親は、思いついて霊巌寺表門前町へ足をのばすことにした。東京に戻ったことを圭次郎に報せる、いい機会《おり》である。清親は二ツ目橋から高橋すじへ出た。

保太郎の開いている団子屋へ足を向けるのは、駿府へ下るせつ、別れを告げに行って以来のことである。入り口右手の下地窓《したじまど》も、「だんご、しら玉」と書かれた腰高の油障子も見覚えがあった。油障子をあけると、土間に四つある床几のふたつが、客でふさがっていた。

「まあ、小林さまではありませんか」

団子の皿をのせた盆を手に、内暖簾《うちのれん》をくぐって奥から出てきた女が、目を丸くした。保太郎の妻女である。

「お久しゅうございます」

清親が笑うと、妻女もほんとうに……と笑顔を返した。妻女は慌ただしく客のところへ団子を運ぶと、取って返し、清親を奥へ連れて行った。小豆の鍋のかかった竈《へっつい》のわきをぬけながら、妻女は声を張った。

「おまえさま、圭次郎さん。小林さまがおいでになりましたよ」

茶の間の障子がさっとあいて、保太郎と圭次郎が同時に顔を出した。おう、やっと戻ったか、と圭次郎が言い、保太郎も早く上がれと手招きした。清親が茶の間に上がると、保太郎は坐り直して、

「駿府では圭次郎がいかい世話になって、なんと礼を申したらよいか」

と手をついた。清親に続いて上がった妻女も、保太郎の後ろに坐ると、手をつかえて礼を言った。

「おふたりとも、なにをなさいます。お手をお上げください。わたしのほうこそ、圭次郎といっしょだったことで、どれだけ心丈夫だったか……」

清親は弱って、圭次郎を見た。

「母御の具合は、もういいのか」

圭次郎が、いい呼吸で話を変えた。

「そうそう。圭次郎から母御のことを聞いて、家で案じていたのだ」

保太郎が顔を上げた。

「それが、立ちくらみがひどくて……」

と清親は、このごろの母の容体を話した。

「やはり、あちらでのお暮らしがたたったのでしょうねえ」

妻女が案じ顔で呟いたとき、店のほうで「お勘定」という声がした。ひとりで店をさ

ばいているものですから忙しくって、と言いわけをしながら、妻女は急いで座を立った。

「で、いまどこに住んでいるのだ」

圭次郎が訊ねた。清親は源助町に住むにいたったいきさつを話し、人足暮らしだと笑った。

「なに、人足だと。おれはまた、そんな散切りなものだから、なにかいい仕事についたものとばかり思っていた」

　圭次郎は清親の散髪したての頭を見て、あきれ顔で言った。そういう圭次郎も髷を落として散切りになっているが、清親よりずっと似合っていた。

「おれはたまたま口があってな、神田鍛冶町《かじちょう》の代用小学校に住みこんで、助教師をやっている」

「ほう、おまえが助教師とはね。教わる子供がかわいそうだな」

清親は憎まれ口をたたいた。

「なにを言う。これでもちゃんと勤まって、子供たちに慕われているんだぞ。そんなことよりもおまえのことだ。おれのところは寺子屋に毛が生えたようなものだから、助教師ふたりもいらんが、どこぞ小学校に口がないものか、校長に訊ねてやろう」

日曜日なので、兄の家に遊びにきていたという圭次郎は、清親の身を思いやって言った。

「ありがたいが、おれはいまのところ人足仕事に満足している。気楽だし、あるじはいい男だし、当分このままでいくよ」

と清親が言うと、気が変わったら言ってくれ、と圭次郎は引きさがった。そこへ妻女が戻ってきて、茶を淹れた。

「店じまいにして、うなぎ屋に蒲焼きを頼んできましたから、おっつけまいりましょう。ゆっくり、おくつろぎくださいまし」

と言って、妻女は台所へ立った。

小半刻ほどすると岡持ちが届いて、隠居夫婦に子供らも交えて、にぎやかな食事となった。役宅のころの話から、清親と圭次郎の駿府での苦労話、撃剣興行の話まで、次から次へと話に花が咲いた。清親が腰を上げたのは、霊巌寺の暮れ六ツ（午後六時）の鐘を聞いてからである。

「いや、すっかり馳走にあずかりまして」

「なんの。今度は母御もごいっしょしてきてくれ」

保太郎が言うと、妻女も傍らから、お近いうちにぜひ、と口を添えた。

「どれ、おれもそろそろ……」

と圭次郎も腰を上げたので、ふたりは連れ立って外に出た。

黄昏《たそがれ》どきの空に、蝙蝠《こうもり》が飛びまわっている。圭次郎が途中までつき合うというので、肩を並べて南へ下り、海辺《うみべ》橋の手前から、仙台堀川沿いに上《かみ》之橋の北詰めに出て、ふたりは立ち止まった。清親は左へ橋を渡り、圭次郎は右へ折れて大川べりを上るのである。

「堀さんのお宅へまわっているとは思わんだろうから、母が心配していよう。今日はこれで失敬するが、ちかぢか、また会おう」

と清親が言った。

「うむ。次の日曜日はどうだ。母御もお見舞いしたいし、今度はおれが源助町まで足をのばす」

圭次郎はうなずき、ふたりは別れた。

五

小林家の菩提所竜福寺は、かつて俗に新寺町と称されていた浅草永住町《ながずみちょう》の一角にある。

九月末の、空がまるで水色繻子《しゅす》のように晴れ渡った日の昼さがり、清親は茂平と竜福寺の山門をくぐった。この十九日に亡くなった母の骨壺を、埋葬にきたのである。

「母上が父上のもとに旅立たれたのも知らずに……虎造兄上は」

母の骨壺を累代墓に納めながら、清親は呟いた。

四月前《よつき》――堀家で馳走になり、六ツ半（午後七時）すぎに源助町へ戻った清親は、待ちくたびれていた母に、あれこれと虎造のことを問われて、とうとう夜逃げの一件を話してしまったのである。弱っていた身に話がこたえたらしく、明くる日から母は頭が上がらなくなった。

それからというものは日に日に食が細って、八月に入ると、胸が苦しいとまでうったえるようになったのである。清親は仕事も手につかず、つきっきりで介抱につとめた。見舞いにきてくれた山瀬に聞いて、芝口一丁目の洋法医者にも往診をねがった。その医者は、ステンションそばのお雇い異人の官舎でも評判をとっているという。

だが、その医者からも心嚢炎《しんのうえん》に貧血と老衰が加わっているため、保《も》ってひと月、と見放されたのである。予告にたがわず、母はひと月ほどして息を引き取った。間仕切りを取り払っても八畳たらずの狭苦しい部屋で営んだ貧しい葬儀には、兄弟一同のほか、信八夫婦、圭次郎と保太郎夫婦、それに山瀬が列《つら》なってくれた。しかし行方の知れぬ虎造夫婦には、報せようもなかったのである。

「まったくだ。沙汰の限りの不孝者が。心配させたまま、親を逝《ゆ》かせて……」

茂平は腹立たしげに言ったが、すぐあとで、おれも虎造のことをとやかく言えた義理ではないが、と苦笑した。

「なにせ、こっちもさんざ親不孝してきた身だからな」

「兄上……」

「おまえにも、これまでずいぶんと苦労をかけた。本当は長子のおれが負うべき務めを、末弟のおまえに押しつけて……すまぬと思っている」

納骨のあと、線香を供え、墓前にぬかずきながら、茂平が詫びるように言った。清親はとっさに言葉が出ず、黙って茂平の横で掌を合わせた。

翌日から清親は働きに出た。日中は力仕事で気が紛れるのだが、家に戻るといけなかった。母が亡くなってこっち、清親は食い扶持を入れて、信八の女房に賄いを頼んでいる。夕餉を階下の茶の間ですませ、二階に引き上げてしまえば、することは何もない。話相手もいない。寝るまでのひとときを清親は持て余した。

そんなある晩、所在ないまま寝ころんで天井の梁《はり》組みを眺めていた清親は、ふっと自分の画帳が見たくなって、押入れから母の行李を取り出した。母の遺《のこ》したいくらもない着類や櫛《くし》こうがいなどは、姉たちが遺見《かたみ》として分け合ったが、画帳はそのまま残っているはずである。四隅の傷んだ古びた行李の蓋をあけると、下着や足袋などのあいだから、表紙の破れた画帳が出てきた。

手にすると、綴じ糸は切れかけていて、画紙もぼろぼろになっていた。清親が撃剣興行で家を空けていたあいだの母の淋しさが、画帳からそくそくと伝わってくる。清親は母の手垢のついた画帳を見つめ、いちばんの親不孝者は、虎造でもなく茂平でもなく、この自分なのだと思った。

次の日曜日。

朝餉のあとで清親は、紙を何枚かもらえませんか、と信八に頼んだ。

「ようがすが、どうなさるんで？」

茶をすすっていた信八が、顔を上げた。

「いや、ひとつ手すさびに絵でも描いてみようかと思って」

行李から画帳を取り出した晩、切れかけた綴じ糸を直しているうち、清親はまた絵心がきざしてきた。駿府へ下るおり、暮らしの先ゆきを案じて捨てた余技の絵筆なのだが、駿府にも見切りをつけて引き上げ、養う母も亡くなったいまでは、その理由も消え失せている。清親は捨てた絵筆を拾って、ひさかたぶりに写生に出かけようと思っていた。

「ほう、絵をねえ。承知しやした」

信八は茶碗を置くと、気早に座を立って仕事場から紙を二帖ばかり持ってきた。

「そんなには」

「まあ、いいってことよ。どんどん描いて気散じをするこった」

「それじゃ遠慮なく」

清親は礼を言うと、二階へ持って上がり、支度をととのえ、数枚の紙と矢立てを懐に入れて外へ出た。

足は、おのずと新橋ステンションのほうへ向いた。おかしなことながら、またぞろ絵筆をとろうと思ってからの清親は、開けてゆく東京の風景に絵心をかきたてられている。山瀬の店先から朝な夕な目にする新橋ステンションや、仕事で足しげく行き来する銀座や日本橋かいわいの大きな洋館などが、目の前にちらついているのだった。「おいおいに毀れゆく開化の御代」を白い目で眺める清親のなかの御家人は、影をひそめていた。代わって、長いこと封じこめられていた生来絵の好きな男が顔を出して、異国風の建物に感興を覚え、気ままに筆を揮いたがっているのである。

駅前の広場までくると、陸蒸気の発車まぎわらしく、蝙蝠傘を手に駅舎へ駆ける尻はしょりの男と、車寄せに着いた人力俥から慌ただしく降りて、構内《なか》へ走りこむ官員風の男が見えた。どの方向《むき》から写し取ろうかと清親が広場をあちこちしていると、陸蒸気は鋭い汽笛を残して出て行った。駅舎の正面や右寄りからの眺めが絵になるとみて、清親は懐から紙と矢立てを取り出した。

　半刻ほど費やしてステンションを紙におさめた清親は、踵を返すと鉄造《くろがねづく》りの新橋を渡って、ひとの引きもきらぬ煉瓦街の通りへ出た。十五間幅という途方もなく広い往来は、真ん中の八間を乗合馬車や人力俥が走り、両側の三間半をひとが歩くように決められている。埃と馬糞《ばふん》のにおいのまじった賑やかな通りを竹川町《たけかわちょう》までくると、爺さんが屋台店で串ざしの煮こみ牛肉を売っていた。じきに午砲《どん》の鳴る時分である。清親はそこで腹ごしらえをしてから、あたりの煉瓦街を写し取った。

　京橋まで続く露台《ろだい》つきの二階建て煉瓦街は、政府が開化の範として、英吉利《いぎりす》人の図面をもとに竣工させたものだという。煉瓦積みの堅牢そうな構えと、柱を使わぬ奇抜な工法《つくり》がひとびとの目を奪ってから、一年の余が経っていた。店舗《てんぽ》のひとつひとつに好奇の目を投げて進むと、ところどころに空き家が見られる。山瀬で聞いた話だと、煉瓦造りは湿気がひどいとかで、入居した銘茶問屋や海苔店などは、品物がだいなしになってしまい、逃げ出したそうだから、おおかたその類《たぐい》だろう。

　京橋をすぎると清親は、この五月、江戸橋の南詰めに姿を見せた新式郵便《びきやく》の総本山である駅逓寮に向かった。

四本の石の円柱に山形の破風屋根《はふやね》をのせた駅逓寮の大玄関は、日曜日とあってぴたりと閉まり、黒い饅頭笠の郵便配達夫も、赤い郵便馬車も見かけない。だが駅逓寮の左手肩越しに、東京名所のひとつ、青銅瓦葺き五階建ての第一国立銀行の上層が見えて、いかにも絵になる光景であった。清親はいそいそと写生にかかった。

源助町に戻ったのは、八ツ半（午後三時）ごろであった。裏通りへ折れてすぐ左手の板木屋《いたや》の前までくると、軒ばたまであふれた板材の陰から出てきた親爺が、清親を見かけて、よう、と声をかけた。信八のところへ板木《はんぎ》を納めている見知り越しの親爺である。清親も頭をさげて、挨拶を返した。住んでみてわかったことだが、この町は浮世絵の板下職人《はんしたしょくにん》の多いところで、あちこちに信八の同業がいた。そのせいで、板木や刷毛などを商う店が何軒もある。

「ただいま」

清親は下駄を脱ぎながら、障子越しに声をかけた。夏場をすぎたので、板の間には間仕切りがはめてある。

「やあ、おかえんなさい。遅かったじゃねえですかい」

木槌を使う音や紙をこするばれんの音を消して、信八の声が飛んできた。信八のところは日曜日などないから、今日も打ちそろって仕事をしているのである。

「江戸橋あたりまで足をのばしたものだから……」

清親は障子をあけて板の間に入った。

「ひとつ見せておくんなさいよ」

鑿《のみ》で板木をさらっていた信八が手を止めた。

「色をつけたら見てもらいますよ、気恥ずかしいけれど……」

言いながら清親の目は、板の間に張り渡された凧糸《たこいと》にずらりと吊ってある摺り上がったばかりの錦絵に吸いつけられていた。なんと、いましがた写してきたばかりの駅逓寮が描かれているではないか。

「それは両国の大黒屋さんとこの注文でね、一曜斎国輝さんの増し刷りなんですよ」

清親が見入っているせいであろう。ふだん無口な摺り師の安太が、小声で教えてくれた。

「そうですか……」

うなずきはしたものの、清親には板元や絵師などどうでもいいのだ。ただその絵が、実物の駅逓寮の感じとひどくかけ離れているのに驚いていたのである。なにしろ建物の隅など、煉瓦造りでありながら水色で彩《いろど》り、窓枠は真っ赤に縁《ふち》どって、しかも往来は緑色ときている。こんなおかしな配色の絵が増し刷りをするほど売れているのかと思いながら、清親は二階へ上がって行った。それから茂平のくれた古机の前に坐って、写してきた三枚の絵の浄写にかかった。

二枚めの浄写をし終える寸前で、ご膳ですよ、と信八の女房に呼ばれた。降りて行くと、一杯やっていた信八が、盃を差し出した。

「ま、ひとつ。時候だね。日が落ちるてえと急に肌寒くなってきやがる」

「これはどうも」

膳につくと、清親は盃を受けた。ひとりきりの二階から降りてくると、この茶の間はとりわけ暖かく感じる。

「色は、いつつけるんで」

清親の盃に徳利を傾けながら、信八が訊ねた。

「今度の日曜日にでも」

と清親は言った。浄写は、仕事から戻って行灯を頼りにでもやれる。だが色をつけるとなると、行灯のもとでは絵具の色合いがつかめない。

「そうですかい。そんときゃ安太に言っておくんなさい」

「ご迷惑ばかりかけて、すみません」

「小林さん、どこを描いてきたんです？」

台所の板敷きに置いてある七厘で、干物をあぶっていた女房が口をはさんだ。

「そいつは見せてもらうまで、楽しみにとっとこうぜ。なあ、小林さん」

それよりもう一本くんな、と信八は徳利を振った。

日曜日になった。清親は安太に絵具をもらって、二階にこもった。はじめに手がけたのは、ステンションを描いたやつである。写したのは昼間だったが、ステンションをはじめて目にしたときの夕景が心に焼きついているものだから、清親は画面のなかの大空を、暗い藍色《あいいろ》でつぶした。駅舎には藍色と墨色をまぜて、空よりも濃く色をつけ、その窓のひとつひとつに山吹色を入れた。仕上げに、乗合馬車を夕闇のなかに浮き出させると、あの晩、駅前の広場で馭者の吹き鳴らしていた喇叭の音が聞こえてくるような気がして、我ながら会心のできであった。

二枚めの煉瓦街を描いたものでは、十月の白い日ざしを吸った煉瓦の色を出すのに苦心した。何度も絵具をまぜ合わせては、反古紙で色加減を試したあげく、墨色を薄めて出した灰色に、ちょっぴり紅殻《べんがら》をまぜてみて、どうやら納得のいく色を見つけた。しかし行き交う馬車や人力俥はどう影をつけてみても、往来に張りついているようで、動きというものが感じられない。

——まるで立版古《たてばんこ》だな。

清親はひとり苦笑した。

昼餉《ひるはん》のあとで、駅逓寮の絵に色づけをした。ここの煉瓦の色は、写し取った紙の余白に「灰と白のあいだ」と書きこみをしているように、明るい色合いなのである。窓枠をくすんだ草色で塗り、硝子窓に淡い水色をさすと、建物の相貌はぐっと締まった。しかし画面の左手遠景に描いた第一国立銀行の色づけに取りかかると、これがどうも駅逓寮の建物の一部に見えてしまうのである。色をつけていくにつれて、駅逓寮の櫓かなんぞのようになったが、絵師ではないのだからと気にしないことにした。

夕餉に降りたとき、清親は三枚の絵を信八の前に置いた。

「お恥ずかしいのですが……」

清親は照れた。圭次郎はべっとして、他人に絵を見せるのは、これが初めてのことである。

「おお、仕上がりやしたね」

手に取った信八は、のっけから一枚一枚を食い入るような目つきで見た。見終わると三枚を大事そうに重ねて、

「小林さん。この絵、あっしに預からしちゃもらえませんか」

と言った。

「は？」

「言っちゃわるいが、これほどのものとは思ってもいなかった。こいつはものになりやすぜ。使ってる色が少《すけ》ないから、いま大もての東京名所ものみてえな派手さはござんせんがね、三代広重にも国輝にもねえ、なんかこう言いがてえ味ってもんがある」

「買いかぶってもらっては困りますよ」

褒《ほ》められて、清親は当惑した。

「いや、買いかぶりなんかじゃねえ。これまで明けても暮れても錦絵を彫ってきたあっしだ。ちったあ目は肥えてるつもりでさ。ね、とにかく、こいつを預からしておくんなさい。板元さんに持ちこんでみます。よござんしょ」

「はあ……」

どうせ板元に突っ返されるのが落ちだと思うと、気がすすまないが、清親は信八の圧《お》しに負けた。

「ちょいと、あたしにも見せとくれな」

台所から飯びつをかかえてきた女房が、信八のそばに坐った。

「大事な絵だ。板元さんに持ちこんだあとで見せてやらあ」

信八はさっと立って、仕事場へしまいに行った。女房は憮然《ぶぜん》とした表情で信八の背中を見送ったが、すぐに三人の茶碗に飯をよそいはじめた。そして信八が戻ってくると、

「板元さんに持ちこむって、どこの板元さんへさ」

と聞いた。

「大黒屋さんよ。あすこの旦那はおめえ、三十九という齢ながら、板元の仲間うちじゃいっとう目が利くと評判らしいからな」

信八は、大黒屋の鑑定《めきき》の確かさを喋った。

「……………」

そんな板元であればなおさら、自分の絵など一笑に付して取り合わないだろう、と清親は思った。

翌日の夕方——。清親が仕事から戻ると、信八が上がり口まで飛んできた。

「大黒屋の旦那が、ぜひとも小林さんに会いてえと言ってなさる。明日は仕事を休んで、あっしと大黒屋さんへ行ってくだせえよ。小林さんの絵がひどくお気に召したようでね、

あっしはすっかり嬉しくなっちまった」

「まさか……」

思わぬなりゆきに、清親は啞然《あぜん》とした。

「どうです。あっしがゆんべ言ったとおりになったじゃござんせんか」

「……」

「小林さん、いずれは絵でおまんまがいただけるようになりますぜ。なんたって、天下の大平《だいへい》の目にとまったんだ」

「だいへい？」

「そう。大黒屋平吉、つづめて、大平というんでさ。あすこの旦那は、代々平吉を名のるんで、大平というのが通り名になってましてね。いまの旦那は、四代目大平」

信八ははずんだ声で教えた。

清親が信八に連れられて両国吉川町の大黒屋へ行ったのは、次の日の四ツ（午前十時）ごろのことである。

大黒屋は黒漆喰《くろしっくい》塗りのどっしりとした土蔵造りで、いかにも老舗《しにせ》らしい店構えだった。道みち信八から聞かされた話だと、大黒屋は百年前の安永年間からここに店を張っているのだという。

店先には、東京名所を題材にしたさまざまな錦絵が、ずらりと吊ってあった。どの錦絵も赤や紫、緑や黄といった鮮やかな色が多く使われていて、いやにけばけばしい。そのなかには安太が増し刷りをしていた、例の国輝の駅逓寮もあった。

信八が店の者に取り次ぎを頼むと、待ち受けていたのか、すぐに奥の座敷へ通された。茶を運んできた女中が引っこんで間なしに、大平が姿を見せた。

「や、おいでを願ってすみませんでした。小林さんでございますな」

清親ににこやかな顔を向けて坐った大平は、色白で下ぶくれのうえに、滑稽なほどの八の字眉ときているので、はた目にはそう気が利いた顔には見えなかった。

「小林さんの来歴《こと》は、信八から聞きました。この五月に、駿府からお戻りになったそうで。あちらでは移住の皆さまがたは、ひどい難渋と聞いておりますが、あなたもさぞかし大変でしたろう」

大平はねぎらったあと、話を本筋に持っていった。

「さて、今日お呼び立てしたのは、その……大黒屋《うち》で風景画の修業をなすってみる気がおありかどうか、伺ってみたかったものでね」

「風景画の修業を、ですか？」

「はい。失礼ながら、遠近法などはまだまだと見受けました。しばらくのあいだ、うちの職人にまじって、異国向けのクリスマスカードや手巾《はんかち》に絵を入れる仕事をやってもらいながら、画技《うで》をみがいていただいたらと思っているんですがね」

と大平は言い、仕事の手間賃は一日二十銭と安いが、そのかわり昼夜二食の賄つき、それに本所若宮町《わかみやちょう》にある大黒屋の家作の長屋を店賃なしで提供すると持ちかけた。

「いかがでしょう、小林さん」

大平はひと膝のり出して、返事を促した。

「ちょっと、お待ちください」

うまい話のような、空恐ろしい話のような気がして、清親はすくなからず狼狽《ろうばい》した。きのう信八も、いずれ絵でおまんまがいただけますぜ、と言ったが、自分にそんな画才があるとは思えない。大平や信八の買いかぶりではないかという気がする。清親は正直に、そのことを口にした。

すると傍らに神妙に控えていた信八が、せっかくのお話を……と小声でたしなめた。

しかし大平はかえって、清親に好意を持ったようで、笑いながらきっぱりと言った。

「ご懸念なく。小林さんの絵は、きっと売り物になります。このわたしが請け合うんだ」

「……」

「信八が持ちこんできた絵を一目見たとき、こりゃ新しい風景画が出せるぞと、思いましたよ。なにせ三枚が三枚とも、歌川派の先生たちの錦絵とは雲泥に、みごと西洋風でしたからね。絵はどなたにお就きになりました？」

「いえ、まったくの我流でして……」

清親の言葉に、大平は目を丸くした。

「我流で、あれだけの絵《もの》をお描きなさる……。これは驚き入りましたな」

「へえ。あの絵がまさか我流とはね」

信八も感嘆の声をあげた。

「うむ。だが考えてみると、我流だからこそ、本画や浮世絵にとらわれずに、あんな西洋風の風景画が描けるのかもしれませんな」

大平はひとりうなずくと、小林さん、と呼んだ。

「自分とこでも扱っていて、こんなこと言うのもなんですが、いま歌川派の先生たちの出しているものは、昔で言えば、さしずめかわら版の絵ですよ。なにしろ目新しい建物とか乗り物とかを、毒々しい絵具でもって描き写しただけですからね。どなたも浮世絵の古い技法《て》を使っておいでだ」

「……」

「しかし小林さんの絵はちがう。あなたならきっと、新しい風景画が描けるはずです。どうです、ひとつ、うちで働きながら、修業なすってみませんか」

「ご好意のほど、なんとお礼を申してよいものやら。それではよろしくお引きまわし願います」

清親は手をつかえて深々と頭をさげた。もともと好きな道である。画才がどうのと尻ごみするより、ここは大平の目におのれを賭けて、この道を歩いてみようと思った。

東京新大橋雨中図

一

「ほう、だいぶ腕を上げたな」

横合いから画帳をのぞいた小男が呟いた。万世橋の欄干《らんかん》にもたれて、橋の南詰め右手にある租税寮出張所を一心に写し取っていた清親は、驚いて顔を上げた。

「や、これは河鍋《かわなべ》先生」

清親は慌てて頭をさげた。狩野派の絵師ながら、また歌川派の絵師でもあるという特異な人物で、当節、本画を活かして狂画や戯画に秀抜な絵筆を揮《ふる》い、世間に名を馳せている河鍋暁斎《きょうさい》だった。

「続けて、続けて。貴重な昼休みだろうが」

暁斎は画帳を顎でしゃくって、清親の挨拶を制した。

半年前に大平に拾われて、仕事のかたわら風景画の修業をさせてもらっている清親は、雨天でもないかぎり、昼休みともなれば画帳をつかんで写生に飛び出る。大平とはかれこれ十五、六年来のつき合いとかで、ちょくちょく店に姿を見せる暁斎は、そのことを知っているのだ。

「ここんところだがね」

暁斎は爪ぎわに絵具のこびりついた人差し指で、画帳の一カ所をつついた。租税寮出張所の入母屋《いりもや》の屋根の部分である。

「実景をようく見透かしてごらん。少し遠近法が狂ってやしないかね」

「はあ……」

清親はしょげた。このあいだ大平に連れられて、湯島四丁目の暁斎宅を訪ね、書き溜めた画帳に目を通してもらったおりも、総じて遠近法が拙《まず》いという指摘を受けたのである。

「あんた、遠近法はどうやって覚えた?」

暁斎は清親を見上げた。

「はい。『西画指南』などを見まして……」

「ふむ。川上冬崖《かわかみとうがい》の翻訳したやつだな。西洋画の手引書としては、まあまあのものだが、しかし、あれだよ、あんた。絵というものはだね。頭で学んだからといって、巧《うま》く描けるもんじゃあない。なんといっても、躰で覚えんとな」

「はい」

師匠に就いたことのない清親は、巨軀をすくませるようにしてかしこまり、暁斎の弁に耳を傾けている。空《から》の人力俥を輓《ひ》いた車夫が、ふたりをじろじろと見やりながら、北のほうへ渡って行った。

「どうだろう。ひとつ修業に、半年ばかり風景写真の色づけをやってみないかね。あれをやれば、遠近法も陰影法も、おのずと会得《えとく》できる。本の図面と首っぴきで覚えるより、ずっと確かに身につくというものだ」

うむ、我ながらいい思いつきだな、と暁斎ははずんだ声で言った。

「わしの知り合いに、下岡蓮杖《しもおかれんじょう》という写真師がいる。あんたも名前くらい知っていよう。ほれ、横浜の」

「は。お名前はかねてから……」

清親はうなずいた。

「去年、横浜の生糸商人の請《こ》いで襖絵を描きに出向いたおり、蓮杖を紹介されてね。驚いたよ。あいつは昔、浜町狩野の画塾で絵の修業をしたというんだ。わしは駿河台狩野の画塾にいたんで、師匠こそちがえ、いわば同門よ。互いに意気投合してな、それ以来、行き来してるってわけだ」

「……」

「わしが蓮杖に添え状をしたためてやる。な、あいつのもとで写真の色づけをやってみろ」

「ありがたいお心遣いでございますが……」

清親は口ごもった。

「大平に気兼ねしているな。一存にはゆかない。」

勘よく察した暁斎は、乱ぐい歯をのぞかせて、からからと笑った。

「大平は、あんたに目をつけたからこそ、先買いしたんだ。内心では一日も早く、売り物になってもらいたいと思ってるはずだよ。あんた、いま、幾つだね」

「はい、二十九になります」

「そうか。わしより十六も若いが、二十九で絵の修業はちと遅い。早く腕を上げて、大平の恩に報いんとな。腕の上がること請け合いの修業をせん法はなかろう。さ、片づけたり片づけたり。これから行って、わしが話してやる。どうせ気散じに大黒屋へ足を向けていたところなんだ」

暁斎は清親をせき立てて画帳をしまわせると、先に立って歩き出した。

大平はちょうど店にいて、帳面をあいだに番頭となにやら話しこんでいたが、清親を従えて入ってきた暁斎を愛想よく迎えた。

「これは先生、いらっしゃいまし」

「や、しばらく。今日はな、このひとのことで話があってやってきたのだ」

気散じはどこへやら、暁斎は用向きを持って顔を出したようなことを言った。

「はてさて、なんの話でございましょう」

大平はふたりを座敷へ通した。

「話というのは、だな」

出された茶菓には手もつけず、暁斎はせかせかと切り出した。そばで清親は、小さくなって二度めの話を聞いた。

「ようございますとも。てまえからもあらためて先生にお願いします」

話を聞いた大平は、頭をさげた。

「善は急げで、明日にでも小林さんを横浜にやりますです。暁斎先生、どうか添え状のほうをよろしく」

「まかしておけ。この場で書こう。おい、承知してもらってよかったな」

暁斎は清親の肩を、ぽんと叩いた。

「はい、ありがとうございました」

暁斎と大平の双方に礼を言って、仕事場に戻ろうとする清親を、暁斎が引き止めた。

「待て、待て。あんたに言っておきたいことがある。あんた、いま竹川町でやっている国沢《くにさわ》新九《しんく》郎《ろう》の油絵展覧会を見たかね」

「いいえ」

清親は展覧会をやっていることすら知らなかった。

「ならば、ぜひ観に行くことだ。さすが英吉利で学んできただけのことはある。思わず唸ってしまうような逸品ばかりだ。国沢というやつ、まだ若いんだろう」

暁斎は大平に顔を向けた。大平は、画人の消息に精《くわ》しいのだ。

「さようで。まだ二十八とか……。土佐の出らしゅうございますよ」

大平は即座に答えた。

「ふむ。若僧のくせに、帰朝そうそう画塾なんぞ開きおって、鼻持ちならんやつだと思っていたが、絵を観たら悪口も言えんようになった。去年の四月だったかな。五姓田芳《ごせだほう》柳《りゅう》が新門辰五郎の肝煎りとかで、油絵の興行を浅草でやったろう」

「はい。西洋油絵画日本人物並びになんとかっていう、長ったらしい看板を上げて、派手にやりましたねえ」

「うん。あれはただ、寒冷紗《かんれいしゃ》に泥絵具で団十郎だの八百屋お七だのを描いて、その上から仮漆《にす》を引いただけのものでな。とてものこと油絵とよべる代物じゃなかったが、国沢のは正真正銘のほんものだ。ぜひ足を運ぶがいいぞ。大いに後学になる」

暁斎はしんから勧めた。大平もそばから、ぜひとも行ってごらんなさい、と口を添えた。

「はい。それでは近いうちにまいります」

清親はもう一度頭をさげると、座敷を出て行った。

仕事場は、店の裏手にある二十畳ほどの板の間である。そこで清親をふくめて五人の職人が、見本帖に拠ってカードや手巾に絵を描くのだ。芸者置屋が並んでいる裏通りに近いので、ときどき稽古三味線の音《ね》が流れてくる。

そろそろ仕事じまいというころ、手巾に牡丹《ぼたん》を描き入れていた清親のもとへ、手代がやってきて、旦那さまが茶の間でお呼びですよ、という。清親は絵筆をおいて立ち上がり、茶の間へ行った。

らんぷに灯の入った茶の間には、大平がひとりいて、新聞を読んでいた。

「お呼びだそうで」

清親が顔を出すと、大平は新聞を置いて手招きした。

「明日の陸蒸気の手形代をと思いましてな。陸蒸気で往復すれば、日の高いうちに戻れましょう。店の者に尋ねたら、横浜まで下等は片道三十銭だそうです」

大平はそう言って、懐の財布から青い色の半円（五十銭）札を二枚取り出した。

「釣を手土産代にあててください」

「いや、そうまでしていただいては……」

横浜まで七里――清親は徒歩《かち》で往復するつもりでいた。陸蒸気を使うなど贅沢な話で、そこまで大平に甘えるのは心苦しい。

「まあ、そう言わずとも」

大平は足代を清親に押しつけた。

「先さまが聞き入れてくださるんなら、半年か一年ぐらいは住みこんで修業をすることですよ。そのあいだの食い扶持は、てまえがちゃんと届けます。ゆくゆくは大黒屋《うち》の米びつになってもらおうってひとだ。気遣いはご無用。そうそう、これを忘れては大変だ」

大平は長火鉢の抽出《ひきだ》しから、暁斎がしたためてくれたという添え状を出して、清親に渡した。添え状には、蓮杖の写真館へ行く道順を書いた半紙までつけてあった。

「それからね。暁斎先生お勧めの国沢の油絵展覧会、ありゃ観に行くことはありませんからね」

「……」

先刻とは打って変わった大平の言葉に、清親は面食らった。

「いや、あたしも暁斎先生の手前、ああは勧めたが、行くことはないです。国沢のは正統派、それにひきかえ、あなたのは自己流儀の西洋風。あたしは、その西洋風ってのを、買っているんです。国沢にかぶれでもして、あなたの生得《しょうとく》の味が薄れでもしたら困る」

大平は生まじめな顔で言い、じゃ明日は気をつけて行ってらっしゃい、と話を結んだ。

翌日、清親はステンションへの道筋にあたる日本橋の海苔問屋で、進物《つかいもの》の海苔を二箱もとめた。蓮杖と山瀬への手土産にするつもりである。ステンションへ行くのだから、山瀬の店へも顔を出そうと、清親は思っていた。

ものになるかどうかわからないが、大黒屋で絵の修業をすることにしたので、はなはだ身勝手だが店をやめさせてほしい、と清親が申し出たとき、山瀬はこころよく聞き入れてくれた。そればかりか、

「ものになるかどうかわからないが、なんて修業前からそんな気弱なことを言ってどう

するんでさ。そりゃ将来《さき》のこたぁ誰にもわかりゃしませんや。けど人間、運否天賦《うんぷてんぷ》だ。ここは、吹いてきた風に身をまかせて、思いっきり突っ走ってごらんなせえ」

と励まして、餞別《はなむけ》までくれたのである。

新橋を渡った清親は、ひとまずステンションへ直行し、時刻表を見て十一時発の手形を買った。これだと、横浜へは十一時五十三分に着くとある。着いたら、先方の時分どきを避けるのに、どこかでゆっくりと昼をとり、ころあいを見はからって訪ねればいい。

出発の時刻まで一時間ほどあるのを、広間の大時計で確かめてから、清親は山瀬の店へ行った。だが山瀬は親戚に祝いごとがあって花川戸へ出かけており、戻るのは明日だという。

「旦那も、よくあんたの噂をしていなさるのにね。ほんとに、あいにくだった」

気の毒がる番頭に手土産をことづけ、これから配送に出るという昔の仲間としばらく立ち話をしてから、清親はステンションへ引き返した。

中下等待合所――と書かれた木札のさがっている部屋に入ると、椅子は残らずふさがっていた。外で待とうと思った清親が、部屋を出ようとしたところへ、銀釦《ぼたん》をかけた詰め襟服の掛員がやってきて、「出発十五分前」を告げた。みんな気がはやるのか、一斉に腰を上げると、中下等改札口へ急いだ。

手形に鋏《はさみ》を入れてもらって乗りこんだ下等の車輛《はこ》は、瞬く間に席が埋まった。時刻になったとみえて、乗降口の扉に外から鍵がおろされた。いよいよ発車である。清親は胸が高鳴り、車窓に顔を近づけて外を見た。耳を聾《ろう》するような汽笛が鳴ったかと思うと、陸蒸気はがたんとひと揺れして、ゆっくりと動き出した。

はじめのうちは後ろへ退《さ》がっていく駅舎や運送倉などがはっきりと見てとれたが、速さを増してくると、目に入る景色はまるで「すっ飛んで行く」としか言いようがなかった。金杉新浜町《かなすぎしんはまちょう》をすぎたあたりで、行く手の左に海が見えた。沖に浮かぶ白帆が、空と海の青さのなかで一瞬まぶしく光り、流れ星のように見えなくなった。

車窓の景色に目を奪われているうちに、品川、川崎、鶴見とすぎて、あっという間に神奈川に着いた。次が、終着の横浜である。いましばらく乗っていたいものだと、清親は速い陸蒸気がうらめしかった。だが陸蒸気はそんな清親に斟酌《しんしゃく》せず、時刻表どおり横浜ステンションにすべりこんだ。

改札口を抜けて外に出た清親は、新橋のそれと酷似している駅舎をしばらく眺めていたが、やがて歩き出し、広場を横切って、すぐ目の前の弁天橋を渡りはじめた。左手に海が見える。帆柱の先に旗をへんぽんと翻《ひるがえ》した異国の蒸気船が、あちこちに横たわっていた。

橋を渡ると、道は二股に分かれている。清親は懐から、道順の記された半紙を取り出した。蓮杖の写真館は弁天通り五丁目とあり、右手の道を一町《ひとまち》すぎた次の町の左側に印がついている。清親は半紙を懐にしまうと、右手の道に入った。

生糸店、漆器《ぬりもの》問屋、硝子板問屋、西洋家具屋などが軒を連ねた繁華な通りでは、多くの異人を見かけて、さすが新開地だと思った。店先から自鳴琴《ちゃるごろ》の美妙な調べが流れてくる時計屋の隣に、一膳飯屋をみつけた清親は、これ幸いと暖簾をくぐった。そこで昼を兼ねた時間つぶしをして、蓮杖の写真館へ向かった。

名の売れた蓮杖の写真館だから、立派な洋館を思い描いていたのであるが、来てみると、「RENJIO PHOTOGRAPHER」と異国文字で書かれた屋根看板がなんともそぐわない、ありふれた木造の二階家であった。変わったところといえば、二階の部分に途方もなく大きい硝子窓がはまっていることぐらいだ。おおかた、そこが写し場なのだろう。硝子窓は、四月の真昼の光を浴びてきらめいている。

清親が明け放たれた入口の敷居をまたいだとたん、入ってすぐ正面にある階段から、張りぼての石灯籠をかかえて降りてきた小僧が、いらっしゃいませ、と声をかけてきた。

「いや、客じゃない。東京の河鍋暁斎先生の紹介でやってきた者だが、ご主人にお取り次ぎを願いたい」

清親は海苔の箱の上に添え状を置いて、差し出した。

「少し、お待ちを」

小僧は石灯籠をその場におろして受け取り、二階へ取って返した。ほどなく戻ってきた小僧は、二階のとっつきの部屋へお通りください、と言うと石灯籠をかかえて奥へ消えた。

言われた部屋に足を踏み入れた清親は、一瞬とまどいを覚えた。襖が残らず払われていて、隣の広い写し場が丸見えだったからである。絨緞《じゅうたん》の上に置かれた西洋長椅子には、七三に分けた開化頭を髪油でつやつやさせた男と、金の指輪を両手に光らせた其者《それしゃ》上がりらしい別嬪《べっぴん》が、肩寄せあってかけていた。助手が後ろの書き割りを動かしては、前にまわってあんばいを見ている。

清親が居心地わるく突っ立っていると、黒い布をかぶって暗箱をのぞいていた男が、もぞもぞと顔を出してこちらを見た。えらく頭の大きい五十年配の男で、袷の胸もとから銀鎖がのぞいている。

「わたしが下岡です。暁斎さんからの添え状は拝見した。しばらく、そこで待っていてください」

蓮杖はゆるゆるした一本調子で言い、円卓と椅子のある一角を指さすと、またもぞもぞと黒い布をかぶった。動作も話しぶりも緩慢なこの男が、音に聞くあの蓮杖かと内心で驚きながら、清親は示された椅子に腰をかけた。

やがて撮り終わり、暗箱から硝子板を引き上げる蓮杖に、開化頭は「紙写しを二枚」と言って、一円五十銭を払った。

「あすのいまごろには、お渡しできます」

硝子板を助手に渡しながら、蓮杖は客に言った。客が階下に降りて行くと、蓮杖は清親のところへきた。清親は椅子から立って、挨拶をした。

「やあ、お待たせしました。ええと、小林さん、でしたっけ。ま、おかけなさい」

そう勧めると、蓮杖は自分も椅子に腰をおろして、清親に向かい合った。

「せっかくのご来訪にわるいのだが、あたしはいま写真よりほかの商売に打ちこんでいてねえ……」

亜米利加《あめりか》から乳牛を買い入れて、牛乳を売り広めようとしていることや、乗合馬車屋をはじめる話を進めていることなどを、蓮杖は長いことかかって話した。

「そんなわけで、あなたを預かってもとうてい満足には仕込めそうにないから、東京の新富町《しんとみちょう》四丁目に店を開いている桑山という弟子を紹介しましょう。あすこには、うちのぶらんち・はうすに引き抜きたいくらい腕のいい彩色師がいます」

「ぶらんち・はうす？」

「出張所《でばりしょ》のことですよ。あたしは馬車道《ばしゃみち》にも店を持っていて、息子にやらせています」

蓮杖は少し得意そうな顔をして、日曜日にはその出張所を耶蘇教の伝道師に貸して、伝道説話会を開いているのだと話した。それから胸もとの銀鎖を引っぱり出して、清親に見せた。銀鎖の先には、十字架《くるす》が揺れている。

「わたしもちかぢか、信者になる儀式に臨みます」

「はあ……」

清親は返答に窮した。横浜くんだりまできて、蓮杖の耶蘇話を聞こうとは思わなかった。蓮杖という男、変わり者のようである。この先もまだ、この手の話が続くのだろうかと思っていると、蓮杖はのっそりと腰を上げ、桑山への添え状を書いてくると言って、部屋を出て行った。

かなり待たせてから、添え状を手に戻ってきた蓮杖は、

「無駄足を踏ませて、これだけじゃ申しわけないから、ひとつ、写真を撮って進ぜます」

と言い出した。

「いえ、お気遣いなく。添え状をちょうだいしただけで、もう充分ですから」

斬髪床の大鏡に写った自分の顔を思い浮かべた清親は、慌てて辞退した。しかし蓮杖は聞かず、写し場の隣の「暗室」と書かれた小部屋のなかにいる助手を大声で呼び立て、支度を命じた。そして清親に向かい、着物を左前に着なおしなさい、と言った。

「そうしておかんと、写真では左右が逆になるものでね」

清親はふしょうぶしょう帯を解いて、左前に直した。蓮杖は清親の手を引かんばかりにして写し場へ連れて行き、さっき客のかけていた西洋長椅子に腰をおろさせた。

「正面向きよりも、やや斜め向きのほうが写りがいいから、心もち斜めにかけて」

「……………」

いまや清親はどうでも勝手にしてくれという気持ちで、蓮杖の言うなりになっている。

「はい。それでよし、と」

蓮杖は清親の太い頸根《くびね》を首おさえ台で動かぬようにすると、写真機のそばへ行った。

「写真はでき次第、送ってあげますから、あとでおところを書いといてくださいよ。さ、もう動いちゃいけません。あたしがゆっくり十《とお》かぞえるあいだ、息を止めておくこと。

はい、ひとぉつ、ふたぁつ……」

蓮杖は数をかぞえはじめた。清親は、だんだんと息苦しくなった。海のほうから、牛の啼《な》くような船の汽笛が聞こえてきた。

二

「写真の色づけねえ……。まあ、よろしいでしょう。ほかならぬ下岡先生のお頼みだ」

蓮杖の添え状を読み終えた桑山は、鷹揚《おうよう》にうなずいてみせた。髭だけは立派だが、青白い顔をした四十恰好の男で、せっかくの洋服も少しだぶついている。洋服といえば、ここ桑山の写真館は白ぺんきを塗りたてた洋館まがいの二階家で、蓮杖のところとはずいぶん趣がちがう。通された入口わきのこの部屋も、西洋間風にしつらえられていて、円卓と椅子が置いてある。

「ありがとう存じます」

清親はほっとした。ここでも断わられたらどうしようと案じていたのだ。きのうは横浜まで足を運んだのに、写真一枚撮ってもらって、ていよく追い返されたようなものである。

「ただ、うちは下岡先生のところほど大きく営んでいるわけじゃないのでね。住みこんでやってもらうほどの仕事はありません。通いで、まあ週のうち前半の三日きてもらいましょう。朝の八時から、夕方は六時まで仕事をしてもらうことで、どうです」

「はい、けっこうです」

それなら、あとの日は大黒屋で働けるわけだ。清親は、かえって好都合に思った。

「それはそうと、小林さんは、その、下岡先生とはどのような間柄なんで？」

話が決まると、桑山は尋ねた。貧書生じみた清親と、師匠である天下の蓮杖とのつながりが解せないらしい。

「べつに、知り合いというわけでは……」

清親は、暁斎の思いつきに端を発したきのうの横浜行きを話した。

「ああ、そうですか。なるほどね」

桑山は何度もうなずいたあと、洋服の隠しから金時計を取り出して、おっと、もう十一時か、と呟いた。

「では、さっそく仕事場をご覧に入れましょうか。昼には、出写《でうつ》しに行かなくてはならんのでね」

金時計をしまうと、桑山は清親を階段の裏手にある部屋へ連れて行った。
十五、六畳はある板張りの片隅には、石灯籠、町駕籠《まちかご》、屏風《びょうぶ》、長火鉢といった道具類が雑然と置かれており、肘掛け窓のそばに、絵具皿を所狭しと並べた大机が一脚すえてあった。そこで、初老の男がせっせと面相筆《めんそうふで》を動かしている。蓮杖の言っていた、引き抜きたいくらいの腕を持つ彩色師とは、この男のことだろう。
「槌田さんです」

桑山は清親をその男に引き合わせて、色づけを思い立った事情を話してくれた。

「小林と申します。どうぞよろしく、手ほどきください」

と清親は挨拶したが、槌田は顔を上げて、ああ、と言葉を返しただけだった。陰気そうな男である。筆の穂先を舐める癖があるらしく、薄い唇は絵具で染まっていた。

——この男……。

はたして手ほどきなどしてくれるだろうか、と清親は気になった。

だが桑山写真館へ通いはじめて、一日じゅう顔をつき合わせるようになった槌田は、初対面の感じとは裏腹に、意外と面倒見のいい男であった。嫌な顔ひとつせず、大机をはさんで向かい合う清親の手もとに目をくばり、遠近感を出す色ののせ方やぼかし方、影のつけ方などを懇切に教えてくれる。

「ああ、いけないいけない。実際は煉瓦の色が同じであっても、色をのせるときには、遠くの建物になればなるほど、少しずつ薄めていくもんだよ」

いまも清親の手もとを見ていた槌田は、向かい側から半身をのり出してきて注意した。

京橋あたりから撮った銀座煉瓦街の写真の色づけをしていた清親は、慌てて面相筆を筆《ひっ》洗《せん》に浸し、塗ったばかりの建物の色を薄めた。

「そうそう。そうやって、はるか遠くのほうは空との境を、うまくぼかしていくんだ。ほら、こないだ、東海道の柏原の写真を色づけしたろう。あの要領を忘れちゃいかん」

「うかつでした」

清親は頭を掻いた。街道沿いに並ぶ藁《わら》葺きの百姓家の色を、遠方のものになればなるほど薄めていったのだ。かなたに見える富士山などは、空に溶けこむような淡い銀鼠《ぎんねず》で塗ったことを、すっかり忘れていた。

「まあ、だんだんと覚えていくさ。露台の影のつけ方なんかは、第一国立銀行のを塗ったときよりも、ずっと腕が上がってるよ」

槌田は最後にちょっぴり励まして尻を落とすと、組み芸や逆立ちをしている角兵衛獅子の子供の写真に、色をのせはじめた。

桑山は蓮杖のところほど大きく営んでいるわけじゃないと言ったが、槌田の話によると、居留地にある独逸《どいつ》のブルクハルト商会に日本土産の写真帳を納めて、大儲けしているそうだ。おかげで清親は、東京の開化名所の写真はもとより、各地の景勝地の写真まで、数多く色づけする機会に恵まれた。槌田は清親に風景写真をまわし、自分はもっぱら芸妓や職人、物売りといった、いわば風俗写真のほうを引き受けてくれるのだ。

六月と暦がかわって間なしの、ある夕方のことである。

長屋に戻って、流しに置きっぱなしにしていた朝の茶碗や小皿を洗っていると、隣のかみさんが、一通の郵便を持ってきた。昼間、預かったという。清親は腰にさげた手ぬぐいを使ってから、礼を言って受け取った。

引き窓からさしてくる薄日を頼りに、菊花紋章入りの二銭切手が貼られた封嚢の裏書きを読むと、横浜弁天通り五丁目下岡蓮杖とある。あのひとらしいな、と清親はおかしくなった。でき次第送ると言っておきながら、こっちが忘れた時分にようやく、あのときの写真を送ってよこしたのだ。封を切ると、懐紙に包まれた一葉の写真が出てきた。さすが蓮杖で、斬髪床の大鏡に写った顔より、幾らかましに撮れている。顔が真っ赤になるまで息を止めさせられたあの写し場を思い出しながら、清親は写真を封嚢に戻した。

次の日――昼近くになっても、槌田は姿を見せなかった。桑山が槌田の家に小僧を走らせてみると、ゆうべから熱を出して寝こんでいるという。

――梅雨寒《つゆざむ》だから……。

槌田さん、風邪でも引いたのかな。日本三奇橋の一つ錦帯橋を撮った写真の、川をまたぐ五連の迫《せ》り持《も》ちを塗り終えた清親は、手を止めて向かいの席を見た。ここ四、五日、雨は一休みのありさまで助かっているのだが、そのかわりうすら寒い日が続いている。

あとで桑山に槌田の住まいを聞いて、帰りに見舞おうと思っているところへ、当の桑山がやってきた。片手に、小箱を持っている。

「ほう、橋の遠近感がよく出ているじゃありませんか。いいでき栄えだ」

桑山は清親の横に坐って、写真に目を注いだ。

「はあ、槌田さんが手取り足取りして教えてくださるおかげで、どうにかこうにか」

清親は槌田の懇切な手ほどきぶりを話した。

「そいつはよかった。ところで、今日はひとつ、あなたに折り入って頼みがあるんだ。もちろん、この分の手当はちゃんと払います」

と言って、桑山は小箱を机の上に置いた。

「なかに、ちょいと艶っぽい写真が入っている。これに色づけをしてもらいたいんです。いつもはあなたのこない日を選んで、槌田さんに色づけしてもらっているからご存じあるまいが、その、変に思わんでくださいよ。この種の写真は、なにもうちだけが扱ってるわけじゃなくて、どの店だってやってることでね。あの下岡先生のところだって、そうですよ」

「……」

「こいつはきのう、さる料理店へ出写しに行って撮ったものなんだが、あすの朝までに色づけして届ける約束なんです。で、こうして十枚を急いで焼き増ししたのはいいが、肝心の槌田さんが病気ときている。万事休す、ですよ。そこで切羽《せっぱ》つまって、あなたに頼む次第でね。ひとつ、やってくれませんか」

「槌田さんほどうまくできませんが、わたしでよければ……。お世話になっておりますから、手当てなどはいりません」

清親が引き受けると、桑山は、いや助かった、と顔をほころばせて小箱をあけた。

「こ、これは……」

渡された写真を見て、清親は息をのんだ。女ふたりの湯浴み写真で、ひとりは風呂桶のなかで手ぬぐいを使っており、もうひとりはその横に立って、いまにも肩先から浴衣をすべらせようとしている。羞恥と怯《おび》えで身をすくませている女の白い乳房が、ちらりとのぞいていた。立ち姿の女は、佐江であった。

「知っている女で？」

清親の顔色を見て、桑山が訊いた。

「は、はあ」

嫂とは言えず、清親は言葉につかえた。しかしなんとしてでも、兄夫婦の居所が知りたい。母が亡くなったことを、報せたいのである。

「あのう、このひとの住まいを知る手だてはないものでしょうか」

清親は佐江を指さした。

「さあ……。そんなことを、わたしに聞かれてもねえ。こっちはただ、撮っただけなんだし」

桑山は素っ気なく答えた。

「では、どなたから出写しを頼まれたのか、それを教えてくれませんか」

清親は食いさがった。

「それを教えたら、あなた、そこへ押しかけるでしょ。教えるわけにはいかないね。得意先を失う」

「そこをまげて。実は、このひと……」

清親はやむなく、事実を打ち明けた。

「ふむ。嫂さんかね。ならば、教えんわけにもゆかんだろうなあ」

桑山はため息をつき、それは日本橋南の羽根屋という唐物屋《とうぶつや》に頼まれて、南鍋町《みなみなべちょう》の料理店で撮ったものだと話した。官員と外国人が十人ほどいて、まわりで見ていたという。佐江ともうひとりの女を連れてきた周旋屋がいたので、羽根屋に尋ねたらわかるはずだと桑山は言った。

「羽根屋さんは去年、新富座の帰りにうちへ寄られてこっち、いいお得意だったんだけどねえ。聞けば、まあ、事が事だけにしかたないが……」

髭の先を指でねじりながら、桑山は愚痴っぽく言った。

「恩に着ます」

「ええ、恩に着てもらいますとも。じゃ、さっそくそいつの色づけに取りかかってください。出写しの一件は洩らしたわ、写真は約束どおり届けられないわじゃ、あたしの顔は丸潰れですからね」

すぐにも羽根屋へ出向きたそうな清親に釘をさして、桑山は仕事場を出て行った。

だが清親は、しばらく面相筆をとれなかった。写真のなかの佐江を見るに忍びなかったのだ。ここまで落ちるほど、金に窮しているのだろうか。

——嫂上にこんなことをさせて……。

虎造兄上はいったいなにをしているのだ。清親は怒りがこみ上げてきた。気持ちがおさまらず、いっとき天井を睨んでいたが、ようやく面相筆をとった。色づけを仕上げなければ、羽根屋へは行けないのである。

清親は気持ちを抑え抑えして、まず風呂桶を塗りはじめた。次に風呂桶のなかの女にかかり、しまいにやりきれない思いで、佐江を染めた。やっとのことで十枚の色づけを終えた清親は、桑山に断わって、羽根屋へ急いだ。

まだ四時前というのに、羽根屋では店内にさげた幾つもの吊りらんぷに、もう灯を入れていた。その灯に照り映《は》えて、陳列棚に飾られた玻璃器《はりき》や金銀の食器、香水瓶などがきらめいている。

「桑山写真館のものです。ご主人にお目にかかりたいのですが」

清親は、飾り窓から蝙蝠傘を取り出していた店の男に声をかけた。

「少々、お待ちください」

男は蝙蝠傘を客のところへ持って行くと、丁稚《でっち》を呼び立てて奥へ走らせた。丁稚はすぐに戻ってきて、清親を奥の西洋間へ案内した。横文字の書かれた大小さまざまの木箱が積まれた十畳大の部屋で、椅子にかけて待っていると、やがて藍縞の結城紬をまとった恰幅のいい五十前後の男が入ってきた。清親は椅子から立って辞儀をした。

「やあ、もう写真ができたのかね。このたびはずいぶん早く仕上げてくれたじゃないか」

羽根屋は辞儀も返さず、尊大な口調で言った。

「いえ、写真のほうはお約束どおり、主人があすお届けに上がります。わたしは別の用件で伺いました」

清親はこう言って、写真の女たちを取り持った周旋屋の住まいを教えてもらえないかと、頼んだ。

「いくら頼まれても、そいつは教えるわけにいかんな。ああいう大っぴらにできんことを、隠れてお膳立てしている男の住まいをだよ、見ず知らずのひとにべらべらと喋れるかね。そういう用件なら、すぐに引き取ってもらおう。わしは忙しい」

羽根屋は言い捨てて、くるりと背を向けた。清親はとっさに踏み出して、羽根屋の袖をつかんだ。不意をくって、羽根屋はよろめいた。

「失敬な、なにをする。放せ」

羽根屋は怒気もあらわに一喝して、袖を振りほどこうとした。だが、伸ばせば一尺に近い清親の掌に握られた袖は、振りほどこうにも振りほどけない。羽根屋は改めて、清親の全身をしげしげと見た。

「て、手荒なことはやめろ」

羽根屋は清親の巨軀にけおされたのか、ひるんだような声を出した。

「どうか、周旋屋の住まいを教えてください。でないと、羽根屋さんが官員や外国人の客を招いた席で、ああいう写真を撮らせなすったと、吹聴してまわりますよ」

清親は脅しに出た。羽根屋はしばらく清親を睨んでいたが、

「あれは笹倉岩蔵って男だ。深川八名川町《やながわちよう》の裏通りで、質屋をしている」

としぶしぶ教えた。清親は羽根屋の袖を放して、頭をさげた。羽根屋はいまいましげな顔つきで、桑山写真館とはもうこれきりだと吐き捨て、皺くちゃになった袖をおおぎ

ように振りながら部屋を出て行った。

——深川八名川町か……。

と呟きながら、清親が店内に出てきたときである。

「おい、清親じゃないか」

と、声が飛んできた。見ると、圭次郎が石盤を持って立っている。

「あれを観にきたのか」

圭次郎は正面の壁に架けられている二枚の大きな油絵を、顎でしゃくった。どちらも異国の風景画で、一枚には枯葉の舞う暗い色調の街角が、もう一枚には夕日を受けて茜《あかね》色に染まった耶蘇教の御堂が描かれている。

「うむ、まあ……」

清親は言葉を濁した。たとえ圭次郎であっても、ここにきた事情は明かすわけにはいかなかった。

「そうか。おれは使いだ」

圭次郎は店の者に石盤を包ませた。羽根屋のものは品がいいからと校長に頼まれて、買いにきたのだという。

「どうだ、絵の修業のほうは？」

石盤の包みを受け取った圭次郎は、清親と肩を並べて店を出ると、足を止めて聞いた。

大黒屋で絵の修業をすると決めた二日後、清親は本所若宮町の長屋に移った。そしてその日の夕刻、神田鍛冶町の代用小学校に圭次郎を訪ねている。代用小学校というだけに、格子戸のはまったただの平屋で、入り口の柱に「尋常代用小学校・村越学校」と墨書された木札がさがっていなければ、気づかずに通りすぎてしまうところであった。格子戸をあけて訪いを入れると、上がり口右手の障子があいて、圭次郎が顔を出した。

「なんだ、どうした」

だしぬけに現われた清親を見て圭次郎は驚いたが、ともかく上がれ、と手招きした。机と手焙《てあぶ》りがあるだけの四畳半が、圭次郎の寝起きする部屋なのだそうである。

「おい、聞いてくれ」

上がりこむなり、清親は大平に拾われたいきさつを話しはじめた。圭次郎は膝をのり出して聞き入り、話が終わると、大きくうなずいた。

「それはよかった。ふむ、絵師を志すか。おまえにふさわしいよ。なにしろ寺子屋へ通っていた時分から、読み書きそっちのけで清書双紙に絵ばかり描いていたものな。師匠に見つかっては大目玉を食らっていたが、それでも性懲りもなく描いていたからね。よし、今夜はこれからおまえの船出に祝杯をあげようじゃないか。ちょうど給金をもらったばかりだし、軍資金はたっぷりとある」

圭次郎は懐を叩いてみせると、清親をうながして立ち上がった。その夜、ふたりは隣町の鍋町《なべちょう》にある居酒屋で遅くまで飲んだ。

以来、圭次郎は顔を合わせるたびに、修業のほうはどうだ、と聞くのである。

「うむ、今日は色づけを褒められてな」

と清親は言った。

「それはよかった。進んでいるようだな。ところで、おまえ、芝居に行かないか」

この三日に新富座で幕をあけた「明治年間東日記《めいじねんかんあずまにつき》」は、上野のいくさを扱ったはじめての狂言だそうだ、と圭次郎は話した。

「ぜひ行こう。今日は校長が待っているので長話もできんから、また明日の夕方にでも長屋を訪ねて、この話はする」

「わかった。待っている」

羽根屋の前で圭次郎と別れた清親は、深川八名川町へ急いだ。

七ツ屋、と肉太に書かれた店障子をあけると、帳場格子のなかで帳面を繰っていた中年男が、上目遣いで清親を見た。

「いらっしゃい」

男は無愛想に言い、清親が質種《しちぐさ》を出すのを待っているようだった。

「ぶしつけながら、ご主人でしょうか」

清親は上がり端まで進み、勝手に腰をおろした。

「へえ、さいで」

笹倉は怪訝《けげん》な顔をして、帳面を閉じた。

「わたしは、羽根屋さんとは昵懇《じっこん》にしている者ですがね」

清親は嘘をついた。羽根屋の名を出せば、笹倉も胸を開くにちがいない。

「そうですか。これは、これは」

笹倉はとたんに顔色を和らげた。

「今日は、例の写真を見せてもらいましたよ」

「ほう。で、撮《と》れ具合はどうでした？　なにさま女たちが素人なもんでね。納得ずくのはずが、いざ撮るだんになると、やはり裸は嫌だと泣き出して、説得するのにひと苦労だったんですよ」

笹倉は帳場格子のなかから出てきた。

「上々のできでした。ところで、その女たちのことなんですがね」

清親は肝心な話に入った。

「ひとりは小林佐江といいませんか。あのひと、わたしが昔、ひとかたならずお世話になったご仁のお内儀に瓜ふたつなもんで……」

「そうですよ。あなた、小林さんをご存じでしたか」

笹倉はあっさりと認めた。

「ええ、知っていますとも」

清親はうなずいた。これは嘘ではない。

「ただ、ここ一年半ばかり前から行方が知れなくなって案じていたんです。そうしたら、お内儀があいうことをなさっている。これは困りきったあげくのことにちがいない。

なんとかご恩返しのひとつもしなくてはと、こちらへ居所を伺いにきたわけで」

「ご奇特なことですな。小林さんはね、隣の西元町《にしもとまち》の李兵衛店《だな》にお住まいですよ」

大川べりを下ると万年橋の北詰めに出る。そこを左に河岸道を半町ほど行くと、石屋がある。李兵衛店はその裏手なのだと、笹倉は教えてくれた。

「なんでも、ご亭主が患《わずら》いついていなさるとかでね。お内儀はふたりのお子をかかえて、難儀してらっしゃるようですな」

「病気ですって?」

頑健だった兄が……と清親は顔を曇らせた。

「ええ。ですから、お内儀がちょくちょくうちへお見えになる。それもあなた、言っちゃわるいが、とても質種にはいただけんような品をお持ちになってね。それでまあ、見かねて声をかけたわけです。いい金になる仕事がありますよ、とね。ひと助けですよ、ひと助け」

笹倉は甲高い声で笑った。

「なるほどね。それでは、さっそく訪ねてみますよ。いや、お邪魔しました」

清親は腰を上げたが、ふと思い巡らして、笹倉に口止めをした。

「わたしがこうしてやってきたことは、小林さんのお内儀にはきっと内聞に願いますよ。あんな写真を見られたとあっては、お内儀もいたたまれないでしょう。小林さんのお宅へは、なんとか口実をもうけて訪ねますから」

「ええ、よござんすとも。この仕事は口が堅くないと、やっていけませんからな」

安心しろ、というように笹倉は胸を叩いてみせた。

三

李兵衛店は手もなく見つかった。節穴だらけの薄板を使った、二階建ての長屋である。だが清親は、石材を削る鎚《つち》の音の響いてくる木戸口で、立ち往生してしまった。道みち知恵袋をしぼって考えたのだが、兄の家を訪ねるうまい口実は、どうしても浮かんでこないのである。清親のわきを、笊《ざる》を手にした女が黄昏《たそがれ》の空の色に心せかれたような足取りですり抜け、木戸をくぐった。そのときである。背後で下駄の音がやみ、

「清親さんじゃありませんか」

と呼びかけられた。佐江の声である。

「こ、これは嫂上」

清親は泡をくって振り向いた。佐江は、おからの入った小鉢と卵をひとつ大事そうに持って、清親にほほえみかけた。

「お姿で、すぐにわかりましてよ」

佐江は初対面のときと同じことを言った。

「駿府からお戻りになりましたのね」

「はあ……」

「どうして、ここがおわかりに？」

「えっ、嫂上たちはここにお住まいなのですか。これは驚きました」

清親は腋《わき》の下に汗をかきながら、とっさに出まかせを言った。

「常盤町《ときわちょう》に友人を訪ねての帰りなのです。近道を教えてもらったのですが、どこをどうまちがえたのか、ここへ迷いこんで」

下手な嘘をついたものだが、佐江は別に疑いをはさんだふうもなく、まあ、そうでしたの、とうなずいた。

「でも、そのおかげで、こうしてお会いできたじゃありませんか。と言っても、わたくしども、ほんとは合わせる顔などありはしませんけど……。さ、どうぞ」

佐江は先に立って木戸をくぐり、左手の三軒めの家に入った。清親もあとに続いた。上がりはなの二畳で、鳩車を奪《と》り合っていたふたりの男の子が、清親を見上げて、きょとんとした。家内《やうち》はきちんと片づけられていて、かすかに薬湯のにおいがする。

「あなた、清親さんがおいでになりました」

佐江は下駄を脱ぎながら、声をかけた。

「なに、清親だと？」

奥の四畳半に臥せっていた虎造が、むくりと半身を起こした。瘦せ細って、別人かと思うほど面変《おもが》わりしている。

「さ、お上がりくださいまし」

佐江は清親に言い、子供たちを見た。

「謙太郎、篤四郎。叔父さまですよ。ご挨拶なさい」

五つと三つだという、はじめて顔を見る甥っ子たちである。ふたりともおとなしそうな子で、そろってぺこりと頭をさげたさまが、なんとも可愛らしかった。

「やあ、こんにちは」

二畳に上がった清親は、思わずふたりの頭をなでた。

「ご挨拶したら、二階へ行って遊んでらっしゃい」

茶の支度にかかった佐江がそう言うと、ふたりは素直に、勝手の横の段梯子《だんばしご》を上がって行った。清親は虎造の枕もとに坐り、

「兄上、お久しゅうございます」

と手をついた。

「あ、挨拶などはいらん。おまえ、いつ戻ってきたのだ？　母上は息災か？」

虎造は矢つぎ早に尋ねた。茶を運んできた佐江も、清親が口を開くのを待っているような顔つきである。

「兄上、嫂上……実は」

清親はふたりから目をそらして、母の死を告げた。会うまでは、早く報せてやりたいと思っていたのだが、病床の兄の前では、それはいかにも酷《むご》い報せで、清親の口は重かった。

「死に目に会えなかったのは、天罰だ」

清親が告げたあと、虎造はぽつりと呟いて肩を落とした。佐江はうなだれて、目頭を押さえた。

「不孝のかぎりを尽くしたばかりか、別れぎわには母上の金まで盗んで……。わが子が盗んだとあっては、いかばかりお嘆きなさることか、重々承知していたのだが、切羽つまってな……」

虎造は大息して、目を閉じた。

「わたくしゆえなんです。あのとき初子《ういご》を流産《なが》して、ずっと寝ついていたものですから」

医者の費用《かかり》が滞っていて、薬をもらえなかったからだ、と佐江が涙声で明かした。

「いや、盗みは佐江のあずかり知らぬことだ。あとで打ち明けたとき、これがどれだけ悲しんだことか……母上にすまない、とな」

「おふたりとも、そのことはもうお忘れください。母上も、いまではきっとお許しになっておられましょう。それよりも、わたしは去年の五月、駿府から戻って……」

清親は村松町の長屋を訪ねて虎造たちの夜逃げを知り、北本所番場町まで足をのばして佐江の兄に会ったことを話した。

「そのおり清水さんは、兄上がひとに騙《かた》られたのだとか申されましたが、いったいなにがあったのです」

「ばかな話さ……」

と虎造は自嘲した。

一昨年の初冬のことである。虎造は貸本屋仲間のひとりから、共同で新聞縦覧所《しんぶんじゆうらんしよ》を開かないかと持ちかけられた。新聞縦覧所とは、内外各種の新聞を取りそろえて、客に湯茶を供し、見料と茶代を取る店のことである。浅草の奥山《おくやま》や神田栄町《さかえちよう》などにできた新聞縦覧所は、いずれも大入りという評判だった。

元手は新聞の購読料と葉茶代だけだから、見料と茶代でひとり二銭も取れば、楽に商売になる。これに人気のレモン水でも置いて、うまく勧めれば、大した儲《もう》けになるのではないか。年が年中、笈箱《おいばこ》を背負ってひとさまの家をまわり、行く先ざきで新板のあらすじを喋っては本を貸しつけて、雀の涙ほどの見料を稼いでも高は知れている。ひとつここらで商売替えをしないか、とその男は誘った。

「ちょうど篤四郎が生まれたばかりで、暮らし向きも楽ではなかったから、おれはすぐさまその話に飛びついたのだ」

虎造は唇を嚙んだ。

すると男は、虎造に元手の半金三十五円を出せと言った。新聞一紙のひと月の購読料が五十銭ちょっと、どこの新聞縦覧所でも二十紙ばかり取りそろえているので、それに倣うと十円になる。レモン水五十瓶を仕入れるとして、これが十円。それに繁華な通りの十軒店《じつけんだな》に見つけた貸家が、前店賃で七円、これに礼金と敷金、店の改装費用など合わせると、店開きにこぎつけるまでに七十円は要るというのだ。

男は貸家札の貼られた十軒店の家を虎造に見せたあと、四日だけ待つ、と言った。手もとには三円しかない。その日から虎造は、金策に駆けずりまわった。小林の一統をはじめ知人、貸本屋の卸元まで訪ねて頭をさげ、金を工面した。それでも十五円ばかり足りなかったので、やむなく高利の金を借りて、やっとのことで三十五円の金をつくった。その翌朝、虎造は金を持って瀬戸物町《せとものちょう》の長屋に男を訪ねたのである。男は大喜びして虎造を迎え、十軒店の家に借り手がついては事だから、きのう手付けを打ってきたと話して、家主の受取書を見せた。

「それから新聞購読の契約書も見せられたものだから、おれはすっかり信用して金を渡したのだ」

と虎造は無念そうに言った。

男は金を受け取ると、おれの証文代わりだと言って、虎造に家主の受取書と新聞の契約書を渡した。そして女房に持ってこさせた暦《こよみ》を見て、明後日《あさって》は日柄がいいから、十軒店の家に大工を入れようと言い出した。知り合いの大工を連れて行くから、朝の八時に十軒店の家の前で待っていろというのである。虎造は承知して戻った。

ところが当日、約束の時刻に十軒店の家に出向いてみると、まだ貸家札が貼られたままである。虎造は不審に思いながら、男と大工の来るのを待ったが、いっこうに現われない。これはおかしい、と虎造は瀬戸物町の長屋へ走った。長屋は、もぬけの殻であった。隣で訊ねると、男と女房は虎造が三十五円を渡した日に、姿をくらましていたのである。

「当たってみたらば、家主の受取書も新聞購読の契約書も真っ赤な偽物でな。まんまと騙られたというわけさ。おかげで、今度はこっちが姿をくらます羽目になってしまった」

騙り取られて一銭もないところへ、高利貸は毎日二十銭ずつ、情け容赦もなく取り立てにやってくる。追いつめられて佐江が番場町の兄のもとへ金策に行ったのだが、金はできず、もう夜逃げするしかなかったのだ、と虎造は話した。

佐江は行灯をともすと、そっと勝手に立ち、やがて二階へ上がって行った。子供たちの腹ふさげに、なにか与えるのだろう。すでに時分どきである。佐江によけいな気遣いをさせぬよう、早く腰を上げなければと思う清親だが、虎造の話は続く。

「だが、ここに隠れてひと月もすると、高利貸の手先に見つかってな。夜逃げをするくらいだから、金のめどはつかんだろう。さあ、佐江を売って金をつくれと凄まれて、にっちもさっちもいかず、とうとう佐江の昔の奉公先で、おれの得意先でもあった横山町の料理茶屋の隠居に泣きついて、金を都合してもらい、その難は逃れた。だが、これもまた借金だからな」

虎造は、すぐそばの海辺《うみべ》大工《だいく》町《まち》にある干鰯《ほしか》〆粕魚油《しめかすぎょゆ》問屋の油搾《あぶらじ》めに出た。ふたりがかりで、重い搾め木をまわして油をしぼり出す仕事は躰にこたえるが、三十五銭もの日銭が入るからである。また夜は夜で、ほど近い清住町《きよすみちょう》の摂《せ》綿篤《めんと》製造所の番小屋に詰めて、夜番をした。この手当が一晩で二十銭だった。佐江も刷毛を綴る毛縄をなう内職をして、日に六銭を稼いだ。掌の荒れはひどいものであったが、ほかの内職よりもずっと割がよかった。

こうして夫婦けんめいに働き、隠居に都合してもらった十五円は利息を添えて、この正月きれいに返すことができた。さあ次は、貸本屋の卸元や知人から借りた十円を返すぞと息ごんでいたやさき、これまでの無理がたたったのか、虎造は躰をこわしてしまったのだという。

「そうだったのですか……」

床に両手をつき、肉の落ちた肩をふるわせて、とつとつと話す虎造を見るのが、清親には辛かった。日中は力仕事の油搾め、夜は気を遣う夜番と、昼夜をわかたず働けば、躰をこわしても不思議はなかった。

「おれがこうなってからは、佐江が本所藤代町《ふじしろちょう》の料理屋へ通い女中に出ている。佐江ひとりに苦労をかけているが、夕方まで働けばよい金になるそうでな。それでどうやら一家が口を過ごしている」

「はあ……」

清親は世事にうとい兄が情けなかった。昨年の佐賀の乱このかた、米の値段が暴騰して、もろもろの物価も上がり、不景気が続いているというのに、料理屋の通い女中の日《ひ》傭《よう》ぐらいで、一家を養えるはずがないではないか。しかし、佐江の写真を見たときに覚えた虎造への怒りは、消えていた。男たちの前に肌身をさらす佐江も哀れだが、そのことを知らずにいる虎造もまた哀れである。そこへ、佐江が二階から降りてきた。清親はそれを機会《しお》に言った。

「いや、これは長居をいたしました。近いうちにまた、あらためて出直します。兄上にはくれぐれもご養生ください。嫂上、今日は迷いこんでお邪魔しました」

立ち上がろうとする清親を、佐江が引き止めた。

「お待ちになってくださいな。お引き止めするほどのものはなにもございませんけれど、食事をごいっしょいたしましょう」

「そうだ、そうしろ。こっちの話ばかりで、おまえのことはなにひとつ聞いておらん。駿府での暮らしとか、いまの暮らしのもようなどを聞かせてくれ」

一日じゅう床に臥して人恋しいのか、虎造も細った腕をのばして、清親の肩を押さえた。しかたなく清親は、兄夫婦の言葉に従った。

麦飯におから、ひとつまみほどの煎《い》り卵、それに味噌汁だけの夕餉をよばれながら、清親は明るい声で駿府での苦労話を披露した。撃剣興行ではじめて木戸前に立って、すっかり逆上《あが》ってしまい、口上を忘れてしまったことなどを面白おかしく話すと、虎造も佐江も声をたてて笑った。ふたりの子供も大人たちの笑い顔を見ては、互いに皿のものを箸でつついたりして、はしゃいでいる。清親がいまは大黒屋に拾われて絵の修業をしていると話すと、虎造は箸を止めてはずんだ声で言った。

「絵師か……。そう言えばおまえは子供のころから、玩具《おもちゃ》よりも錦絵なんかを欲しがるおかしなやつだったが、そうか、絵師か」

　食事のあと、虎造が薬湯を飲むのを待って、清親は辞去することにした。表へ出ると、すっかり暗くなっていた。清親は木戸口まで送ってきた佐江に、兄の病名を尋ねた。

「お医者さまは、肝の臓がひどく悪いと……。でもお診立てどおりなのかどうか。このごろときどき、胸のあたりが苦しいと申しますの」

「そうですか」

　清親は母の病状と似ていると思ったが、慌ててそれを打ち消し、嫂上には苦労をかけます、と頭をさげた。そして懐中から財布を取り出すと、佐江の手に握らせた。

「いけません、こんなこと。なんとかやっていますから、ご心配なさらないでください」

　佐江は驚いて押し戻そうとした。

「なに、一円入っているかどうか……」

　清親は無理に握らせて、困ったらいつでも訪ねてきてくれと言って、さっさと歩き出した。

　翌朝――。清親が桑山写真館の扉をあけると、桑山が上がり口に腰をかけて、黒い革靴を履《は》いていた。

「おはようございます。きのうは身勝手なお願いをしまして、すみませんでした」

　清親は腰を折って詫びを言い、おかげで兄の家を訪ねることができたと告げた。

「じゃ、あのひとはまさしく嫂さんだったわけですな」

靴紐を結んで立ち上がった桑山が清親に寄ってきて、小声で言った。

「はい」

清親も声を落として、佐江があああいうことをせざるをえなかった事情を手短に話した。

「ふむ。そいつは気の毒だ」

清親の話を聞くと、桑山はちょっと黙りこんだが、すぐそのあと気を変えるように、洋服の隠しをぽんと叩いた。

「これから羽根屋さんへ、約束の写真を届けに行くんですがね。ま、さんざん毒突かれるだろうが、嫂さんのことを思って、耐えるとしましょう。では、ひとつ行ってきますか」

桑山は羽根屋に会うのが気重《きおも》でならないらしく、しまいには嫌味がましく言った。

「嫌な思いをさせまして……」

清親はあとの言葉が続かず、出て行く桑山を黙って見送るしかなかった。

その日も向かいの席が空いたままの仕事場で、京や奈良の名所古刹《こさつ》を撮った風景写真の色づけをした清親は、六時になると早々に机の上を片づけて桑山写真館をあとにした。これから四谷坂町へ行くつもりなのである。槌田にはわるいが、見舞いは明日ということにして、まずは茂平に虎造が見つかったと報せなければならない。雨が近いらしく、いやに蒸し暑いなかを、清親は汗ばみながら道を急いだ。

茂平の店は、町役場から一本北へ入った横町にある。清親が店の前まできたときには、店障子に描かれた煙草をふかす達磨《だるま》の絵も夕闇に溶けかけていた。

「清親です」

声を張って店障子をあけると、出てきた茂平が、

「おう、いいところへきた。もう少し遅けりゃ出かけていたぞ」

と言った。女房と子供たちがそろって赤坂一ツ木通りの地蔵尊の縁日に出かけたので、これから飲みに行くつもりなのだという。

「おまえもつき合え。町役場の裏にな、よい店があるのだ」

「それどころじゃありませんよ」

清親はさっさと茶の間へ上がりこみ、虎造に会ったと話した。

「なに、虎造に？　どこで会ったのだ」

茂平は清親の顔をのぞきこみながら、向かい合いに坐った。清親は佐江の写真に端を発して虎造の居所が知れたことは伏せて、思いがけず出遇《であ》ったのだと言い、ゆうべ虎造に聞かされた夜逃げのいきさつから、いまの境遇などを包み隠さずに話した。

話を聞いたあと、茂平はしばらく口を利かなかった。が、やがてゆっくりと立ち上がると、隣の部屋へ行った。簞笥《たんす》をあけしめしているらしく、鐶《かん》の鳴る音がする。

「七円ばかり入っている」

茶の間に戻ってきた茂平は、清親の膝の前に古びた紙入れを置いた。

「兄上……」

「虎造のばか者が。うまい話は、疑ってかかるものだと言ってやれ」

茂平は渋面をつくって言い、残っている借金はたしかに十円なのだな、と念を押した。

「はい、そのように聞きました」

「話だと、二年近くも前の十円だ。年に二割の世間並みの利息としても、いまでは十四円ほどにはなっていよう。まったくもってばかなやつだ」

ぶつくさ言いながら、またもや立ち上がった茂平は、今度は茶の間の押し入れをあけて上半身を突っこみ、片隅の天井板をはずして小さな紙包みを取り出した。

「おれのへそ繰り金だ。五円ある。これも持っていけ。あと、二円か。女房のやつが勝手の土間のお歯黒壺の下に、油紙に包んだへそ繰り金を隠しておるのを知っているんだが……」

「あ、兄上。あとは、わたしがなんとかしますから」

勝手へ行きかねない様子の茂平に、清親は慌てた。

「わたしにも二円くらいの貯《たくわ》えはあります。ですから、もう」

「そうか、すまんな。なにせ、この小店の利益《あがり》で一家七人が食っているもんだから、それで精いっぱいなのだ」

「いえ、虎造兄上の喜ばれるのが目に見えるようです。わたしからもお礼を言います」

「よせ。残りの借金もきれいに払ってやれんし、暮らしの手助けもかなわんというのに、礼など言ってくれるな」

茂平は苦笑して、虎造にそのうち見舞うと伝えてくれ、と言った。

それから小半刻ばかりして、清親は茂平の家を出た。途中、飯屋に寄ったから、清親が長屋に戻ったのは九時をすぎていた。

——あっ。

清親は思わず声をあげた。家の腰高障子に灯影が映っている。きのう羽根屋で会ったおり、圭次郎が明日の夕方にでも訪ねると言ったことを、すっかり失念していた。清親は家のなかに駆けこんだ。

「遅いではないか。おれは六時にはやってきたんだぞ。よい加減、待ちくたびれた」

所在なげに畳に寝ころんでいた圭次郎が、文句を言いながら起き上がった。

四

新富座の舞台で、ゆっくりと盆がまわる。砲声《ひきだま》が鳴り、本雨の降りしきるなか、官兵とこれを迎え撃つ彰義隊士とが酸鼻な白刃戦をくりひろげる上野山内《さんない》が、暗転のうちに消えていく。

「これより根岸へ落ちのびて……」

旗本の三男坊清水谷之丞に扮した坂東彦三郎が、肩先をべっとりと血糊で染め、刀を杖によろめきながら、花道七三にさしかかった。

「音羽屋っ」

場内のあちこちから飛ぶ感きわまった掛け声も、割れるような喝采《かっさい》にかき消されるほどである。平土間の下等席に陣取った清親と圭次郎も、掌が痛くなるほど拍手を送った。とくに圭次郎のほうは、彦三郎の上に自分を重ね合わせていたらしくて、彦三郎が揚幕のなかに消えたあと、すばやく涙をぬぐった。

「やはり観にきてよかった。よく誘ってくれた」

清親は圭次郎の涙に気づかぬふりをして話しかけた。

これまで彰義隊の戦没者は朝敵ということで、供養も人目をはばからなければならなかった。それが昨年の八月に、供養差し支えなしと布達が出たため、今年五月には有志の手でさっそく上野山内に彰義隊士の墓碑が建てられ、盛大な追悼の法会《ほうえ》が営まれたのである。

そんな時流を見て取った河竹黙阿弥は、いちはやく上野のいくさを狂言に組んだ。彰義隊の生き残りばかりか、不遇の身をかこつ士族連中までもがわんさとつめかけ、初日から大入りが続いているという。清親も圭次郎からなかば強引に誘われ、楽日《らくび》近い日曜日に大黒屋の仕事を休んで、新富座へやってきたのだった。

「そうだろうが。これを観なくて、なにを観るというのだ」

圭次郎はしたり顔で言ったが、そのあと幕間《まくあい》でざわめく場内の異人席に目を向けて、

「彦三郎《ごだいめ》っ」

あいつらにこの芝居がわかるかね、と眉をひそめた。

向こう正面の桟敷の一隅に、卓子《てえぶる》と椅子を置いた異人席が設けてあり、そこで三人の異人がなにやらしきりと談笑している。

「薩長のやからが、念仏のように唱えていた攘夷の説は、いったいどこへ消えたんだ。たかだか十余年にして、このありさまとはな」

圭次郎が口惜しげに呟いたとき、柝《き》が入って、二幕めのはじまりを告げた。

夕方、五時前に芝居が閉場《はね》た。清親と圭次郎は芝居に酔った顔で表へ吐き出され、新富座近くの蕎麦《そば》屋へ入った。

「二幕めの五稜郭の攻防の場も見ごたえがあったが、おれは六幕めの撃剣会の場で胸がつまったよ」

蕎麦を待つあいだ、一杯やりながら清親が言った。

根岸に落ちのびた谷之丞が、それから箱館の地に転戦し、戦い敗れて東京へ舞い戻り、かずかずの辛酸を舐めた末に、撃剣会入りを思い立つという場面があったのである。面籠手《こて》をつけて呼びこみをした日々が思い出されて、清親は思わず涙がこぼれそうになった。

「まったくな。尾張や三河あたりを興行してまわった時分を思い出したぞ。いまとなっては、派手にやりあった商売がたきの連中すらなつかしい」

圭次郎も、杯をほしてうなずいた。

芝居は、この五月の追悼法会に列《つら》なった谷之丞が、在天の仲間の霊に呼びかけるところで幕となったが、この場面では場内のそこかしこですすり泣く声が聞こえた。

「いくさには敗けたくないものだな。敗ければ賊徒にされて、士道に仆《たお》れた仲間の供養もできん。これがかなうまでに、八年もの歳月が要った」

と清親はため息をついた。新富座の舞台で上野山内が暗転して、多数の彰義隊士が消えて行ったように、江戸が暗転して東京と変わったなかで、どれだけの男たちが消えて行ったことだろう。

「だがな、死んでいった仲間は賊徒のままでいたほうが、本望だったかもしれんぞ。そのほうが、死後もおのれの士道を貫くことになる。勝てば官軍のやつらに、なまじ赦《ゆる》してもらいたくはなかったろうよ」

圭次郎はやけくそのように吐いて、ぐいと酒をあおった。そこへ蕎麦がきた。ふたりは沈んだ気分を引き立てるように、勢いよく蕎麦をすすった。

「しかし、あれだな。御一新で割りを食ったのは死んだ連中ではなくて、案外おれたちのほうだったかもしれんぞ。来年は三十というのに、まだ家ももてず、妻ももてずというていたらくではないか」

圭次郎は箸を止めて苦笑した。

「うむ、まったくだ」

清親も苦笑した。

「おまえは絵師を志しているだけ、まだましさ。おれなどこの先、なんになろうというあてもないのだ。このざまでは女も口説けん」

「口説きたい女でもいるのか？」

清親はまじまじと圭次郎の顔を見た。圭次郎は、いや、たとえばの話さ、と目をそらして蕎麦をすすりはじめた。

「嘘をつけ。いると、その顔に書いてあるではないか。水くさいぞ、白状しろ」

「うん……。実は、その、いるんだ。校長のひとり娘で、おその、と言ってな。今年、十八になる。器量は十人並みだが、なにかと好意を寄せてくれるものだから……」

圭次郎はしきりに照れながら白状した。

「それは脈がありそうではないか。ひと思いに口説いてみろよ」

清親は励ました。

「それがそうもいかんのだ。校長がうすうすおれの気持ちを察しているらしく、おそのにはしかるべき家から婿取りをしなければならん……などと、このところしきりにおれを牽制《けんせい》する。住みこみの助教師ごときに大事な娘をやれるかと言わんばかりにな。ところで、おまえのほうはどうだ。口説きたい女はおらんのか」

「おらん。よしんば、おったにしろ、おれの顔では口説きにかかれば相手が逃げる」

清親は憮然として蕎麦をすすりはじめた。

「だいたいおまえは、美形《びけい》好みだからいかんのだ」

「なにを言う。おれはべつに、美形好みではないぞ」

「いや、美形好みさ」

圭次郎は決めつけるように言った。

「たしか佐江どのとかいったな、虎造さんのご新造。そう……まだ役宅住まいの時分だったよ。おまえの母御が、このたび虎造と祝言をあげた佐江でございます、とおれの家へ挨拶に連れてまいられた。おまえ、あの嫂さんにほの字だったろうが」

「け、けしからんことを言うな。あやまれ、あやまらぬか」

清親が顔を赤らめて箸を置くのを、圭次郎は、図星だろう、と笑った。

「そうむきになるな。なにも下種《げす》な下心があってのことじゃなし、いいではないか」

「こいつ、まだ言う。それこそ下種の勘繰りだ」

「いきりたつなよ。すまんことを白状するが、おまえの部屋でなにげなしに画帳を手に取ったら、佐江どのの顔がいくつも描いてあったのだ」

「………」

「九年ほど前のことになるかな。おれが彰義隊入りを決心して、おまえを誘いに行った日のことだったから。おまえが母御に酒の催促に立った、そのすきのことさ」

「………」

清親は黙りこんだ。

圭次郎の言ったとおりである。村松町の長屋で、はじめて佐江に会ったときから、清親は一日で心を惹かれてしまったのだった。その秘めた想いを絵筆にこめて、佐江の面差しを画帳に描きとめたのである。その画帳は駿府へ下るおり、ほかの画帳とともに灰にしてしまったが、佐江への想いは清親の胸に消えやらずにいた。

芝居見物から四、五日が経った、雨の朝のことである。桑山写真館に着いた清親が三和土《たたき》で足を拭いていると、筆洗を手に仕事場から出てきた槌田が、

「小林さん。ご主人が、あなたがきたらすぐに、写し場にくるようにとのことでしたよ」

と寄ってきた。茂平から金を託された翌日の日暮れどき、清親は自分の貯えを加えた十四円を虎造へ届ける前に、槌田を見舞っている。桑山から八丁堀仲町《はっちょうぼりなかちょう》の裏通りにあると教えてもらった家を訪ねると、槌田は熱で乾いた唇をふるわせて、しばらく仕事はできんかもしれん、と弱気なことを言っていたものだが、それから六日もするとすっかり回復して、もとのように黙々と仕事をこなしている。

「はて、なんでしょうね」

清親は首をかしげながら、二階の写し場へ行った。写し場には助手の姿もなく、ひとり桑山が雨粒の這《は》う硝子窓の外に目を投げていた。

「おはようございます。あの、なにか……」

清親は、桑山の言葉を待った。

「実はねえ……。きのうまた、あなたの嫂さんの写真を見たものだから」

桑山は髭の先をねじりながら振り向いて、言いにくそうに話し出した。きのうの夕方、写真帳を納めにブルクハルト商会へ出向いたさい、商会主が佐江の写真を見せたのだと

いう。

「親しくしている仏蘭西《ふらんす》のアーランス商会の異人《ひと》にもらったんだそうですよ」

「アーランス商会？」

清親は驚いて呟いた。大黒屋がクリスマスカードや手巾などを納めているのが、アーランス商会である。

「ご存じかね？」

「は、いえ……」

「ま、どこの商会だっていいが、事はその写真ですよ。このあいだ、わたしが撮ったやつよりも、ぐっと露骨になっていてねえ」

佐江が二布《こしまき》ひとつというあられもない姿で鏡台に向かい、襟白粉を塗っている写真だった、と桑山は言った。清親は耳をふさぎたい気持ちだった。

「聞けば今度は撮ったあと、嫂さんは浴衣姿で、その場の者に酌をしてまわったらしい。アーランス商会の異人が嫂さんをひどく気に入って、またサエサンを呼ぶのだと言ってたらしい。兄さんには言えんことだから、あなたがなんとかしてあげないと……」

桑山は清親の肩を叩いた。

「このままでは、嫂さんが危ない目に遭わんともかぎらん。毛唐は好色漢が多いと聞くからねえ」

「はい」

桑山に言われるまでもない。清親は佐江の今度の写真の姿態《さま》を聞かされた瞬間、これは大平になんとか頼みこんで金を借り、暮らしの手助けをしなくてはと思っていた。十四円の金を届けたとき、虎造はこれで借金がなくなるとうれし泣きをしたものだが、たとえ借金は帳消しになっても、これまでの苦しい暮らし向きは変わらないはずなのだ。

夕方、桑山写真館を出た清親は、大黒屋へ急いだ。雨は小やみになっていたが、いまにも降り出しそうな雨を含んだ薄黒い雲が、空一面を覆いつくしている。

大黒屋には、原胤昭《はらたねあき》がきていた。

「ああ、小林さん。久しぶりです。いまご主人から、あなたが遠近法の修業に、写真の色づけをしていなさると伺っていたところでしたよ」

座敷の敷居ぎわで挨拶する清親に、原は気さくに笑いかけた。

御一新前は八丁堀の与力だったこの男は、まだ二十三の若さながら、銀座三丁目にある「十字屋」という書肆《しょし》の主人である。当人が耶蘇信者のため、扱っている書籍はみな、耶蘇教のものばかりらしい。

原はまた、銀座三十間堀の河岸通りに、「原女学校」という耶蘇教伝道の女学校を開いている変わり種でもある。大平とは、この春ごろから築地の居留地に近い東京府商工会でたびたび顔を合わせるうちに、親しくなったという。

異人伝道師と組み、浅草で大道説教をしての帰りだと言って、原が大黒屋に立ち寄ったさい、話がたまたま西洋画のことに及んだので、大平は清親の画帳を見せた。原は清

親の絵がいたく気に入り、わざわざ仕事場の清親のところまでやってきて、

「あなたの絵には、なんというか、詩味がありますよ。いずれ成功はまちがいない」

と励ましてくれた。以来、大黒屋へくるたびに、清親にも必ず声をかけるのである。

「ほら、こないだわたしがねだって、ちょうだいした写生画がありましたろう。あの、遠くに薄青い富士を配して、江戸橋の夕暮れを描いたやつ……」

原は生まじめな顔つきで、清親を見た。この男はいつも、相手の目をじっと見つめて物を言う。これが清親には、なぜか苦手であった。

「はあ」

清親は伏し目をして応じた。

「あれをね、カラソルスさんっていう亜米利加《あめりか》人の伝道師に見せたんです。そしたらあなた、すてきな絵だ、ぺいそす、があると褒めちぎりましたよ」

「なんです、その、ぺいそす、ってのは」

これまで黙ってふたりの話を聞いていた大平が、膝を進めて原に訊ねた。

「なんでもね、しみじみとした趣《おもむき》というか、そくそくと迫ってくる物悲しさというのか、そんなものだそうです」

「ふうむ。ぺいそす、ねえ」

大平は満面に喜色をたたえて繰り返した。異人が清親の絵を褒めたというので、大いに気をよくしたようである。

それからしばらくして、原は帰って行った。

「さて、なにごとですかな、小林さん。座敷に入ってきたときの顔色がすぐれなかった。気になっていたんですよ」

大平はちゃんと清親の胸のくったくを見て取っていたらしく、ふたりになると話を促した。

「はい……。お世話になっているうえに、このようなことを頼めた義理ではございませんが……実は……」

清親は大きな躰を縮めて、洗いざらいに打ち明け、大枚だが五十円ほど貸してもらえないだろうかと、頭をさげた。虎造の医者の払いを入れても、切りつめれば親子四人が、なんとか半年は暮らしていける金である。

大平は痛ましげに清親の話を聞いていたが、聞き終えるやすぐさま座敷を出て行き、金を持ってきた。

「まず、お申し出の五十円。それからこっちは、あたしから兄さんへの病気見舞いということで、二十円。さ、なにも言わずに納めてください」

大平はふたつの金包みを、清親に渡した。清親は涙をこらえて、五十円の借用証を書いた。

翌日も、雨になった。

番傘を叩く激しい雨音にうんざりしながら、清親は朝はやく杢兵衛店へ行った。

「ゆうべ知人にもらったので、兄上に召しあがってもらおうと思って」

清親は出迎えた佐江に、曲げ物に入った牛肉の味噌漬けを渡した。実はきのう大黒屋からの帰りに求めたものである。

「まあ、せっかく清親さんのいただかれたものを……」

佐江はしきりにすまながった。

「雨のなかをわざわざ寄り道してくれて、すまんな」

虎造も、床のなかから声をかけた。ふたりの子は虎造の枕もとでめんこ遊びをしていたが、上の謙太郎だけが遊びをやめて上がりはなまでやってきた。

「叔父さま、おはよう」

「うむ、おはよう。これは土産だ。篤四郎と分けて、おあがり」

清親はこれもきのう買っておいた菓子袋を懐から出して、謙太郎の手に握らせた。

「うわあ、ありがとう」

謙太郎はよほどうれしかったと見えて、なんともいえない笑顔になり、弟のところへ駆け戻った。

「お散財をさせまして、これからはこのようなことはなさらないでくださいませ。それでなくとも清親さんや四谷の兄上さまには、ご迷惑をおかけしておりますのに」

佐江はしんから心苦しそうであった。

「お顔をお見せくださるだけで、わたくしどもは心強うございますから」

「そうとも。他人行儀なことはよせ。手ぶらでこい」

虎造もたしなめた。

「はあ、わかりました。では、これから仕事に出ますから、また、まいります」

と清親は言った。今日は大黒屋へ行く日である。少しぐらい遅くなってもかまわないのだが、懐の金を一刻も早く佐江に渡したかった。こう言えば、佐江がいつものように木戸口まで送って出るだろうから、そのとき手渡そうと、清親は思っている。すると佐江は、

「わたくしも仕事にまいりますから、そこまでごいっしょしましょう」

と言い、曲げ物をもう一度押しいただくと勝手へ行った。すぐに出てきて、虎造の枕もとへ坐り、出がけの挨拶をした。それから土間へ降りて足駄《あしだ》をつっかけ、羽目板に立てかけてある蛇の目を手にした。

清親と佐江は、傘をならべて李兵衛店を出た。雨脚はすっかり弱まっていて、糠雨《ぬかあめ》にかわっている。石屋の通りへ出る前に金を渡そうと思っていたが、あいにく相店《あいだな》の女が後ろからやってきた。風呂敷包みを抱いた太った女だ。早く追い越してくれればよいものを、女はゆっくりした足取りで、清親たちのあとからついてくる。清親は舌打ちしたい気分だった。

小名木川沿いに万年橋まできたところで、ようやく女が離れた。女は海辺大工町のほうへ橋を渡ったのである。清親たちは北へ折れて、大川端へ出た。

「嫂上、これを」

行く手の左かたに新大橋が見えてきたところで、清親は立ち止まり、懐から金包みを取り出した。さいわい人通りも絶えて、恰好の機会だ。糠雨が大川に音もなく溶けて、向こう岸の家並みも薄墨色にけむって見える道には、清親と佐江がたたずむばかりである。

「ここに七十円あります。なにも言わずに受け取ってください。頼みます」

「そんな大金をちょうだいするわけにはまいりません」

佐江はかぶりを振った。

「ご無理なすっておつくりになったお金なんでしょう。将来《さき》のある方が、つまずきかねないような無理な金策をなさるものではありません。わたくしたちがそのいいお手本なのを、ご存じのはずなのに……」

「いや、これは高利貸から借りた金なんかじゃありません。板元がわたしに期待してくれていますから、気前よく出世証文で貸してくれたのです」

清親は佐江が気にしないように、大きく出た。佐江は寂しげにほほえんで清親を見た。

「存じていますのよ。清親さんがわたくしの写真をご覧になったこと……」

「えっ」

清親は絶句した。

「あなたがはじめてうちへおいでになったあと、笹倉さんからなにもかも伺いました」

あの翌日、羽根屋から事のいきさつを聞いた笹倉は、すぐさま藤代町の料理屋へやってきた。そして佐江を呼び出すと、きのうの大男はいったい何者かね、と目を吊り上げて問い質《ただ》したという。

「ですから、残りの借金を払ってくだすったり、そんな大金をこさえてくだすったりなさったのでしょう。でも、わたくしのことは心配なさらないで、ご自分の絵の修業にお励みくださいまし」

佐江は頭をさげて、清親のそばを離れて行った。清親は茫然とその後ろ姿を見送った。

佐江の蛇の目傘が、ゆっくりと遠ざかる。

たくしあげた裾の下の赤い蹴出《けだ》しが、鈍色《にびいろ》の背景のなかで目にしみた。清親は胸がふさがり、泥はねもかまわず、いっさんに佐江のあとを追った。そして追いつくなり、夢中で言った。

「わたしは、嫂上に、あのようなことをしてほしくない。嫂上があのようなことをなさっていると思うと、たまらなく悲しい」

「……………」

佐江は、清親の自分に寄せる思いを悟ったようである。切れ長の目をみひらいて、まじろぎもせずに清親を見上げた。

清親は佐江の手に金包みを押しつけると、その場から逃げるように立ち去った。

五

「光線画、と名づけました」

大平は、清親の手にある五枚の大判東京名所絵を受け取って、暁斎と原の前に並べはじめた。売り出しをあすに控えて、絵の披露かたがた、大平はふたりを招き、夕刻から内輪の宴を張っている。

「一枚一枚にちゃんとした画題をつけてありますが、この揃い物をわたしは光線画と銘打って、売り出そうと思っているんですよ。我ながらぴったりの宣伝文句《うたいもんく》だと自負していますが、いかがでしょう」

「光線画ねえ……。響きがいいな」

大平が近所の洋酒店から取り寄せた舶来麦酒《びやざけ》をうまそうに飲んでいた暁斎が、コップを置いて身をのり出してきた。

「月の光、陽の光、そして夕明かり……。ふむ、光線画とは言いえて妙ですねえ」

原もしきりと感心しながら、五枚の光線画に見入っていた。「東京橋場渡黄昏景」、「東京銀座街日報社」、「東京小梅曳船夜図」、「二重橋前乗馬図」、「東京新大橋雨中図」とそれぞれに題された光線画の右枠下には、どれにも明治九年八月三十一日御届と、あしたの日付けが入れてあった。

「うむ。遠近法も確かなものになったたな」

晩斎は懐から手ぬぐいを取り出して、顔と手の汗をぬぐい、一枚の絵に手をのばした。

「東京銀座街日報社」と題されたものである。

「煉瓦街の家並みも確かだ、狂うておらん。陽を浴びた建物と、路上に張りついた影の対照がにくいな。走り去る馬車と、走り来る人力俥の影に動きまで感じる」

「ありがとうございます」

清親は胸をなでおろした。実は、これら五枚の光線画が、清親の処女作ではない。この正月に、「東京江戸橋之景」、「東京五大橋之一両国真景」という二組の絵を出したのだが、なにしろ肩に力が入りすぎて、あまり芳しいできではなかった。しかもそのおり、売り出し当日に店へやってきた晩斎から、

「なんだ、この江戸橋の絵は。右手の江戸橋はけっこうだ。だが手前の荒布《あらめ》橋の手すりはこりゃなんだね。遠近法が狂っとるではないか。遠景に配した駅逓寮と第一国立銀行も、さっぱり奥行きが感じられん。なんのために半年あまりも、写真の色づけをしたんだね。同じ風景をだな、三代広重が描いとるが、あっちのほうが格段にいい。あんたの目ざすのは、西洋風の新しい風景画なんだろう。なのにどうして、橋の上に浮世絵そのものといった芸者なんぞを配するんだね」

と手ひどくけなされたのである。これで清親はすっかり自信を失くして、三月《みつき》ばかり絵筆をとらなかった。

「この、小梅《こんめ》の曳船もいいなあ」

暁斎はまた、べつの一枚を取り上げた。

「川がまるで、銀の帯じゃ。絵の真ん中に一文字ぼかしを入れたせいで、月の光がひときわ冴え渡っている。摺りは誰だ？　えらく腕がいいではないか」

暁斎は大平を見た。ぼかしは、摺り師の腕の見せどころなのである。

「はい、喜助にまかせました。彫りは、銀次郎で」

という大平の言葉で、清親は信八の顔を思い浮かべて、心苦しくなった。

昨年の十月末のことである。歌川国利《くにとし》の板下を持ってきた大黒屋の手代から、年明け早々に清親のはじめての絵が出ると聞いた信八は、その手代にくっついて店へやってくると、大平に頼みこんだ。

「小林さんのはぜひ、あっしに彫《や》らしておくんなさいよ」

しかし大平は、首を縦に振らなかった。仕事場にいた清親は、手代の耳打ちで信八のきていることを知り、店の間に顔を出した。そうして大平に、

「わたしも信八さんに頼みたいのですが」

と口添えしてみた。が、大平はいっかな聞き入れない。銀次郎にまかせると、すでに決めているというのである。信八が肩を落として戻って行ったあと、大平は清親に少し強い口調で言った。

「信八はね、たしかに眼力《め》は持っているが、惜しいかな、腕は二流ですよ。小林さん、新しい風景画を最初に世に問うってことは、これは真剣勝負なんです。義理を絡めては、

勝てる戦いも負けてしまいます」

その日の夕方、清親は仕事を終えるや、源助町に駆けつけて、信八に頭をさげた。茶の間で、くそおもしろくもないといった顔をして酒をあおっていた信八は、

「どうせ、あっしゃ銀のやつほどの腕はねえさ。さすが天下の大平だよ、ちゃあんとお見通しだ」

と拗《す》ねたふうに言い、小林さんに当たってもしょうがないじゃないか、と女房が取りなしても耳をかさなかった。だがぶつくさ言っているうちに胸もおさまったらしく、ま、嬶の言うとおりだな、と苦笑して清親に杯を差し出したのである。

「わたしは、これがいっとう気に入りました。なんだかこう、蛇の目傘を叩く雨の音が伝わってくるようだ……。あえかな美しさがある」

原が、「東京新大橋雨中図」を手に取って感嘆した。

ゆるく弧を描いた新大橋が画面のなかほどに架かり、灰色に薄墨と濃藍《こあい》を流しこんだような雨空と、たゆたうように流れる川面とを截然《せつぜん》と分けている。川面には、遠くは橋脚《はしぐい》が、近くは舫《もや》い船が影を投げて、ゆらめいていた。清親は雨線を用いずに、橋の上を行き交う雨傘と、画面の右はしに配した大川端を行く女の蛇の目傘だけで、雨を表わしたつもりだった。

「絵を見ていると、雨のにおいがしてくる。大川端の石垣を洗う水音が聞こえてくる。決して大げさじゃなくね。それにこの女の後ろ姿、まさしく、ぺいそす、ですよ」

「ふむ、情味のある絵だな。蹴出しからこぼれている女の白い素足が、なんとも言えん」

原が手にしている「東京新大橋雨中図」をのぞきこんで、暁斎も満足げに言った。

絵のなかに、佐江がいる。一年あまり前の雨の大川端――目の裏に焼きついている佐江の後ろ姿を、清親は思いをこめて描き出したのであった。

「また、この横文字が洒落《しゃれ》てるじゃありませんか」

原は、枠下の英字を指さした。

五枚の光線画の枠下には、それぞれに英字で題名が入れてある。たとえば、「東京新大橋雨中図」は、「VIEW OF RAIN FALL ON SHIN-OU-HASHI IN TO-KEI」というように。

「でしょう、わたしの工夫なんですよ。西洋風《あちら》を出したかったものだから、知り合いに頼んで英字で題を書いてもらいました」

大平はちょっと得意顔をした。

「いま世間じゃ油絵が大流行ですが、なにせ高価《たかね》でそう手軽に買えるもんじゃない。そこへ、小林さんの西洋風名所絵を出す。これは当たりますよ、きっと」

「ほう。えらく強気だな」

コップに手をのばしながら、暁斎が笑った。

翌朝から大黒屋の店頭に並んだ清親の光線画は、売れに売れた。一枚三銭で売り出された絵は、それぞれの初摺り三杯《ばい》がおそろしい早さで捌《は》けていく。一杯は、二百枚である。

「なに、もう一杯ずつぐらいしか残っていないって？　なにしてるんだ、それなら増し摺りを急がなきゃ。売り切れになったらどうするんだい。おまえさん、目配りが足りませんよ」

売り出しから十日め、店をあける前に店蔵を調べた番頭から残りを知らされた大平は、叱りつけて銀次郎のもとへ走らせた。その叱りつける顔も、ともすれば、ほころびそうだった。大平の読みは、的中したのである。

「十日でなんと、都合十杯も売れましたよ」

仕事場でクリスマスカードに雪持ち笹を描いていた清親のもとへ、大平みずから伝えにきた。

「十日で十杯……」

売れ行きがいいとは聞いていたのだが、それほどとは思わなかった。清親としては、店晒《たなざら》しに終わった正月売り出しの二組のことがあるから、内心恐々としていたのだ。

――そんなに好調ならば……。

信八、山瀬、桑山、槌田といった世話になった人々に、絵を届けても恥ずかしくはないなと清親は思った。ほんとうは絵師の門出として、正月に出した二組を持って挨拶にまわりたかったのだが、店晒しになるような絵ではそれもはばかられた。

「それでね、ちょいと話があるんです。それを描き上げたら、二階のわたしの部屋にきてください」

と言って、大平は出て行った。

清親が二階へ行くと、大平は北側の窓下にすえた机に向かって、二枚の下絵を睨んでいるところだった。きのう大平は知人宅の不祝儀とかで一日家を空けていたので、清親が番頭に預けておいたやつである。柳島の夕景と、海運橋の雪景を描いたものであった。

――眼鏡にかなうだろうか……。

清親は気にしながら、入り口近くに坐った。あけ放された窓から、芸者置屋の物干し台が見えた。瑠璃玉《るりだま》色の空の下で、干されている浴衣の白が、目にしみるようである。今日も残暑がきびしそうだ。

「こっちへおいでなさい」

大平は手を上げて招いた。清親が机のそばに寄って行くと、大平は二枚の下絵を重ねながら言った。

「いずれもけっこうなできでした。さっそく板下にしてください。いまの人気に乗じて、時を移さず二の矢を放ちたいんです」

「はい、それではすぐさまかかります」

清親はほっとして、下絵を受け取った。

「それから、と」

大平は机の上の手文庫から、一枚の書付を取り出した。見れば、去年の六月に清親が書いた五十円の借用証である。それを大平は、いきなり裂きはじめた。

「あっ」

「なに、儲けさせてもらったお礼ですよ」

「……」

大平の好意に、清親は胸がいっぱいになった。礼を言いたいのに、言葉が出てこない。我ながら情けなかった。それでも大平は清親の心中を汲み取ってくれたようで、二、三度大きくうなずいた。

「あとひとつ。今日ぎりで、大黒屋の仕事場《うち》のほうはやめてもらいます。これからは、光線画に専念してもらいませんとね。そうそう長屋のほうはこれまでどおり店賃なしで、住まってもらってかまいません。そのかわりと言ってはなんですが、どんどん光線画を描いてもらいます」

大平はにやりと笑った。

夕方——仕事じまいのあと、清親は店の間へ行き、気恥ずかしかったが、東京名所絵の揃い物を七組求めた。

清親は大黒屋を出ると、その足で茂平と信八、それに山瀬のところへまわった。

「おかげさまで、どうにか絵師の端くれに加わることができました」

それぞれの家で、東京名所絵の揃い物を差し出して礼を言い、上々の売れ行きだと話すと、誰もが我がことのように喜んでくれた。

翌日はおよそ一年ぶりで、桑山写真館を訪ねた。出てきた小僧が、はじめて訪ねた日に通された入口わきの部屋へ案内してくれた。待つ間もなく、桑山と槌田が入ってきた。

「いやあ、久しぶりですな」

桑山が懐かしそうに言った。槌田も絵具のついた唇をほころばせた。清親は円卓の上に二組の揃い物を置いて、ふたりに深々と頭をさげた。

「これもひとえに、こちらで修業させていただいたおかげです」

「いやあ、やりましたね。光線画、評判は耳にしていますよ。どんなものだか買ってみなくちゃ、と槌田さんと話してたところなんです」

写真を撮りにきた客が、油絵なんかより小林清親の光線画だよ、と連れに喋っていたのだと桑山が話した。槌田はさっそく自分のもらった絵をあけてみて、一枚一枚に目を細めながら、

「こりゃ着色写真の敵が現われたぞ」

と唸った。

桑山写真館を出た清親は、圭次郎にも絵を届けようと、村越学校へ向かった。ちょうど昼休みをねらって行ったのに、子供たちは三々五々に帰っている。

――ああ、今日は土曜日《はんどん》か。

清親はひとりうなずいて、通りかかった男の子に、堀先生を呼んできてくれないか、

と頼んだ。

「おう、おまえか」

　圭次郎は、すぐに出てきた。清親は絵を差し出して言った。

「驚くなよ。十日で、二千枚も売れたんだ」

「そうか。やったじゃないか、よかった、よかった」

　圭次郎は感に堪えない声を出して喜んでくれたが、清親の差し出した絵は、断固として受け取ろうとしない。

「おまえの門出の絵だぞ。おれは自身大黒屋へ出向いて、自分の金で買う。そうやって、おまえの門出を祝いたいのだ」

　夕方までに洋算の教材をこしらえて、校長に目を通してもらわなければならんので、それがすみ次第に店へ行く、と圭次郎は言った。

「では、その時分におれも店へ行こう」

　清親は圭次郎と別れて、いったん長屋へ戻り、板下描きにかかった。

　夕方、清親が大黒屋へ行くと、まだ圭次郎の姿はなかった。店先に立って、往来に目をやっていると、番頭が出てきた。

「小林さん。いましがたね、『東京新大橋雨中図』の初摺りが、ほかのより一足先に捌《さば》けちまいましたよ。あの絵の人気ときたら……。やっぱし、蛇の目傘の女が利いてるんですね」

番頭はえびす顔である。

「それじゃ一枚も残ってはいませんか」

せっかく圭次郎が買いにきてくれるのに、と清親は思った。

「いえ、なんとか増し摺りが間に合いましてね。あたしも、ほっとしてるんです。品を切らした日にゃ、旦那さまにまた叱られますんで」

番頭が首をすくめたところへ、圭次郎がやってきた。手に角樽《つのだる》をさげている。ひとりではなく、連れがいた。色白の、目もとの涼しい娘である。番頭はふたりに腰を折って、店のなかへ戻った。

——ははあ、これが校長の娘さんだな。

と、清親は察しをつけた。

「おそのさんだ。おまえの絵を買いたいと言うんで、連れてきた」

圭次郎は照れているらしく、ぶっきら棒に引き合わせると、清親に祝いだと言って角樽を渡し、店のなかへ消えた。

「大きな絵草紙屋さんですのねえ」

おそのは親しげに清親に話しかけてきた。気のよさそうな娘である。

「ええ。絵に、興味がおありですか？」

「はい。母が大の錦絵好きで、源氏絵などもたくさん持っておりますの。わたくし、そんなのを見て大きくなったものですから……。今日は小林さんの絵を買って帰って、母にも見せてあげますわ」

おそのがそう言ったとき、圭次郎が絵を手にして戻ってきた。おそのは、それではわたくしも、と店のなかへ入った。

「いい娘さんではないか。口説いて、色よい返事がもらえたとみえるな」

清親が冷やかすと、圭次郎は、ばかを言え、と照れて、ちらりとおそののほうへ目をやった。おそのが絵を胸に抱くようにして戻ってきて、言った。

「心が引きこまれていくような絵ですわ。一見、西洋風だけれど、どこかお江戸のにおいがするような……」

「お江戸のにおいか……。おそのさん、うまいことを言う。たしかにそうだな」

圭次郎が惚れなおしたような顔で、おそのを見た。

「わざわざきてくれて、うれしかった。今日はおれに奢《おご》らせてくれ。大したものは奢れんが、よろしいでしょう、おそのさんも」

清親はふたりを、大黒屋にほど近いてんぷら屋に誘うつもりであった。ところが、おそのはすぐに戻るという。

「父の目をぬすんで出てまいりましたの。だから早く戻りませんと」

「そいつは残念だな」

「おれがおそのさんの分までつき合う。角樽をさげてきたのは、おまえのところで腰をすえて飲まんがためだ。おそのさん、今夜はこいつの長屋に厄介になりますから、母御にそうお伝えください」

と、圭次郎が横から口を出した。

「はい。でも堀さま、あまりご酒をすごされませんように。お躰に障りますから」

おそのが顔をうつむけて圭次郎に言った。圭次郎はしまらない顔をして、

「ええ、すごしたりなどしませんとも」

と、うなずいている。清親はばかばかしくて、両人のやりとりを聞いてはいられなかった。おそのが足早に去って行くと、清親と圭次郎も大黒屋をあとにした。

おそのとの約束はどこへやら、圭次郎は長屋につくと、やれ茶碗を持ってこいだの、やれなにか肴になるものを出せだのと清親をせき立てて、角樽の栓を抜いた。そうして片口がわりのどんぶりに酒を注ぐと、畳の上に五枚の絵を並べた。

「一枚が三銭だから、二千枚も売れたとなると……なんと、六十円じゃないか。十日で六十円とはすごい。おまえ、いよいよ家が持てるな」

圭次郎は驚嘆して、どんぶりの酒を自分の茶碗に注いだ。

「なにを言うか。おれは七円五十銭の画料をもらっただけさ。あとはみんな、板元さんの懐に入るんだ」

清親は苦笑した。

「そりゃあ、あこぎだ」

「いや、そういう決まりなんだ。それにな、こうなるまでに板元さんは、おれにずいぶ

りますよ」
「そうさ、ところでおまえ、そうぐいぐいと飲んで、ご酒がすぎやせんかね。お躰に障
「ふうむ。そんなものかね」
ん と金をつぎこんでいる」

清親がからかうと、圭次郎はちょっとむせたが、すぐに切り返してきた。

「そうそう。おまえ、佐江どのに絵は届けたであろうな」

「ま、まだだ。あすにでも届けるつもりだ」

不意をくって、清親は思わずどもった。

佐江に心のうちを知られてからは、顔を合わすのがきまりわるく、清親は佐江のいない昼間をねらって杢兵衛店へ行く。そしてそのたびに、わずかだが金品を置いてくるのであった。しかしこの絵ばかりは、佐江に見てもらいたい。あすの夕方にでも、訪ねようと思っていたのである。

六

腰高障子が、だしぬけに激しく叩かれた。

角樽を空にしたあと、清親が買い置きしていた一升ちかい酒まで飲み干して、畳の上に酔いつぶれていたふたりは、同時にはね起きた。

「な、なんだ。こんな朝早くに……」

圭次郎が口をとがらせた。

「うむ」

清親は畳に転がっている茶碗や角樽をまたいで、土間へ降りた。腰高を叩く音はやまない。その音が、酔いの残った頭に響く。

「いま、あけます」

清親は顔をしかめながら心張《しんば》りをはずして、腰高をあけた。肩息ついて立っていたのは、若い職人風の男だった。真っ黒に日焼けした顔が、汗で仮漆を塗ったように光っている。

「こ、小林さんですね」

唾をのみこみながら、男がやっと口を利いた。

「そうですが……」

「あっしゃ杢兵衛店のもんだ。兄《あに》さんとこのおかみさんが、自害しなさった……」

「な、なんですって」

清親は顔から血の気が引いた。圭次郎が茶碗をけとばして、土間へ駆け降りてきた。

「な、なんで、自害など」

言った瞬間、清親ははっとした。「嫂さんが危ない目に遭わんともかぎらん。毛唐は好色漢が多いと聞くからねえ」と言った桑山の言葉が、耳によみがえってきた。

「さあ……。あっしが仕事に出ようとしたときにゃ、もう騒ぎになってってさ。小林さんとこをのぞいたら、おまえさんに報せてくれって虎造さんが……」

清親は、男を押しのけて駆け出した。あとから圭次郎と男が続く。ゆうべの飲みすぎがたたって、吐き気をもよおしてきた。圭次郎は、と後ろを見ると、立ち止まって吐いていた。清親もかがみこむと一気にもどした。

杢兵衛店の木戸をくぐって、兄の家に駆けこむと、佐江のむくろが北枕に寝かされてあり、謙太郎と篤四郎が取りすがって泣きじゃくっていた。その傍らに、虎造が腑抜けたように坐っている。

「兄上、これはいったい……」

清親は虎造の躰を揺さぶった。

虎造が呟いた。

「わからん。おれには、わからん」

今朝、薄暗いうちに虎造はふと目がさめた。佐江の床に目をやると、姿が見えない。惣後架《こうか》へでも立ったのだろうと思ったが、なかなか戻ってこなかった。虎造は佐江の床に並んで眠っている子供たちが目をさまさぬよう、そっと起きて出て惣後架へ行ってみた。だが人影はなく、ごみ捨て場をあさっていた野良犬が、こそこそと逃げて行っただけだった。虎造は首をかしげて家に戻り、二階をのぞいてみた。

「すると佐江が朱《あけ》に染まって突っ伏していたのだ」

虎造は抑揚のない声で話した。佐江は出刃包丁で、喉を突いていたのだという。膝と足首を紐で縛っての覚悟の自害らしかったが、書き置きはどこにもなかったそうである。

「出刃包丁で……」

清親は佐江のむくろに手を合わせてから、顔の上の白布をそっと取った。佐江の顔は蒼白で、ひどく面やつれしていた。喉のまわりの血はぬぐい取られていて、布が巻いてあったが、その布には血がにじみ出ていた。

——嫂上……。

嫂上を描いた「東京新大橋雨中図」を見てもらいたかったのに……清親は心のなかで語りかけて、佐江の顔に白布をかけた。圭次郎がそばに坐って、合掌した。

そこへ相店のかみさん連中が打ちそろってやってきたので、清親と圭次郎は上がりはなへ退いた。虎造もかみさん連中に頭をさげると、清親のそばへきた。子供たちはまだ、佐江に取りすがって泣いている。

「なんでまあ、こんな幼いお子を残して、死ぬ気なんか起こしなすったのかねえ……」

佐江の枕もとに坐った三十なかばくらいの女が、もらい泣きして前掛けで涙をぬぐった。すると女の横の婆さんも、

「まったくさ。おかみさんはたしか、おめでただったんじゃないかねえ。あたしゃ、おかみさんが惣後架で嘔吐《もど》していなさるのを、二、三べん見かけてるんだ。取り上げ婆のあたしの目に狂いはないよ。それがさ、おなかの子もろとも死んじまうとはねえ……」

とすり上げた。それを聞いて、虎造は顔をひきつらせた。

「まさか、そんな……。おれは、この一年……」

虎造の呟きが、清親の胸を突いた。清親は黙って立ち上がると、土間へ降りた。佐江の仇を討ってやる。

「どこへ行く」

圭次郎が慌てて追ってきた。蒼ざめて外へ出た清親の袖を、圭次郎がつかんだ。

「こんなときに、どこへ行くというのだ」

「黙って行かしてくれ」

清親は袖を振りほどいた。

「そうはいかん。おまえ、血相が変わっているぞ」

「……」

清親は唇を噛んだまま、しばらく圭次郎の顔を見ていたが、さっと背を向けると、笹倉質屋をめざして一散に走った。圭次郎もぴたりとついてくる。

店障子を乱暴にあけて飛びこむと、帳場格子のわきで刀に預かり札をつけていた笹倉が、刀を投げ出して腰を浮かせた。清親のただならぬ気配に驚いたらしい。清親は上がり端に躍り上がって、笹倉の胸倉を取った。あとから土間に飛びこんできた圭次郎が、このさまを見てあっけに取られている。

「おい、嫂上になにをさせた。吐けっ。嫂上はな、自害したんだぞ」

清親は忿《いか》りにふるえて言い、容赦なく笹倉の胸倉を締め上げた。笹倉は血ののぼった真っ赤な顔で、自害を？　と目を見開いた。

「そうだ、身ごもったあげくにな。さあ、嫂上の身になにがあったのだ。吐けっ」

「わ、わかった。言うから、手をゆるめてくれ」

笹倉は手足をもがいた。清親が突き放すと、笹倉は太息をついて、佐江はアーランス商会のティディエという商会主に犯されたのだと話した。この五月のことだという。

「ティディエさんがサエサンと食事を共にしたいとおっしゃるもんで、あたしが小林さんのお内儀を連れて商会へ出向いたんです。今度は写真ぬきで肌も見せないわけですから、あたしゃつい油断して、座をはずしたんですよ。ええ、通弁さんとこで油を売ってました。そしたら、そのあいだに……」

「まさか打ち合わせてのことではあるまいな」

清親は血走った目で、笹倉を睨みつけた。

「め、めっそうもない。あたしゃ、そんな悪《わる》じゃありませんよ」

笹倉は後じさりしながら言った。清親は転がっている預かり札のついた刀をつかんだ。

「あ、あたしを、殺そうってんですか……」

笹倉はふるえ出した。清親は笹倉をしり目にかけて、黙って土間に降りた。殺すのは、ティディエという男である。

「行くのか、アーランス商会へ」

すべてを知って圭次郎が、清親に言った。

「うむ。嫂上の仇を討つのだ」

清親は悲痛な声で答えた。

「ならば、おれも行く」

圭次郎が顔色を引きしめた。

「邪魔をしないでくれ。おれひとりで殺《や》る」

「邪魔はせん。佐江どのの仇は、おまえが討て。おれは介添えだ」

圭次郎は聞かなかった。清親の腕前のほどを知っているからであろう。清親は押し切られた。圭次郎はおびえている笹倉に質種の着物を出させると清親に渡し、手にした刀をくるませた。この三月に廃刀令が出ていて、巡査にでも見つかれば、ただではすまないのである。

ふたりは大川端へ出ると、新大橋の橋板を鳴らして西へ渡り、築地居留地へまっしぐらに駆けた。

本湊町《ほんみなとちょう》までできたときである。行く手に見える西洋料理屋の角から、ふいと三尺棒を持った巡査が出てきた。清親と圭次郎はとっさにあたりをうかがい、何気ないふうをよそおって、目の先にある紺屋《こうや》と下駄屋のあいだの路地へ折れた。立てかけられた張り板の陰に隠れて巡査をやりすごすと、ふたりはまた往来へ飛び出して、船松町《ふなまつちょう》を走り抜け、やっと居留地に入った。

アーランス商会は、煉瓦造りの洋館の立ち並ぶ町の南はずれ、運上所の近くにあった。

赤煉瓦造りの二階建て洋館で、まわりは白ぺんきを塗った板塀でかこまれている。門柱に靴をかたどった看板が取りつけてあり、それに「あーらんす商会」と記されていた。

ふたりは敷地のなかに入った。前庭の芝生は手入れがゆきとどいており、日を浴びた緑が目に鮮やかであった。石段を三段上がって玄関に立った。清親は後ろ手に刀の包みを隠して、頑丈な樫の扉を叩いた。圭次郎も横で躰を固くしている。

「どなたさまで」

髪を撫でつけにした洋服姿の若い同胞が顔を出した。おそらくこの男が通弁なのだろう。

「両国の大黒屋からまいった者ですが、ティディエさんにお目にかかりたい」

なかに飛びこんで行きたいのを抑えて、清親は告げた。

「ティディエさんなら、ひと月ほど前にご帰国になりましたよ」

男は、怪訝そうな顔で清親を見た。大黒屋の者が、そんなことも知らないのかと言いたげである。

「そ、それは実のことで?」

「はい。なんなら、入れ替わりでおいでになった新しい商会主さんに取り次ぎますか?」

「いえ……。それには及びません」

清親は肩を落として、ようやく言った。

「では、失礼」

男が、扉を閉めた。踵を返して、力ない足取りで石段を降りた清親のあとを、慰めの言葉もないといった顔の圭次郎が、これも重い足取りでついてくる。

「なんということだ……」

アーランス商会を出て、海沿いの道を引き返しながら、清親は幾度も呟いて涙をぬぐった。

「もう、これはいらんな」

圭次郎が、清親の握りしめている刀の包みを取り上げて、海へ投げ捨てた。

「佐江どのも、おまえのその気持ちで、きっと浮かばれるさ」

佐江の初七日――杢兵衛店からの帰り道、清親は佐江とたたずんだあの場所に、足を止めた。

西の空に紺色の夕雲がたなびき、その下で夕陽が燃えている。清親は懐から「東京新大橋雨中図」を出すと、夕焼けに染まった川面に浮かべた。

――嫂上……

ゆらゆらとたゆたいながら岸を離れていく絵のなかの佐江に、清親は呼びかけた。

絵はやがて、川上のほうから早い櫓拍子で漕いできた伝馬船の立てる波にのまれて、大川に消えた。

根津神社秋色

一

清親の見合いの日は、朝からあいにくの雨となった。昼すこし前に、清親と付添役の大平夫妻が、護謨幌《ごむほろ》をかけた人力俥三台を連ねて向島の料理屋に着いたころには、雨あしはいっそう繁くなっていた。

申し合わせの時刻にはだいぶ間があるのだが、橋渡しをした保坂と先方はすでにきていて、もう座敷に控えていた。

「いやあ、走り梅雨かねえ」

保坂は座を立ってきて、清親たちを迎えた。

下谷に大きなレモン水の工場を持っているこの男は、大平の幼友達で、ときどき大黒屋に顔を見せることから、清親もいつしか挨拶をかわす仲になっていた。撫でつけした髪は地肌がすいて見えるほど薄く、それに小柄で猫背ときているので、とても大平と同年とは思えない。

大平が保坂の持ちこんだ見合い話を携えて、本所若宮町の長屋に清親を訪ねてきたのは、二十日ほど前の暮れ方のことであった。おりから、かみさん連中が引き上げたあとの井戸端にかがみこんで米をといでいた清親は、背中に大平の声を聞いて驚いた。板下の催促や、店からのことづてを持ってやってくるのは、きまって手代なのである。

「これは、これは。取り散らしておりますが、どうぞ」

清親は釜を片手に立ち上がり、大平を家へ招じ入れて、あたふたと行灯をともした。そしてそこいらに散らばっている反古《ほご》をかき集め、写生帳や絵具皿などをのせた机を隅に片寄せると、座布団を勧めて、冷や汗をかく思いで詫びた。

「あのう、例の板下は、どうもまだ、その」

この八月に、上野公園でわが国初の内国勧業博覧会が開かれることになった。政府が殖産振興の手段として催すものだそうだから、大々的なものになるらしい。会場には美術館も設けられて、衆庶《いっぱん》からの出品物も展示されると知った大平が、それでは大黒屋からも清親の絵を出そうと思い立ったのである。出品するからには、いまや世間にすっかり名の通った光線画では芸がなさすぎる。ここはひとつ想を練って、油絵に見まがうような木板画を作り出しちゃくれませんか、と清親を見こんで頼んでいるのだ。

それからこっち清親は、その板下に取り組んで、悪戦苦闘の明け暮れなのである。木板画で、画布《かんばす》に描かれた油絵と同じ持ち味を出すにはどうすればいいのか——皆目見当がつかず、毎日が手探りのありさまで、紙は反古となって散らばるばかりである。そんななか、昨日やってきた手代が、

「お約束の期日がすぎてもうひと月近くになりますが、まだ上がりませんので？」

と言ったものだから、つい、かっとなり、

「木板画で、油絵を打ち負かす工夫をしてるんだ。鮨屋のにぎりみたいに、おいそれとできるもんか」

と怒鳴りつけて追い返しているのだ。そこで今日は、大平みずからのお出ましとみたのである。

ところが案にたがい、大平は笑いながら、

「いや、板下の催促にきたんじゃありませんよ。この大平、油絵の向こうを張る木板画が、鮨屋のにぎりみたいに、おいそれと出来るとは思っちゃいません」

と言ってのけた。清親は赤面しながら、大平に茶を淹《い》れた。

「今日お邪魔をしたのはね、小林さん。実は、あなたに縁談を持ってきたのです」

「縁談、ですか？」

清親は思いもうけぬ話に目を瞠《みは》り、まじまじと大平を見た。

「なにもそんな、鳩が豆鉄砲を食ったような顔をなさらんでも……。ほれ、あなたもご存じの保坂ね。あれが今日の昼間やってきて、女房の遠縁に恰好の娘がいるが、小林さ

んにどうだろう。ひとつ意向を尋ねてみちゃくれないかと、こう言い出したんです。聞いてみると、どうもいい話のようだから、こうして出向いてきたというわけですよ」

大平は茶をすすりながら、仔細を話しはじめた。

相手は、浅草田原町《たわらまち》三丁目で鉽力商《ぶりき》を営む安藤政恒の三女で名をきぬといい、十九とのことであった。政恒はもと七十俵五人扶持の御徒衆《おかちしゅう》だったそうであるが、鉽力という、これからの家普請には大もての新規の商品に目をつけたおかげで、士族の商法とはならずに、店は繁昌しているらしい。

「ま、十九という齢《とし》がねえ。ちょっと薹《とう》が立ちかけてはいるが、これはただこれまでにいい縁がなかっただけのことで、べつに難があってのことじゃないそうです。なんでも器量もよくて、人品《ひとがら》は俺が請け合うと、保坂が胸を張りました。どうです、見合いをなすっては」

「はあ。しかし……」

清親は口ごもった。三十一にもなって見合いをするというのは、どうも気が進まない。それに見合いをしたところで、このご面相だ。相手の娘に一蹴されるのが落ちである。

「言いかわしたおひとでもいらっしゃるので？」

大平が湯呑みを置いて、清親の顔をのぞきこんだ。

「いいえ。めっそうもない」

清親は慌てて打ち消した。一年前に自害して果てた嫂《あによめ》の佐江に、淡い思慕の情を寄せたことが、清親のただひとつの恋である。言いかわした女など、いるはずもなかった。

「それならば見合いをなさい。お気に召さなけりゃ、断わればよし」

「……」

「いつまであなた、大の男が、米なんぞとぐんです。この話に絡ませて言うんじゃありませんが、あたしとしても大事なあなたには、一日も早く身を固めてもらって、画業に打ちこんでもらいたいですな。そうすれば板下の上がりも、早くなろうというもんです」

大平はちょっぴり当てこすりを言って、清親に見合い話を呑ませたのである。

喜んだ保坂は、清親の長屋と安藤家を行き来して、手早く見合いの段取りをきめた。清親はなにごとも先方の意に従った。ただ、義理で臨む見合いの付添役に、わざわざ茂平をわずらわせることもないと思い、その役だけは大平夫妻に頼んだ。茂平はいま、働き手の佐江を失った病身の虎造とふたりの子供を引き取って、養っているのである。


仲介の労をとった保坂が、双方を引き合わせ、見合いに入った。しきたりを踏まえて、まず大平が、ついで安藤政恒が挨拶をのべて、談に移った。差し向かいに坐った清親ときぬは、目を見かわしてそっとお辞儀をした。きぬの器量は、大平の話とはちがって十人並みそこそこのものであったが、物腰に素直なところが汲み取れて、好感のもてる娘だった。

今年五十三になるという政恒は、痩身ではあるが矍鑠《かくしゃく》たるもので、まだまだ長男に店をまかせるつもりはありませんなどと、問わず語りに身辺を語った。妻女は政恒の下座《しもざ》に神妙に控えていて、ちらちらと清親のほうに観察の目を投げては、うつむいている。きぬを老けさせた感じの、おとなしそうな女だった。

やがて、各人の前に蝶足の塗り膳が運ばれてきた。大平は銚子を持って座を立つと、政恒の前に坐り、まずは一盞《おひとつ》と勧めた。政恒はいける口とみえて、大平に差されるまま軽く受けては、ほしている。保坂も銚子を片手に、清親の前へやってきた。座が和《なご》んできたころ、いささか顔を染めた政恒が、清親と保坂のなかに割りこんできて、清親に酒を差した。

「ま、おひとつ」

「これは畏れ入ります」

杯の行きかうなか、政恒はお互い以前《もと》は御家人だったことに親しみを覚えてか、打ちとけた口ぶりで、御一新前の思い出話をはじめた。清親はもっぱら聞き役にまわった。政恒はそんな清親が気に入ったとみえて、

「いや、年寄りの愚にもつかん昔話の相手をしてもらって、実にうれしかった。これを機に、向後《こうご》は昵懇に願いたいものですな」

と上機嫌で言った。

見合いの翌朝、手代が大平のことづてを持って長屋へやってきた。

「今日は上天気なので、小林さんのご都合さえよけりゃ、昼から彫り銀で試し摺りをし

たいってことですが、いかがなものでしょう」

例の悪戦苦闘していた板下が、ようやく八日前に出来上がり、さっそく彫りにまわっていたのである。試し摺りには、板元と絵師とが立ち会う慣わしであった。

「ああ、わたしはかまいません」

清親はうなずいた。

「では昼ごろ店へおいで願って、それから主人と彫り銀へ同道していただくってことで、よろしく」

と頭をさげて、手代は戻って行った。

昼過ぎ——清親と大平は連れ立って、浅草小島町の彫り銀の仕事場へ出かけた。大平は道すがら、きぬをどう見たかと、探りを入れてきた。

「はあ。いい娘さんですね」

清親は正直に答えた。義理で臨んだ見合いの席だったのだが、きぬにも、きぬの親たちにも好感を抱いた。

「それでは、安藤家《せんぽう》で承知なさいますと、きぬさんをお迎えなさる？」

「ええ……。でもおそらく、先さまのほうで承知なさらんでしょう」

清親は苦笑した。醜男《ぶおとこ》を自認する清親は、たとえ政恒がいくら勧めても、当のきぬが聞き入れまいと思っている。

彫り銀の仕事場に着くと、銀次郎が彫り台の前から立ってきて、ふたりを迎えた。銀次郎は胃病持ちのような顔をした四十男で、名うての偏屈者である。

「おいでなせえ」

素っ気なく迎えて、四人の摺り師が摺り台を並べている南受けの窓ぎわに案内した。試し摺りをやるのは、左はしの喜助である。清親と大平は、摺り師たちがめいめいに揃えている紙置台や水桶、絵具皿ののった小箱などを注意深く避《よ》けながら、喜助のそばへ寄って行った。

「じゃ、かかりますぜ」

摺り師の喜助は、絵の輪郭が彫ってある墨板下に、紙をあてた。摺り上がると、今度はその紙に、色の数だけ彫った色板木を使って、一色《ひといろ》ずつ色をかけていくのである。喜助のばれんが、最後の色板木にのせた紙の背を、力強く縦横に走った。清親も大平も銀次郎も、固唾《かたず》をのんで喜助の手もとに目を注いでいる。喜助がビッと鋭い音を立てて紙をはぎ取り、摺り台のわきに置いた。

大判の美濃紙に紙を継いだ、大大判《おおおおばん》と呼ばれているその広い紙面には、らんらんと目を光らせた一匹の黒いぶち猫が、いまにも躍り出さんばかりの迫力で描かれていた。そばにはぶら提灯が転がっていて、そのなかに猫に追われた鼠が逃げこんでいる。だが猫の前肢《まえあし》は、提灯の口輪からのぞいている鼠の尻尾《しっぽ》を、しっかりと捉えているのだ。鼠は、とがった口吻《くちさき》で提灯の火袋を突き破り、逃《のが》れようと必死にあがいている。まさに絶体絶命の、息づまるような瞬間が、そこにあった。

「よかった。猫の毛の仕上がりがいい」

清親はほっとした。彫りが鋭いので、暗い緑で摺りつぶした背景《じ》から、猫の毛が盛り上がっているように見えるのだ。まさしく油絵に似た肌合いである。

「銀次郎さんの腕のおかげです」

銀次郎は腕っこきの頭《かしら》彫りで、髪の生えぎわなど、一分（三ミリ）のあいだに、なんと十五本もの極微の線を彫りこむのである。清親は銀次郎を立てたが、当人はべつにうれしそうな顔もしなかった。

「うむ。それに、この線が生きている。小林さん、あなたの工夫が実りましたね」

大平も弾んだ声で、絵の一カ所を指した。清親は画布に描いたという感じを出すのに、銀次郎に頼んで、ところどころに網状の細かい線を彫りこんでもらったのである。

「ええ、なんとか。あとは喜助さんに何度も摺りこめてもらって、色に深みを出せば」

どうやらこれで大平の思いつきどおり、油絵に似た味をもつ木板画ができ上がったと、清親は肩の荷がおりた思いだった。画題は、大平と話し合ったすえ、「猫と提灯」とした。

試し摺りの三日後、遅い朝飯をとった清親が、写生に出かけようと土間におりたところへ、腰高があいて、大平と保坂が顔をのぞかせた。

「やあ、かけちがいにならずにすんだ」

大平は、清親の手にした写生帳に目をとめて言った。

「安藤からの使いでまいりました」

保坂が改まった声を出した。

「どうぞ、お上がり下さい」

清親はふたりを部屋に上げて、茶を出した。保坂は膝をそろえて坐り、一口すると、湯呑みを置いた。

「安藤では、この話をぜひとも進めてもらいたいと、かように申しております。で、ぶしつけながら、こちらさまのご返事を承りたく、こうしてまいりました」

使いの口上をのべた保坂は、政恒が清親をいたく気に入り、縁続きになることを願っていると話した。

「きぬさんは、ご承知なので？」

清親は得心のいかぬ顔で尋ねた。

「ええ、ええ。むろんですとも。母親が当人に気持ちを質《ただ》したら、もらってくださるなら……と小声で答えたというんですから」

保坂は当たりまえだという顔をして、それで、ご返事のほうは、とうながした。

「小林さんの気持ちは、先刻決まっていますよね」

大平がにこにこ顔で口をはさんだ。

こうして清親ときぬの縁談はととのい、娘と糯米《もちごめ》は年の暮れに片づく、ということわざではないが、暮れの吉日に祝言を挙げることになった。

八月末の日曜日。清親は大平の勧めもあって、きぬを内国勧業博覧会に誘った。二十一日から開かれているこの博覧会に出品した「猫と提灯」を、きぬに見せるためである。炎暑のなか、きぬはしきりと顔に手巾《はんかち》をあてながら、ほとんど小走りで大男の清親についてくる。清親はたびたび足を止めて、きぬをいたわった。

「おう。ここだ、ここだ」

見物人でごった返す会場表門の前で、清親に目をとめた圭次郎が手を上げた。きぬを引き合わせるよい機会《おり》だと思った清親が、前もって圭次郎にも声をかけ、待ち合わせていたのである。

「待ったであろう、すまん」

清親は、表門に取りつけられた大時計を見上げた。約束の一時を三十分もすぎている。

「いや、なにほども待たん。上野《ここ》にいると、昔がしのばれてな。刻《とき》など忘れるよ」

圭次郎は感慨にたえぬように言った。十年前、彰義隊に加わり、この山内で官兵と渡り合った圭次郎にすれば、感慨ひとしおのものがあろう。清親はその胸中を察して、うむ、と言ったきり、あとの言葉が出なかった。が、やがて気を引き立てるようにきぬを振り向き、

「こないだ話した、幼馴染みの堀圭次郎ですよ。ほら、神田で小学校の教師をしている……。おっと、いまは村越圭次郎だ」

と引き合わせた。

ひとり娘おそのと圭次郎の仲を、頑として許さなかった校長も、この春ついに折れた。おそのが、身ごもったからである。ふたりはやっと祝言にこぎつけ、圭次郎は村越校長の養子となった。

「きぬと申します。これから、よしなにおつき合いのほどを」

「いやあ、こちらこそ。きぬさん、清親を頼みますよ。実は、女房のやつもきたがったのだが、なにしろ腹がせり出してるんでね」

と、圭次郎は笑って挨拶を返した。

ふたりが話しているあいだに、清親は三人分の入場料四十五銭を払って、手形をもらってきた。三人はさっそく表門をくぐった。右手に農業館、東本館、左手に園芸館、機械館、西本館の立ち並ぶ会場をよそ目に、中央正面の美術館を目指した。噴水のある広場をぬけて、美術館の入り口に着いた三人は、人ごみに混じって石段を上がった。

館内には、西洋画や日本画ばかりでなく、書や工芸品なども所狭しと展示されている。

「猫と提灯」は、半畳大の画布に孔雀《くじやく》を描いた油絵と、それとほぼ同じ大きさの紙に牡丹を描いた墨絵のあいだに飾られていた。両わきのものより額はずっと小ぶりなのだが、猫は彫り銀の仕事場で見たときと同様に見る者に迫ってきて、この二作をはるかにしのいでいた。絵の前には、洋服姿の男と弁髪の中国人が足を止めていた。中国人は猫を指さして、なにやら洋服姿の男に話しかけている。

「こいつは凄いでき栄えだ。油絵に似た絵と聞いていたが、これほどとは思わなんだ」

　圭次郎は一目見るなり感嘆の声をあげ、中国人のわきへ寄って、つくづく眺め入った。

それからきぬを手招きして、

「ごらんなさい、提灯に描いてある紋。この抱き茗荷《みょうが》はね、小林家の紋なんですよ。もうじき、あなたもこの紋をつけるわけだ」

　と笑った。

　その十日ほどのちのことである。

　大平が日暮れ方にひょっこり現われた。清親は今度は米こそといでいなかったものの、それでも流しでたくあんを切っていたところだったので、ばつのわるい思いをした。

「ま、勝手仕事をするのも、あとしばらくですよ」

　部屋に上がった大平は笑ったあと、今日はちょっと異《い》な頼みがあってきました、と言った。

「は、どのような」

　茶を淹れかけて、清親は大平の顔を見た。

「その……。西南のいくさを扱った錦絵を三枚、取り急いで仕立ててもらいたいのです」

「………」

　清親は耳を疑った。

　この二月、西南の役が勃発《ぼっぱつ》すると、人びとは戦況知りたさに、争って新聞をもとめた。

新聞ばかりか、いくさを題材にとって出された錦絵も、飛ぶように売れたのである。さながら旧幕ごろのかわら版に群がるようなものだった。赤や青や紫といった派手やかな色を使って、けばけばしく仕上げた錦絵の人気を、清親はこれまで傍見してきた。

そこへ、この頼みである。無名の自分を拾い上げてくれてこのかた、これまでの浮世絵にとらわれない、自己流儀の新しい風景画を描けと言い聞かせて、ずっと大切に育ててくれた大平が、今様かわら版とも言われている戦争錦絵を頼むとは、思いも寄らなかった。

「ま、お気に染まんでしょうが、ひとつ頼みますよ」

大平は気まずそうな顔で言うと、保坂と約束があるとかで、茶も飲まずに、そそくさと座を立った。

恩義のある大平の頼みだ。明くる朝、清親は大黒屋へ行き、戦争錦絵や戦争記事の載った古新聞などを借りてきて、いくさの模様を頭に入れ、日ならずして熊本城の攻防戦や田原坂《たばるざか》の死闘を絵に仕立てた。でき上がった板下はどれも、市中にあふれる安手の戦争錦絵とどっこいどっこいのもので、試し摺りに立ち合うのも苦痛だった。

が、ともかくもそれで、お役ご免。これから気を取り直して、光線画に打ちこもうと思っていたのだが、どうしたことか、大平からの注文はいっこうに来なかった。いくらなんでも大黒屋へ不審を打ちに出向くわけにもいかず、清親はひとり悶々の日を送った。

やがて、暮れになった。取り決められていた吉日の十七日に、大平が仲人親をつとめて、清親ときぬは柳橋の料理屋で祝言を挙げた。披露には、圭次郎と保太郎の両夫婦に信八夫婦、それに山瀬、桑山、槌田を招いた。大平の顔で、暁斎や原までが席に列なってくれて、ずいぶんと賑やかな宴になった。だがそんななかで、花婿と仲人親のふたりはそれとなく目の合うのを避けあっていたが、気づく者はいなかった。

新居は米沢町二丁目一番地――大黒屋とは目と鼻の先にある、小家ながらも二階の乗った借家であった。

二

「お留守ですかぁ。小林さぁん」

表戸を叩きながら、大黒屋の手代が声を張り上げている。清親はそれを、雨戸を閉めてらんぷをともした二階の仕事部屋で、息をひそめて聞いていた。

――この暑い日盛りに……。

家中の戸を立て切っているのだ。一見して留守だと思いそうなものを。汗だくで居留守を使っている清親は、手代の察しのわるさに腹が立ってきた。

「あのようにお呼びになっているのに、よろしいのですか」

隙間洩る明かりを頼りに二階へやってきたきぬが、とがめるような口ぶりで囁いた。

「しかたなかろう。けさも言ったように、板下が真っ白だ」

「それでは、そのことをお話なすって、日にちを貸していただいては」

「もう、その手はきかんのだ」

清親は机の上の紙に目を投げて、ため息をついた。二、三日待ってくれというのを、三度もくり返しているのである。手代は三度めには顔を蒼くして、今日は定の目とばかり思ってましたけどね、と言い、四度めこそはきっと守ってくださいよ、としちくどく念を押して帰って行ったのだ。その四度めの約束の日が、今日である。

「わたくし、気分が悪くて……」

身ごもって七月《ななつき》になるきぬは、蒸し暑さにあえぎながら訴えた。

「お仕事ですもの。昔の怨敵だろうとなんだろうと、あっさりお描きなすったら」

大黒屋からの注文は、西郷隆盛と大久保利通の肖像画《にがおえ》なのである。

「なんだと」

清親はきぬを睨みつけた。女に、なにがわかる。生意気な差し出口は許さん、と怒鳴りつけたかったが、腹の子に響くのと、表戸を叩き続けている手代をはばかって、ぐっとこらえた。きぬは清親の気色ばんだ顔に恐れをなして、そうそうに階下へ降りて行った。

去年のあの西南の役ものの錦絵以来ようやく注文がきたと思ったら、今度は去年の九月に城山で自刃した西郷隆盛と、今年の五月に紀尾井坂で暗殺された大久保利通の肖像画ということで、清親はすっかり気を腐らせた。両人《ふたり》とも、幕府を倒した立役者ではないか。かれらに江戸を奪《と》られ、直参の家をつぶされたのだと思うと、きぬのいうように仕事だからとあっさり割り切れず、絵筆は遅々として進まないのだ。

——外でも歩いて、気分を変えるか。

手代はあきらめて戻ったとみえ、表戸を叩く音はやんでいる。清親は立ち上がり、二階の雨戸を細めにあけて、らんぷを消した。

表戸の心張りをはずして、一歩外へ踏み出したとたん、清親はぎょっとした。そこに手代が立っていたからである。

「居留守を使ってもわかるんですから。今日は、板下をいただくまでは、梃子《てこ》でも動きませんよ」

と手代は清親に迫った。

「どうもその、うまく顔が形象《かたど》れなくてね」

清親は言いわけをした。

「手がかりにと、いろいろの姿絵をお届けしたじゃありませんか。ま、掛け合いをしている段じゃないでしょう。すぐに絵筆をとってください」

手代は清親を家のなかに押し戻すと、自分も下駄を脱いだ。板下が上がるまで、そばを離れぬつもりのようである。しらじら明けに、ようやく二枚の板下ができ上がった。

その六日後の八月二十三日夜半、竹橋門に兵営を置く近衛砲兵隊の兵卒二百人余りが、暴動を起こした。ことの起こりは、西南の役の論功行賞にあずからなかったことに加え、これまで諸兵よりも恵まれていた給与を、諸兵並みに減らされたからだという。

大平は時をおかず清親のもとに手代を走らせ、世間に衝撃を与えたこの竹橋騒動を、三枚続きの錦絵に仕立てろと注文してきた。

「今度こそは、光線画の注文にちがいないと思っていたら、またもや今様かわら版の錦絵だ。大黒屋さんは、もうわたしの光線画をお見限りなのかねえ」

このごろ怏々《おうおう》として日を送っている清親は、夕飯どき、つい、きぬに愚痴を言った。

「それでも注文をくださるだけ、ありがたいと思いませんと」

大きな腹を抱えたきぬは、清親の飯碗におかわりをよそいながら、注文がないので、貯えも底をつきかけています、とこぼした。

「えり好みなさらずに、どんどんお仕事をなさってくださいませ。十一月には子供も生まれますのに、このままではわたくし、心もとのうございます」

明けても暮れても光線画、光線画と手前勝手なことばかり言っていないで、少しは家のことも考えてほしいと言いたげな顔で、きぬは飯碗を返した。生まれてくる子を思う一心なのか、それとも生来がこんな気性で、見合いの席では猫をかぶっていたのか、きぬはこのところ、しばしばきつい物言いをする。だがきぬの言い分はもっともで、清親は返す言葉もなく、砂を嚙む思いで飯を食べた。

翌日は朝早くから、清親は仕事場にこもった。自分はともかくも、きぬと生まれてくる子を、干乾しにするわけにはいかない。

「御門前に集まりたる暴徒の出で立ちは、黒チョッキに白ズボンを穿《うが》ちて、これを互いに目印とし……其の行装更に昨年西南の戦地に在りし時に異《こと》ならず……」

清親は、手代の持ってきた東京曙新聞が出した竹橋騒動の別配《ごうがい》に目をすえながら、あれこれと頭のなかで絵を描いていた。

場面は、見たことのある営庭にする。あすこならば時計塔もあって、騒動の起きた時刻も示せる。夜更けのことで、時計の見えるはずもないが、そこは錦絵ならば許されよう。真ん中に、鎮圧にあたる馬上姿の近衛砲兵隊長宇都宮少佐を置き、そのわきへこれに従う坂元少尉を添え、両人を囲むに暴発の兵士たちを配すると決めたときは、もう昼に近かった。

ふいに、階下で大平の声がした。おいでなさいまし、ときぬが迎えている。ここに所帯を持ってからはじめてのことである。どうした風の吹きまわしだ、と思いながら、清親は階下へ降りて行った。

「やあ、陣中見舞いにやってきましたよ」

大平は笑いながら、鰻《うなぎ》のかば焼きだという折りを、清親に渡した。

「これは、なによりのものを。さ、どうぞ、お上がりください」

清親はありがたくいただいて、茶の間へ通そうとしたが、大平は仕事場のほうがいいと言った。なにか話がありそうだと感じた清親は、大平を二階へ招じた。

「いや、昨日ね。徳次のやつがお宅から戻ってきて、あなたに竹橋騒動の錦絵を頼んだら、がっかりしたような顔をなすったと言うもんだから」

茶を運んできたきぬが降りて行くと、大平は口を開いた。徳次とは、例の手代のことである。

「い、いえ。なんでそんな顔をしましょう」

清親はうろたえた。ふだんと変わらず応対したつもりだが、つい気落ちが顔に出たものとみえる。

「そう、お隠しにならんでも……。小林さんの心中は、よく承知しているつもりです。こんな錦絵じゃなくて、光線画を描きたいはずです」

大平は机の上の別配と、描きかけの下絵に目を向けた。

「それがわかっているから、あなたの顔を見るに忍びず、ずっと足を向けずにいたんです。でも徳次の話を耳にして、ここはひとつ、錦絵ばかり頼んでいる訳合いを、あなたに聞いてもらったほうがいいと思って、やってきました」

「……」

「実はいま、店が立ち行かなくなっていましてね。身代限り寸前のありさまなんです」

と大平は打ち明けた。

「えっ」

清親は仰天した。大黒屋は安永の昔からの老舗《しにせ》で、内証は豊かと聞いている。

「去年の夏、保坂のやつが大がかりに工場を建て直しましてね。と言うのは、レモン水もこの節じゃほうぼうで製《つく》られて、儲けが少なくなったらしい。そこで目先を変えて、和製の麦酒を出そうって寸法だったんです」

「……」

「大がかりなものだから、資金を七所借《ななとこが》りしましてね。外国から機械を入れて、どうやら売り出しにこぎつけたんだが、こいつがさっぱり捌《は》けない。そこで、一本十二銭五厘という破格《べらぼう》な安値にしてみたが、それでも十八銭七厘の舶来麦酒に太刀打ちができん。世間はよくよく西洋好きとみえますな」

と大平は苦い顔をした。

舶来の重みを知った保坂は、窮余の策として麦酒を横浜の外国商会に売り、商牌《らべる》を外国のものに貼りかえて、小売り店にさばいてもらうことにした。商会も当初は、一本あたり六銭の口銭で保坂の麦酒を引き取ってくれたのだが、やがて足もとを見たのだろう、だんだんと口銭をつり上げた。

「そうなると、儲けはもうまったくなしですからね。借金の利息すら払えませんよ。この春とうとう、保坂の工場はつぶれました。保坂の借用証文に請け判をついていたあたしは、おかげであおりを食らって虫の息なんです」

「少しも存じませんで……」

清親は言葉が続かず、頭をさげた。

「そんなわけでせっぱ詰まったあげく、このところ人気の錦絵をあてこんで、描いてもらっているのです。あなたにはすまないが、なにぶん一時《いっとき》の人気にしろ、売れ行きの点では光線画の比ではありませんからね」

「そんなこととは知らずに、描けないなどと勝手なことを言って、迷惑をかけました。お恥ずかしい次第です」

清親は恩にあずかった大平のために、進んで錦絵に手をつけようと思った。

「なんの、恥じ入るのはこっちですよ。初手には浮世絵にとらわれない、西洋風の風景画を描いてもらいたいなどと偉ぶったことを吐きながら、このごろではかわら版の絵に等しいものばかりを頼んでるざまですからな」

大平はそれだけ言うと、それじゃこれで、と腰を上げた。清親は昼をごいっしょにと引き止めたが、大平はこれから長谷川町の具足屋に用があるとかで、あたふたと帰って行った。具足屋は文久の末に暖簾をあげた、いわば新興の板元であるが、いまではかなり大きく店を張っている。おおかた大平は、具足屋に板権でも譲るのだろうと、清親は察しをつけた。

大平が帰ってから、清親は昼の支度にかかったきぬを呼びつけて、保坂の話を聞かせた。遠縁でもあり、ふたりを取り結んでくれた男でもある保坂の倒産に、さぞ驚くだろうと思っていたが、なんときぬは顔色ひとつ変えず、

「そのことでしたら、盆に里帰りしたおり、母が話してくれました」

と言った。保坂は、安藤家にも足を運んで、金を借りたそうである。

「知っていて、なぜ話さなかったのだ。保坂さんは、おれたちの橋渡しをしてくれた大

事なおひとだぞ」

清親は思わず声を荒げた。きぬは、申しわけありません、といちおうは謝ったが、その口の下から、

「保坂さんにご用立てできるお金があるじゃなし、お話してお仕事に差し支えでもしたらと思って、黙っておりました」

と気に障ることをぬけぬけと言った。ぐっと詰まった清親は、怒りを抑えて二階に上がった。それから三日、きぬと口を利かなかった。おかげで竹橋騒動の板下は、約束の日よりも早く上がって、手代を喜ばせた。

十一月十一日、木枯らしの吹く深夜、女児《むすめ》が生まれた。翌朝、安藤家から初子誕生の知らせを受けると、清親は寒風のなかを駆けつけて、わが子に初の対面をした。

「おれに似たら、困るな」

きぬの床に並べて敷いた布団のなかの赤子の顔をのぞきこみながら、清親は呟いた。

「まあ、あなたったら」

血の気のない顔のきぬが、小さく笑った。きぬに粥《かゆ》を運んできた姑も、口もとに笑いを含んだ。

昼の祝いの膳で、舅や義兄がしきりと酌をするのを、ほどよいところで切り上げて、清親はひとまず帰ることにした。昨年、西郷隆盛自刃の四カ月前に病没した木戸孝允の

肖像画の板下を、明日までに上げなければならない。大黒屋ではこれを、先に出した西郷、大久保のものと合わせ、明治の三傑と題して売るのだそうである。

帰ると、軒先にすんなりした躰つきの少年が、ぽつねんと立っていた。

「あのう、清親先生でしょうか」

少年は清親を見上げて、澄んだ声で尋ねた。顔立ちのいい少年である。

「そうだが、なにか？」

「ぼく井上安治郎といいます。先生の絵が、たまらなく好きなんです。どうか、弟子にしてください」

少年は清親の目をみつめて一気に言った。

「ま、ここは寒い。なかでゆっくり話を聞かせてもらおう」

清親は初めての弟子入り志願者を家に上げて、火鉢の炭火をおこした。

「弟子入りをしたいというが、家のひとは承知なのかい？」

清親が尋ねると、少年は大きくうなずいた。

「おとっつぁんに叱られはしないだろうね」

「おとっつぁんは、二年前に死にました」

「そうか。じゃあ、家のほうは？」

「家には、母と姉と弟がいます」

「すると、君が長男だな。働かずと、絵など習っていいのかね」

「はい」

と少年はくったくのない顔で答えた。そして、浅草駒形町《こまがたちよう》の丸屋という呉服屋で番頭をしていた父親は、川越で百三十年も続く太物問屋《ふとものといや》の長男だったので、父親の死後はそこから毎月、浅草並木町《なみきまち》に住む一家のもとへ暮らしに困らぬだけの手元金が届いていると話した。

「ふむ。そういうことであれば、まあ、通ってみなさい。師匠についたことのないわたしに、君を導けるかどうか自信はないが」

清親は井上安治郎少年の入門を許した。安治郎は白い頬を染めて、ありがとうございます、と深々と頭をさげた。そしてそのあと、言いづらそうに小さな声で打ち明けた。

「あのう、ぼくは、ほんとうは、十三のときから芳年先生のところで絵の修業をしていて……いまも通ってるんです」

「それでは、君……」

清親はあきれた。月岡芳年の弟子でありながら、清親にも入門したいとはとんだ心得ちがいである。

「芳年先生に就いて、三月後《みつき》に……」

光線画と銘打たれた清親の東京名所絵五枚揃いが売り出されたのだと、安治郎は訴えるように言った。

「それを見たとき、これがぼくの描きたい絵だと思いました。それからというものは、あんな絵が描きたい、清親先生のもとで学びたいと、ずっと思い続けていたんです。それでも二年、芳年先生のところで辛抱しました。けど、どうしても芳年先生の絵にはついてゆけません」

「だったら芳年さんのところを辞《や》めてから、あらためて出直しておいで。みちを踏み外しちゃいかんよ」

清親は諭《さと》すように言った。

「……でも、ぼくの口から辞めますなんて、言えません。うちの近所に住んでる年景さんっていう芳年先生の古いお弟子さんに、ずいぶん骨折ってもらって、やっと入門を許してもらったいきさつがありますから……。どうか清親先生から、芳年先生になんとか話を通していただいて、ぼくを引き取ってください」

安治郎は、清親に取りすがらんばかりに懇願した。

「………」

清親は考えこんでしまった。

月岡芳年――一勇斎国芳の弟子だったこの男は、一名、血みどろ絵の芳年とも言われているが、武者絵、役者絵、美人絵、新聞錦絵といった具合になんでもござれで絵筆を揮《ふる》い、いずれもが出色のものを生み出している。当代切っての浮世絵師と目されていた。

清親はかつて、大黒屋でクリスマスカードや手巾に絵を描く仕事をしていた時分、大平の蒐《あつ》めている古錦絵を見せてもらったことがあった。そのなかに、芳年の血みどろ絵があったのである。

魁題百撰相《かいだいひゃくせんそう》の外題《げだい》をもつ、その大判錦絵の揃い物は、明治元年に出された、わりと新しいものであった。清親はそれを手にしたとき、画面から血のにおいの漂ってくるような凄まじさを感じた。斬り落した首から、血をすする場面が描かれた「佐久間大学」と題した一枚を、清親はいまもありありと目に浮かべることができる。まるで、血にひたした絵筆で描き上げたような絵であった。

「懼《おそ》ろしい絵を描く仁《じん》がいたもんでしょう。あたしはいつも、この仁の頭のなかは、いったいどうなっているんだろうと思いますよ」

と大平は言い、手にした絵に見入っている清親に、この仁も御家人の出でしてね、と教えてくれた。

「まったく、総身に粟立つような懼ろしい絵ですね。でもそれでいて、見る者の目を惹きつけて離さない魔性があります。反吐《へど》をはきたくなるような、こんな惨《むご》たらしい光景《さま》を目にしたわけでもなかろうに、頭のなかで次々と産み出して、揃い物に仕立てるなんて……。わたしなど、写生をせずに風景画を描けと言われたら、それこそお手上げだ」

清親はため息をついて、大平に絵を返した。

「なにを言うんです。そもそも風景画なるものは、その場のながめを描くものじゃありませんか。それにひきかえ、血みどろ絵は空事《そらごと》のもの。小林さん、へんな感心はかえって毒ですよ」

大平はさっさと絵をしまった。

「はあ……」

しかしその日から、清親の脳中に、芳年の名が鮮やかに刻みこまれたのである。ことに光線画を出して、どうにか一人前の絵師になり得てからは、同業として手並みのほどを知りたくて、芳年の新板が出たと聞けば、手に入れずにはいられなかった。そしてそのたびに、天与のものとしか思えない芳年の画才に、胸苦しいようなうらやましさを感じるのであった。

そこへ、この話だ。清親は苦笑するしかなかった。しかし、このいかにも内気そうな安治郎が、芳年の絵についていけないというのもうなずけないではない。

「聞けば、むげに断わるわけにもいかんな。仕方がない。わたしから芳年さんを訪ねて、お許しを請うてみよう。住まいを教えてくれないか」

清親は、安治郎の懇願を入れた。

「ありがとうございます。芳年先生のお家は、丸屋町の裏通りで、駄菓子屋の東隣だから、すぐにわかります」

安治郎はぱっと明るい顔になって答えた。

二日後、清親は昼から芳年を訪ねた。

目印の駄菓子屋の店先では、洟《はな》をたらした男の子たちが四、五人、金花糖の鳶口や豆板などをしゃぶりながら、めんこを選んでいた。

——そろそろ、名前を考えんとな。

清親は、長女の赤らんだしわしわの顔を思い浮かべながら店の前をすぎ、東隣の家の戸口に立った。二、三度声を張ったがなんの答えもない。出直そうと思い、踵《きびす》を返しかけたところへ、なかから戸があいた。

「だれだい」

縕袍《どてら》に緋《ひ》縮緬《ぢりめん》のしごきというなりの男が、眉根を寄せた不機嫌そうな顔を見せた。瘦せ形で、苦味のきいた四十がらみのいい男だった。

「あのう、芳年先生で？」

清親は尋ねた。

「そうだが。あんたは？」

「はい、お初にお目にかかります。小林清親と申します」

このひとが芳年か……。清親は名のったあと、こちらのお弟子の井上安治郎君のことで伺いました、と来意を告げた。

「ふむ。おまえさんが小林清親……。えらくでかいおひとだな。おれ、おまえさんの絵を何枚か持ってるぜ。おっと、ここじゃなんだ。上がんな」

芳年はにわかに親しみをみせて、清親を茶の間へ通した。食べ汚した皿小鉢ののった膳がふたつ、差し向かいに置かれていたのを隅に押しやった芳年は、長火鉢の埋み火をかき立てて、炭をついだ。それから横手の土間へおりて、貧乏徳利をさげてきた。

「ま、茶がわりに一杯やってくれ。今日は弟子のこねえ日で、これも、いま湯屋《ゆうや》ときてる」

　芳年は小指を立てると、長火鉢のうしろの茶箪笥から取り出したふたつの湯呑みに、なみなみと冷や酒をついだ。

「で、安治郎のことって、なんだい」

　湯呑みを、長火鉢越しに清親へ渡しながら、芳年は訊ねた。

「は。実は、その……」

　湯呑みを受け取った清親は、芳年の気持ちを損なわぬよう言葉を選び選び、話しはじめた。むろん、安治郎が芳年の絵についていけないと言ったことには触れず、ただ風景画を描きたい一心で、あとさきもなしに自分のところへやってきたらしいと言い、

「わたしにどれほどのことができるかわかりませんが、もし芳年先生さえ、諾《うん》とおっしゃってくだされば、あの子の願いを聞いてやりたいと思いまして」

　と結んだ。

「おい、おい。先生は願い下げだぜ。からかわれてるみてえで、おれは大嫌《でえきれ》えだ」

　と言ってから、芳年は、いいよ、といともあっさり承知した。

「兄弟子たちにいびられちゃ、べそかいてるあいつが、おまえさんに直談判《じかだんぱん》するなんざ、よくせきのことだぜ。ま、ひとつ、あいつをよろしく頼まぁ。線の細いあいつのことだ。このおれさまの絵よりも、おまえさんの光線画のほうが合っていいようぜ」

「は。ありがとうございます」

　清親はほっとした。安治郎の喜ぶ顔が見えるようである。

「それはそうと、光線画といや、おまえさんこのごろさっぱり出さねえな。戦争錦絵だの、薩摩芋野郎の肖像画《すがたえ》なんぞは、おまえさんにゃ似合わねえぜ」

　芳年はずばりと言った。

「これには仔細がありまして……」

「そうかい。したが、おまえさんは光線画を捨てちゃいけねえ。おいらのこれはね」

　と芳年は、また小指をたてた。

「芸者にしちゃ、なんともがさつなやつだがね。そんな女でも、去年の春だったか、おまえさんが出した『今戸橋茶亭の月夜』って絵にしんみり見入ってな、なんだか妙に切なくなってくるねえ、ときたぜ」

「……」

「丸いお月さんが藍色の夜空に昇ってて、左手の有明楼の窓にも、橋をはさんだ向かい岸の船宿にも、橙黄色《だいだい》の灯がともっててさ。その灯が、川面ににじんでる。まるで幻燈みてえな絵だった。だが、言わしてもらやぁ、おまえさん、絵はさほど上手《うま》くはねえよ」

「はあ……」

　言いたいことを言ってくれるじゃないか、と清親は内心憮然とした。

「けどな、お楽が、いやこれは、お楽ってんだが、あいつも言ったようにさ、おまえさんの絵は見てるこっちを、妙にやるせねえような気分にさせらぁ。おれには出せねえ味だ。ほとほと感じ入ったぜ」

「痛み入ります」

ま、これは褒められたのであろう。それに芳年のほうも光線画を買ってくれていて、小林清親という名をちゃんと知っていた。これまでの芳年へのこだわりが、少し消えたような気がした。

銀子――銀《しろかね》のように美しさを内に秘めた、心ばえのいい子に育ってほしいと願い、七夜に名づけた長女の宮参りもすぎ、年の瀬も半ばとなった夕方近くのことである。

清親は大黒屋に呼ばれた。座敷に顔を出すと、大平のほかにもひとり、齢のころ三十七、八の男が床を背に坐っていた。角張った顔に眼鏡をかけた、清親の見知らぬ男である。

「いや、お呼び立てしてすみませんな。さ、こちらへ」

大平は、眼鏡男のわきの座布団を指した。清親は男に軽く会釈をして坐った。

「これは、小林さん。てまえは具足屋熊次郎にございます。以後お見知りおきくださいまし」

と男は頭をさげた。

「こちらこそ、よろしく」

この男が具足屋か、と清親は思った。

「その……おいでを願ったのは、です。あなたの光線画は、これからは具足屋さんのほうで出していただけないかと思いましてね」

大平はつらそうに口を開いた。

「具足屋さんから、ですか？」

清親はびっくりした。うちからも光線画を出してほしいと清親のもとを訪ねた板元は、これまで五指に余る。だが清親はそのつど断わってきた。光線画は、大平あって生まれたものである。よそで出す気は毛頭なかった。大平も清親がほかの板元をはねつけているのを知っていて、うれしがったり自慢の種にしたりしていた。それがいま、こんなことをいい出すからには、裏で金が動いたにちがいなかった。

「お願いしますよ、小林さん。世間は戦争錦絵に飽いてきていますから、これからはお得意の光線画をどしどし出しましょう」

具足屋は張り切っている様子で、異人のように握手をもとめてきた。清親は大平が助かるものであればと思い、力なく具足屋の手を握った。それを生気の抜けたような顔で見ていた大平が、

「うちとも、これでご縁が切れたわけじゃありませんから……。光線画は具足屋さんへいくとしても、ほかの絵はこれまでどおりうちで出してもらいますから」

と、まるで自分に言い聞かせるように呟いた。

三

夜更けた廓《くるわ》は、階段を上り降りする草履《ぞうり》の音も、部屋の障子をあけたてする音も途絶えて、静まり返っている。

清親は根津権現にのぞんだ窓框《まどがまち》に腰をかけて、ぼんやりと黒い杜《もり》のあたりに目をやっていた。社《やしろ》の杜にすだく鈴虫の音《ね》を運んでくる夜風が、酔のまわった躰に心地よかった。

この正月に出した「駿河町雪」を皮切りに、清親は月に二枚ずつ、具足屋から光線画を出し続けており、しかもそれらのすべてが売れ行き上々とあった。具足屋は笑いがとまらない。

「今夜はひとつ、骨休めにぱあっといきましょう」

彫り銀で十八枚目の「隅田川夜」の試し摺りが終わると、具足屋は眼鏡をずり上げながら言い、日暮れを待って清親を柳橋の料理屋へ連れて行った。そこで芸者を揚げて、三時間ばかり派手に飲んだあと、ぜひ会わせたい女がいるからと、根津遊廓随一の大見世大八幡楼《おおやわたろう》に引っ張ってこられ、とうとう泊まる羽目になってしまったのである。

――いまごろは……。

きぬのやつが角《つの》を出していることだろう、と清親が思ったとき、上の間の屏風《びょうぶ》のかげで仕掛けを脱いで緋の長襦袢ひとつになった紅梅が、そばへ寄ってきた。

「そろそろ、お臥《やす》みなさいませ」

紅梅は、清親の肩にそっと手を置いた。二十八という、とうに盛りのすぎた女だが、﨟《ろう》長《た》けた面差しで、娼妓じみていないところが客を呼び、ここではお職につぐ二枚目を張っているそうである。この紅梅が、具足屋の言った「会わせたい女」だった。

具足屋が馴染みを重ねている女だろうと思っていたのだが、対面《ひきつけ》もすみ、ふたりの敵娼《あいかた》がいったん退《さ》がって行くと、

「右手にいた紅梅ってのは、ここんとこ芳年さんが通いつめてるって評判の女ですよ。小林さんも会っておかれたら後学になろうと思って、今夜お誘いしました。夜仕舞《かいきり》にしてますんで、ゆっくり遊んでください」

と耳打ちするではないか。

「悪戯《わるさ》がすぎますなあ」

清親は具足屋を睨んだ。おおかた具足屋は、清親がよく芳年の噂をするもんだから、こんないたずらに出たのだろう。

「悪戯なもんですか。女郎は売りもの買いもの。芳年さんが買おうと、小林さんが買おうと、かまうもんじゃありませんよ」

具足屋はけらけらと笑った。

そのあと、べつの部屋で酒を取った。清親には紅梅が、具足屋には丸ぽちゃの妓《おんな》がついて、酌をした。具足屋は呂律《ろれつ》のあやしくなった舌で、光線画の話や女の話などをまぜこぜに喋りまくり、しまいには懐中から試し摺りをしたばかりの絵まで取りだして披露

する始末である。

「まあ見てくれ、『隅田川夜』と題をつけた。まだ店頭《みせ》には出しておらん。どうだね、いい絵だろ」

「あっ。あたいんち、この近く。土手をおりて、すぐのとこなの。なんだか帰りたくなっちゃった」

さきに絵を見た丸ぽちゃが、具足屋にしなだれかかった。具足屋は丸ぽちゃから絵を取り上げると、紅梅に渡した。

「まあ、淋しい絵……。このふたり、いったいなにを話しているんでしょう」

手に取った絵に見入って、紅梅が呟いた。

月のない晩――三囲《みめぐり》あたりの土手にたたずんで、竹屋の渡しを待っているらしい山高帽に洋風杖《すてつき》といういでたちの男と、これに提灯をさげて従う女。ふたりの姿は、闇に沈む土手の桜と同じく、影絵のように描かれていた。対岸の待乳山と今戸橋も、闇に溶けかけている。着色《いろどり》はただ、女のさげた提灯の灯と、川を隔てた人家の灯だけなのだ。

「さあてね。ここに、この絵を描いたご当人がいらっしゃる。寝物語にでも聞くがいい」

具足屋は欠伸《あくび》まじりに言うと、丸ぽちゃを促して部屋へ引き上げた。清親も、紅梅の部屋に移った。

「ねえ、お床にお入りなすっては……。そして、あの絵の話を聞かせてくださいな」

紅梅は清親の手を取った。清親は苦笑して腰を上げ、後ろ手に窓障子を閉めたが、床へは行かず、次の間の茶簞笥のわきにあぐらをかいた。

「芳年さんが怕《こわ》くてねえ」

清親が冗談口をきくと、寝間着《めしもの》の支度をしていた紅梅が、手をとめて振り向いた。

「芳年さんをご存じ？　ああ、絵のお仲間ですものねえ」

「芳年さんが通いづめだということも、ちゃんと知ってる」

清親は冷やかすように言った。

「あら、そんな。そりゃ初めのうちはお遊びでしたけれど、このところはただあたしを描きにみえるだけなんですよ」

紅梅は笑った。なんでも芳年は、暮れあたりに出す美人絵の揃い物の一枚に、紅梅を描くそうなのである。

「ほう。芳年さんに描いてもらえるとは願ってもないことじゃないか」

「ええ。でも、こんなことを言ってはなんですけど、芳年さんって、ぞうっとするような絵をお描きになりますのね」

紅梅は清親のそばへやってきて、茶簞笥の抽斗《ひきだし》から畳紙《たとう》を取り出した。

「これ、芳年さんからの頂き物ですけど」

「なんでまた、こんなものをおまえさんに」

畳紙を開いてみて、清親はあきれた。例の魁題百撰相の揃い物が出てきたからである。

相手は女なのだ。よりによってこんな血みどろ絵をやらずとも、役者絵か美人絵でもやればよさそうなものではないか。

「それは……その絵がどれも、上野のいくさで斃《たお》れたひとたちの顔を、写し取ったものだからです」

紅梅は清親の膝の上の絵をちらりと見て、目をそらした。一枚めの「冷泉判官隆豊」と題された絵には、かっさばいた腹からだらりと腸《はらわた》のたれたさまが、生なましく描かれている。

上野のいくさのとき、芳年は余燼《よじん》の残る山内を、弟子の年景を連れて写生してまわったという。榴弾《たま》にあたって脳漿を撒いた屍体、首と胴を異にした屍体、臓腑のはみ出た屍体――あちこちに転がった屍体のとどめるさまざまな死相を、克明に写し取り、それをもとに魁題百撰相を描き上げたのだった。官をはばかって、題を戦国の世からとってはいるが、実はどれも上野の戦場の実景さ、と芳年は言ったそうである。

「道理で、血のにおいが漂ってくるような迫真の絵だと思った」

清親は魁題百撰相の生まれた内幕を聞いて、なんだ、頭のなかで産み出したものではなかったのか、と幾分がっかりしたが、しかしその一方で、芳年の絵師魂に圧倒される思いがした。

「この揃い物の凄さのわけはわかったが、これとあんたとどういう関わりがあるのかね」

娼妓と上野のいくさがどう結びつくのか、清親には解せなかった。紅梅はしばらくためらうふうであったが、

「実は、夫は上野《おやま》で最期をとげました」

と答えて、長い睫毛を伏せた。

「それじゃ、あんたは」

「ええ、もとは旗本の……」

紅梅は緋の長襦袢の胸もとをかき合わせた。

芳年は初会で、紅梅の立ち居から、あんた武家筋だね、とすぐに出自を見破ったという。だが、紅梅は強く打ち消した。昔の身の上を、遊び客などに喋りたくはなかったのである。

そのうち芳年は画帳を懐に、日の高い時分から揚がって、余念なく紅梅を写し取るようになった。そんな芳年に、紅梅はいつしか心を許すようになっていた。

あれは芳年が、巻紙や小筆を小道具に使い、紅梅にいろいろの姿をとらせて、画帳に写し取っていたときのことである。ふいに芳年が、

「あんた、武家の女だよな」

と言った。

「はい」

紅梅は、思わず答えてしまった。

「察しにたがわずだ。なんで、身を沈めた」

芳年は絵筆を走らせながら、尋ねた。

「夫が……上野で討ち死にしてから……いろいろなことがありましたから……」

紅梅はしかたなく言った。言ったあと、芳年が畳みかけて訊《き》いてくるのではないかと思ったが、芳年はただ、そうかい、と言ったきりであった。

「そうして次においでのとき、ご亭主がどんな死にざまだったのか、ようく見るがいいとその絵をくださったのです。あんたも苦界の勤めで浮かばれずにいるが、ご亭主だってこんな果てざまで、浮かばれずにいるんだぜって……」

と紅梅は話した。

「そうだったのか」

魁題百撰相を畳紙にしまいながら、芳年さんもいいところがあるじゃないか、と清親は思った。

「わたしも瓦解前は、本所御蔵屋敷の勘定方だったんだ。江戸が東京と変わってこっち、どうにか絵筆一本で食えるようになるまでには、やはりいろんなことがあってね」

「……」

「お互い、世の中の変わり目に出遭ったばかりに、ひどい目をみたわけさ」

「ほんとうに」

とんだ貧乏くじを引いて……と紅梅は小さく笑った。

楼が目覚めたとみえて、廊下に物音がしはじめ、妓の手引きで洗面に立つ客の声や、早立ちの客ときぬぎぬの別れを演じる妓の声などが聞こえてきた。清親は横で寝息をたてている紅梅を起こさぬよう、そっと床を抜けると、次の間へ行って窓障子をあけた。

さわやかな朝戸風が流れこんできて、気持ちがしゃんとなった。見渡すと、水色の地に薄紅梅をひと刷毛はいたような朝空の下に、権現の緑がさえている。その緑のなかに社の屋根がのぞいて、安らぎを覚えるような景観だった。いつか根津権現を写生にこようと思っていると、紅梅が起きてきて、清親に寄り添った。

「きれいな空だこと」

紅梅はうっとりして窓の外に見入った。

「この朝空を、描いてやろうか」

「え？」

「わたしには美人絵は描けんが、景色ならば描ける。白地《むく》の仕掛けに絵を入れて、贈らせてもらうよ」

清親はちょっぴり芳年の向こうを張った。

「まあ、うれしい」

紅梅は目をかがやかせた。

清親と具足屋は、八時すぎに大八幡楼を出た。道みち清親は具足屋にわけを話して、仕掛け地を手に入れてもらうことにした。

「ようございますとも。それでは、あたしがお頼みする体《てい》で、お宅へ届けましょ。そうすりゃご新造さんの目をはばからずに描けますよ」

具足屋は呑みこみ顔で胸を叩いた。横山町通りで具足屋と別れた清親は、朝帰りの後ろめたい気分で、わが家の敷居をまたいだ。出迎えはしたものの、きぬは白い目を向けて、ひと言も口を利かなかった。

――やれ、やれ。

と思いながら、清親は仕事部屋へ行き、写生に出かける支度にかかった。今日は安治郎のくる日で、初めて写生に連れて行くことになっているのだ。安治郎は月三回、四のつく日にくるのである。これまでは清親の絵に薄紙をあてて、それを写し取る修業ばかりさせてきたが、もうそろそろ自由に写生をさせてみてもよかろう。

そこへ、おはようございます、という安治郎の声が階下から聞こえてきた。定めた十時よりもずいぶんと早い。張り切っているなと思いながら、清親は階段を降りて行った。

「じゃ、行ってくるからな」

清親は、茶の間で銀子に乳を呑ませているきぬに声をかけた。だがきぬは、不貞腐《ふてくさ》ったように、振り向きもしなかった。

清親は、真新しい写生帳を手にした安治郎を連れて、虎ノ門の工部大学校へ向かった。清親も描いたことのない建物なので、そこを写生先にしたのである。

濠に影を落とす赤煉瓦の建物を、あるいは正面から、あるいは左右横合いからと場所を変えて写生し終えたのは、かれこれ昼すぎであった。安治郎は疲れたような顔で、写生帳を閉じた。

「どれ、見せてごらん」

清親は、安治郎の写生帳を手に取った。思いどおりに描いてみなさいと言っただけだったから、安治郎は目にした風景を余すところなく写し取っている。まるで写真のようだった。

「手初めにしては、うまくできた」

と、清親はまず褒めてやった。

「しかしね、風景をそのままうまく写し取っても、君の絵ということにはならん。それは写真なんだ。肝心なことは、見て取った風景のなかから、描きたいところだけを選んで、あとはばっさりと捨てる。これだ。その取捨に、描くひとの味というものが出る。風景からなにを選び、なにを捨てるのか、おいおいに学んでいくことだ。そのうち君の持ち味が出てくるさ」

「はい」

安治郎は清親の返した写生帳を胸もとに抱いて、大きくうなずいた。

翌朝、具足屋が仕掛け地を持ってやってきた。茶の間に上がりこんだ具足屋は、茶をすすめるきぬの前で風呂敷包みをといて、役者顔負けの芝居を打ってくれた。おかげで、きぬに疑いを持たれずに、絵は四日でなった。

さっそく具足屋に持って行き、呉服屋へ色止めに出してもらった。そしてそれができ上がったところを見計らい、写生に行くと言って家を出た清親は、具足屋で仕掛けを受け取り、その足で根津へ向かった。

——これを紅梅に届けたあと……。

根津権現の写生にまわろうと思いながら、清親は根津遊廓の総門をくぐり、大見世、小見世、芸者屋、食べ物屋、俥宿などの立ち並んだ八重垣町《やえがきちょう》通りを北に歩いた。夜ともなれば軒灯がともり、遊び客や素見客《ひやかし》が姿を見せて賑《にぎ》わうこの通りも、昼さがりのいまはひっそりとしている。

清親は新八幡楼と大垣楼のあいだを西へ折れて、根津権現の参道に入った。鳥居の手前右手に、大八幡楼がある。唐破風の堂々とした玄関先で、なかから出てきた芳年とばったり出くわした。

「おう。旧冬以来だな。ところで、あんたも隅におけねえな。なんでも紅梅の仕掛けに、絵を描いてやるんだってね」

芳年はにやにや笑いながら言った。

「はあ……。それができ上がったものですから、こうして届けにきたんです」

清親は風呂敷包みを芳年に見せた。

「そうかい。けど、あいにくだぜ。紅梅のやつ、昼遊びの客がついててな。おれも無駄足を踏んで帰るところよ」

芳年も懐中から写生帳を出して見せ、どうだい、どっかで一杯、と誘いをかけた。

「お供します。ちょっと待ってください」

清親は芳年に断わってなかに入り、若い衆に風呂敷包みを託してきた。ふたりは八重垣町通りへ出て、蕎麦屋に入った。

「安治郎のやつ、やってるかね」

手酌が気楽でいいや、と自分の杯に酒をつぎながら、芳年は尋ねた。

「はい。こつこつとやっています」

「そうかい。あんたは、弟子をほうり出して酒ばっかり食らってるこのおれさまとはちがって、手取り足取りして教えるだろうから、あいつ腕を上げようぜ」

「いえ、行きとどかなくて。それはそうと、この暮れに美人絵を出されるとか」

「うん、堀江町の広瀬からね。女郎や芸者に、英雄豪傑を配したものでな、『艶雄六歌撰《えんゆうろっかせん》』って題をつけるつもりだ。角海老楼の小紫には平忠度、新橋分銅武蔵の小万には源頼政、日本橋小田原家の小竹には藤原保昌、そして紅梅には楠木正行って具合に取り合わせてな」

「それは、楽しみに待っています」

どうして紅梅が小楠公と取り合わせになるのかわからないが、なにか芳年なればこその趣向があるのだろうと、清親は思った。

「それがいま、紅梅を描きとるのに、ほとほと手を焼いているんだ」

芳年は杯を置いてため息をついた。

「おれは、あいつの女郎じみていねえところを絵筆にしたいのさ。つまりだ、その、旗本の妻女だったって昔が、絵姿からくみ取れるように仕上げてえと思っているんだが、どうもうまくいかん。そこへきて、おれんちで騒動が持ち上がってるもんだから頭痛鉢巻きさ」

「なにか、ありましたので？」

「ありましたなんてもんじゃねえや」

と芳年は苦笑いしながら言った。ひょんなことから懇《ねんご》ろになっていた馬喰町《ばくろちょう》の宿屋の女房が、なんと三人の子供を連れて、芳年のもとに飛びこんできたのだという。いずれ芳年の女房に直してもらえるものとばかり思っていたお楽は、泣くわ、わめくわ、物は抛《なげう》つわして、芳年にさんざっぱら毒づいたあげく、宿屋の女房をひっぱたき、このふしだら女の男ぬすっとめと捨てぜりふを吐いて、ぷいと出て行ったそうである。

「その女房《ひと》の亭主は、しりを持ちこみはしなかったんですか」

清親は、芳年が訴えられはしないかと心配した。

「それがな、即刻去り状を叩きつけてきやがっただけさ。おおかた外聞が悪いんで、表沙汰にはできなかったんだろうよ」

「それはよかった」

「よかねえさ。女ひでりしねえおれさまがだぜ、なんで、よりによって三人の子持ち女と所帯を持たなきゃならねえんだい。かと言って、いまさらおっぽり出しもできねえし」

「それは、それは……」

清親は笑いをこらえながら、芳年に酌をした。出来心で、ひとの女房に手を出した芳年は、相手に押しかけられてのっぴきならない破目に落ち、臍《ほぞ》を噛んでいるようだが、まあ、自業自得というものである。

二時間近く話しこんで、ふたりは蕎麦屋を出た。もう一度、大八幡楼へ行ってみるという芳年と楼の前まで連れ立ち、そのあと清親は根津権現の鳥居をくぐった。

子守りが負ぶった子に童歌《わらべうた》を唄って聞かせているほかは、人影もない。地面に遊ぶ鳩の群れを気づかい、ゆっくりと境内の石畳を進んだ清親は、矢大神左大神の坐った楼門を写した。あたりの樹々や、それにかぶさる天空の色まで書きとめると、楼門を抜けて、今度は正面の唐門を写しにかかった。

翌朝早くに、大八幡楼の若い衆が紅梅からの手紙を届けてきた。あいにく受け取ったのは、おもてを掃いていたきぬで、

「紅梅花魁《おいらん》というおひとから、封《ふう》じ文《ぶみ》がきました」

とまなじりを上げて、二階の仕事部屋へ持ってきた。清親はぎょっとしたが、若い衆はよけいなことは言わなかったらしく、仕掛けの一件がばれたふうはなかった。封を切ると、はじめに、住まいは芳年から聞いたとあり、あの朝見た空の色がみごとに写し取られていて、ほんとうにうれしい。さっそく縫いに出しましたと、水茎のあとも鮮やかにしたためられていた。そして末尾に、お目文字のうえお礼を申し上げたいので、おり好い日にぜひお越しのほどを、と書き添えてあった。だが清親は、この手紙にすら悋気《りんき》

しているきぬを思うと、当分、根津へ足を向ける気にはなれなかった。

師走はじめ——気早に歳暮にきた具足屋から、芳年の「艶雄六歌撰」が出たと聞いた清親は、夕方、堀江町の広瀬屋まで出かけて求めてきた。

——うむ。さすがは芳年さんだ。

仕事部屋のらんぷの下で、清親は紅梅の描かれた絵を食い入るように見た。

如意輪堂の壁板に、かえらじとかねて思えば梓弓《あずさゆみ》なき数にいる名をぞとどむる、と書きとめている鎧姿《よろいすがた》の楠木正行の小間絵《こまえ》を背景に、愁い顔の紅梅が描かれていた。紅梅は巻紙を前に、物思いの体で小筆を指にたばさんでいる。仕掛けから襦袢の肩先がのぞくようなしどけない着つけをしているものの、芳年の筆先がみごと紅梅の陰《かげ》をとらえて、その姿にはどこか娼妓らしからぬ趣きが漂っていた。芳年のもくろみは、みごとに成功をおさめているのだった。

感心しながら絵を机に置こうとして、清親ははっとした。芳年が、紅梅との取り合わせに正行を選んだわけが、読めたと思ったのである。芳年は、無謀な戦いと知りながら寡兵よく敵《あき》を迎え撃ち、四条畷《しじょうなわて》で刀折れ矢つきて散った南朝の臣正行に、旧幕の臣として、義を彰らかにして散った紅梅の夫を、重ね合わせたにちがいない。清親は、芳年の着想に兜《かぶと》を脱いだ。

四

大黒屋を訪ねる途中の昼さがり、清親は両国広小路で相撲の触れ太鼓の一行とすれ違った。ああ、明日から回向院《えこういん》で五月場所かと思いながら、清親はちょっと足を止めて、元柳橋のほうへ去って行く小粋なたっつけ姿の一行を見送った。

大黒屋の暖簾をくぐると、大平が手代や小僧を指図して、新板の錦絵の飾りつけをさせているところだった。

「これは、これは。久しいですな」

大平は笑顔で清親を迎えた。

「ご無沙汰をしています。その……無沙汰ほどきに頼みごとを持ってきて気が引けるのですが、どうしてもお力をお借りしたくて」

清親が言うと、大平はすぐに座敷へ招じ入れた。妻女が茶を運んできて、きぬと銀子の様子などを尋ねてから座を立つと、

「で、頼みごとというのは？ あたしにできることなら、なんなりとさせてもらいますよ」

と大平は話をうながした。

「実は、弟子の絵を大黒屋《こちら》で出していただけないかと思いまして」

清親は懐中から、色づけした二枚の板下を取り出した。以前は墨線だけで描いたもの

だが、このところ彩色をほどこすようになっている。

「おお。これはまた……。小林さんの絵と言っても通りますな」

二枚とも穴のあくほど見入って、大平は感心した。

一枚は「新吉原夜桜之景」と題して、夜空に満開の枝をのばす仲之町の植え桜を真ん中に描き、右手には煌々《こうこう》と灯をともした引手茶屋、左手にはいましも大門《おおもん》に走りこもうとしている二人曳きの人力俥を配して、春の夜の廓の賑わいをうまく醸《かも》し出している。

もう一枚は「代官町之景」と題したもので、二年前の竹橋騒動のさい、清親の描いた時計塔のある近衛兵舎を、やや斜め右遠方から描き、手前に唐傘に似た枝ぶりの松の大木を配していた。

二枚とも、いまや世間で、夜景であろうとなかろうとすべて光線画と呼ぶ清親の東京名所絵そっくりであった。

「これほどの絵ならば、こっちから頭をさげて出させてもらいますよ。将来《さき》のたのしみなお弟子さんですねえ」

大平は絵を清親に返した。

「ええ。芳年さんのところで、下地がちゃんとできていたので、二年そこそこでめきめきと腕を上げましてね。教えるほうは楽でした」

清親は、安治郎を弟子にしたいきさつを話した。

「ほう、そういうことでしたか。しかし小林さん、いまお話を伺いながらふっと思ったんですがね、うちからこの絵を出すとなると、具足屋さんで文句が出ませんか」

言わば、清親の光線画を出す権利を具足屋に金で譲渡したかたちの大平は、心配そうに言った。

「なんの。似てはいても、わたしの絵ではありませんから、具足屋さんをお気づかいなさるには及びませんよ」

と、清親は言ってのけた。安治郎の板下を大黒屋に持ちこんだのは、光線画の名づけ親でありながら、光線画を板行《はんこう》できなくなってしまった大平への、せめてもの恩返しなのだ。

ひと月後、安治郎の二枚の絵が大黒屋から売り出された。

売り出しの朝、母親とともども清親のもとへ礼にきた安治郎は、上気した顔で、夢を見ているようです、とくり返した。初めて自分の絵が世に出たときのうれしさは、清親にもよくわかる。

「これからが大変だぞ。絵が出たからには、世間はもう君を一人前に扱う。精一杯やることだ」

と励ました清親は、用意しておいた舶来の水彩絵具一式を祝いに贈った。深川仲町の伊藤彩料舗でしか扱っていない高価品である。

「ありがとうございます」

安治郎は両手に押しいただいて、母親と何度も礼を言い、これから泊まりがけで川越に絵を届けるのだと、張り切って帰って行った。

それからものの一時間もたたないうち、具足屋がやってきた。応対に出たきぬに愛嬌を振りまく声が、二階まで筒ぬけである。

――さっそく、おいでなすったか。

清親は苦笑して絵筆をおいた。よその新板ものに絶えず目を光らせて同業の動向を知り、立ち遅れをみせないよう努めるのが板元なのである。具足屋はもう、大黒屋から出した安治郎の絵のことを嗅ぎつけたにちがいない。はたして、どかどかと階段をのぼってきた具足屋は開口一番、

「今日、大黒屋さんから出たお弟子さんの絵、あれはけっこうでしたねえ」

と言った。

「あたしゃ目にしたとき、小林さんの絵かと思って、一瞬ぎょっとしたくらいですよ、ええ。光線画が、よそから出たのかってね」

具足屋は笑顔をみせて、さりげなく嫌味を言い、自分の店からも安治郎の絵を出したいと申し出た。

「ええ。この先よろしく引き立ててやってください」

清親はそれにはべつに否やはないので、素直に頭をさげ、安治郎のことを頼んだ。

「そりゃありがたい。ところで、夏に出す小林さんの光線画ね。あれ、二枚のところを、三枚にしましょう。光線画は具足屋が本家だってところを、世間に見せないと」

「いま時分に、もう一枚描けと言われても」

清親は慌てた。夏に出す分はこの六月中に、板下を彫りにまわさないと間に合わないのである。二枚でさえ、ぎりぎりの上がりだと思っていたところへ、一枚追加されてはたまらない。はかどらずにいる有様を話して断わったが、具足屋は、なんとかなりますよ、とてんで取り合わずにさっさと腰を上げた。

翌日の昼すぎのことである。

蒸し暑さのあまり、清親がもろ肌ぬぎで絵筆をとっていると、階下で男の訪う声がした。きぬは銀子を負ぶって、買い物に出たばかりである。しかたなく清親は袖を通しながら、階下へ降りて行った。土間に立っていたのは、芳年であった。

「やあ、よくおいでくださいました」

思いもかけぬ来訪に、清親は慌てて茶の間へ招じた。

「所番地は絵の届け印で判ってたし、ちょくちょくそこまできてるんでな。おりをみて一度は、顔を出そうと思っていたんだ」

芳年は隣町の薬研堀《やげんぼり》に社屋のある報知社へ、錦絵新聞の構図《え》の打ち合わせに、たびたび足を運んでいるのだと話した。

錦絵新聞とは、新聞に載った殺しや醜聞のたぐい、それに珍奇な事物などを錦絵にして、解説を加えたものである。新聞社と組んで、絵草紙屋が板行した。たとえば具足屋からは、芳年の好敵手である同門の兄弟子落合芳幾《おちあいよしいく》の描く東京日日新聞が、小船町の錦昇堂からは芳年の描く郵便報知新聞が、板行されるといった具合である。

「だがなかなか、おりがなくてな。けど今日という今日は、こいつを渡したくってやってきたんだ」

芳年は懐中から、やおら熨斗袋《のしぶくろ》を出した。

「安治郎に渡してやってはくれないか。絵を出した祝いだ。本来ならば、あいつのところへじかに持ってってやるべきなんだが、おれをあんたに乗り換えたあいつのことだ。そうすりゃ、いらぬ気をつかうだろう」

「安治郎がどんなに喜びますことか……。たしかにお預かりします」

清親は礼を言って熨斗袋を受け取り、茶簞笥の抽斗にしまうと、酒の支度をした。

「しかし、年景の買ってきた安治郎の絵を見て、おいら驚いたぜ。まるでおまえさんの絵の敷き写しじゃねえか。たしかに腕は上がった。だけど、絵にあいつの顔が見えねえ。自分てもんが出てねえよ」

清親が湯吞みについで出した冷や酒に舌鼓を鳴らして、芳年は言った。

「はあ……。それは熟達《なれ》につれて、おいおい出てくるでしょう」

清親は自分の湯吞みにも酒をついだ。

「そうかねえ。あの絵の肌合いじゃ、この先もこのままで終わりそうな気がするが……」

「脅《おど》さないでくださいよ」

「ま、杞憂というやつでありゃいいがね。ところで紅梅のことだが、こないだ久しぶりに大八幡楼へ足を向けたら、なんとあいつ、二枚目から下等に転がり落ちててな。汚《きたね》え小部屋に移されてるんだ。揚げ代もたったの二十五銭《いちぶ》だぜ。おれの『艶雄六歌撰』が、泣くというものだ」

芳年はぐいと酒をあおった。

「どうしたというんでしょうね」

空になった芳年の湯呑みに酒をついでやりながら、清親は尋ねた。

「うん、顔馴染みの新造が言うことにはだ。紅梅のやつ、この春ごろからなんだかんだと言い立てて、ぱったり商売に身を入れなくなったということだ。おおかた悪足《わるあし》でもついたんだろうぜ」

「まさか……紅梅に」

「けど、それしか考えられめえ。これで紅梅もおしめえだな」

「………」

「話は変わるが、おれもとうとう年貢を納めたぜ」

芳年は去年の暮れに、例の押しかけ女を籍に入れたという。

「めでたく納まったわけですな」

「めでたいもんか。おかげで、いっぺんに三人の子持ちだ」

と芳年がぼやいたところへ、きぬが戻ってきた。きぬは初対面の芳年に丁寧に挨拶をすると、清親に銀子を預けて台所へ立ち、手早く酒肴をこしらえた。ふたりは腰をすえて飲み出し、芳年が帰ったのは夕暮れ前だった。

顔を洗って二階へ上がった清親だが、さすが絵筆をとるのが大儀だった。しかたなしに寝そべって、ぼんやりと紅梅のことを思いやった。

――物静かでいて、心《しん》のある女とみたが、悪足がつくとは……。

だが悪足だろうとなんだろうと、当人に好いた男ができたのであれば、それもいいではないか。はたからいらぬお節介を焼くこともなかろうと清親は思い、あけ放した窓の外に広がる薄鼠色《うすねずいろ》の夕空に目をやった。

その月のうちにどうにか、蛍の舞う御茶の水や両国の花火、夕虹のたつ橋場の川景色といった夏の情景を三枚描き上げて、ほっとしたのもつかの間、具足屋は八月の半ばまでに秋ものを四枚と言ってきた。

おかげで、油蟬が暑さをかきたてる夏の盛りに、頭のなかであゝでもない、こうでもないと一心に冷涼な秋を探す破目になったのである。写生帳をめくって、描きとめた風景のなかから、秋に合うものを選んでいると、去年の秋に写生した根津権現が出てきた。

一枚はこれだ――そう決めたとき、下等に落ちたという紅梅の面影が頭のなかをよぎった。試し摺りができたら持って行ってやろう、と清親は思った。

迷う日を五、六日も重ねて、ようやくあとの三枚も決めた。さえた秋月が照らす大川端を一枚、秋じめりの夜の小名木川を、みかん色の灯をともして走る外輪蒸気船を一枚、澄み渡った秋空のもと、佃島の沖に舫《もや》う三隻の木更津船《きさらづぶね》を一枚、と決めるや、清親は汗だくになって下絵に取りかかった。

九月のはじめ、どうやら四枚とも試し摺りにこぎつけた。その日の暮れ方、清親は写生帳を手に、根津へ向かった。写生帳のなかに「根津神社秋色」と題した大判錦絵《おおにしきえ》の試し摺りをはさんでいる。

――この絵を見て……。

紅梅はどう言うだろうと思いながら、清親は大八幡楼へ足を早めた。

さいわいと言ってはなんだが、きぬは昼すぎから銀子を連れて、実家へ出かけている。安藤の家は人寄せが好きで、やれ花見だ、三社祭《さんじゃまつり》だ、川開きだと、そのたびに呼びがかかった。今度は、菊の節句の誘いである。

清親もはじめのうちは、しぶしぶながらもきぬといっしょに顔を見せていたのだが、このごろでは、三度に一度ぐらいしか足を向けない。それで呼びがかかると、決まってきぬとひと揉めするのだが、このたびは試し摺りという名目があって、それを逃れた。

いまふたりめを身ごもって、五月《いつつき》にはいったばかりのきぬは、悪阻《つわり》で川開きには行けなかったぶんとあわせて、二晩泊まってくると言い置いて出かけたので、戻るのはあさっての昼ごろだろう。まさに鬼のいぬ間といった心地の自分に、すこし気がさしながら、清親は総門をくぐった。

明かりのこぼれた大八幡楼の玄関に着くと、立ち番が寄ってきた。

「たしか前にもお目にかかっておりやすが、はて、敵娼《あいかた》はだれでござんしたろ」

縞《しま》の単衣に無地の角帯を締めた三十半ばのはしこそうな面つきの立ち番は、頭をかいた。六尺二寸という人目をひかずにはおかない背恰好のせいもあろうが、一年前にただ一度揚がっただけの清親をよくぞ覚えていたものである。

「紅梅だが……」

と、清親は笑った。

「紅梅でしたら、ひと月ばかり前に鞍替えさせられましたぜ」

盤台《ばんだい》を肩に銀杏歯の下駄を鳴らして門を入ってきた台屋に、片手を上げながら立ち番は言った。

「鞍替え……」

驚いた清親は、どこへ？　と訊いた。

「へえ、八重垣町通りの松八幡《まつやわた》でさ。昔うちで遣り手をやってたのが、銭ためて出した小見世《こみせ》でしてね。そんな縁で、松八幡へ」

「………」

「いえね、紅梅のやつ、とんと勤めぶりがわるくなったし、齢ももう小三十でござんしょ。根津一のここにゃ置けねえってんで、売り飛ばされたんですよ。もともとあいつには、小見世あたりが応分なんでさ。女郎の張りも気っぷも持ち合わせねえくせして、なにが『艶雄六歌撰』だって、見世じゃみんながあざけってたんですぜ」

立ち番は含むところでもあるのか、紅梅をそしった。

「紅梅って妓はね、お客さんの前じゃ、おつに澄ましているようだけど、どうしてどうして、銭金に汚くって……。玉割《ぎょくわ》りだの、祝儀《はな》だのはがっちりためこんで、遣り手や新造に小遣いのひとつもやるじゃなし、髪結いに心づけを包むじゃなし。つき合いのわるい、嫌な妓でしたよ」

「そうかね」

紅梅の意外な一面を聞かされたが、清親は興ざめにはならず、出自を思いやっていっそう憐れさが湧いた。

「ま、ともかく、そんなわけですからさ。紅梅なんざ忘れて、どうです、若い妓とおすごしなすっちゃ」

立ち番は清親の袖をつかもうとした。

「いや、またの機会に遊ばしてもらおう」

清親は袖を払って、大八幡楼をあとにした。

松八幡は八重垣町通りの東の並び、千駄木寄りの、小見世ばかりが五、六軒固まった一角にあった。露草色の地に松八幡と白く染め抜いた暖簾を払い上げて、狭い玄関に入ると、おりよくそこへ当の紅梅が客を送って出てきた。仕掛けなどは羽織っておらず、染め返しとみえる小袖だけを着ていた。

「よく、ここが……」

清親に気づいた紅梅は、目を瞠《みは》った。

「大八幡楼で聞いてね」

清親は笑いかけた。

客が面白くなさそうな顔で、じろじろと清親を眺めている。濃い眉の下に、吊り気味の目を光らせた二十四、五の男であった。男が下足番の揃えた履物に足をかけると、紅梅は男の肩に手を置いて、

「それでは、ね」

と実のこもった声をかけた。男は、また近いうちにくると言うと、もう一度、清親にきらりと目をやり、すたすたと帰って行った。

――あれが、悪足なのかな。

と思いながら、清親は履物を脱いだ。下足番がかっ掠《さら》うような手つきで、それを持って玄関の横手へ引っこんだ。

「仕掛けのお礼を言いたかったのに、ずっとお見えがなかったから……。あれからもう、一年ですよ」

紅梅が怨ずるように言ったところへ、薄い髪を安油で光らせた四十すぎの遣り手が、帳場のほうから出てきた。

「美雪さん。なんですねえ、玄関先で。お客さまを早いとこ、部屋へお上げしなくちゃ」

遣り手は紅梅をたしなめてから、清親に追従《ついしょう》笑いを向け、さ、どうぞ、と先に立って階段を上がった。

二階には、廊下をはさんで両側にそれぞれ四部屋が向かい合っていた。遣り手は、とっつき左手の襖をあけた。北と西とに窓があるだけの薄汚い六畳の間で、置かれた茶簞笥や衣裳簞笥も古ぼけており、行灯の照らす赤茶色の砂壁にはあちこちに雨じみが浮いている。

「ちょいと、お待ちを」

と言って遣り手は部屋に入ると、壁ぎわに三つ折りされた派手な夜具を、真ん中にひっぱってきてのべた。それから長火鉢の前の座布団をくるりと返し、先の男が手にしたらしい猫板の上の湯呑みを、ひょいとつかんで廊下へ出てきた。清親が祝儀を握らせると、遣り手はおおぎょうに喜んで押しいただき、

「大八幡楼《あっち》のころからのお馴染みさんが、わざわざ尋ねてきてくださるなんて、美雪さん、あんた果報者だよ」

と紅梅の肩を叩いて、階下へ消えた。部屋に入ると、紅梅は茶簞笥の前に居ずまいを正して、一年前の礼をのべた。だが、そのあと恥ずかしそうに顔を伏せて、

「でも、もうここでは着れないものだから、移ってきてすぐに手放してしまいました。せっかくのものをすみません。一度は、あの仕掛けを着たところを見ていただきたかったのに」

と言った。

「なあに、謝ることはないさ」

長火鉢の前に坐った清親は、手を振った。

「わたしはこれでも、絵師の端くれだからね。見ないものでも、見たように描けるのさ。あの仕掛けを着たあんたの姿も、なんなく思い描ける」

「……」

紅梅は救われたように微笑んで立ち上がると、のべられた夜具をまわって、西側の窓障子をあけた。

「この部屋からは権現さまも見えないんですよ」

「権現さまなら、ここに持ってきた。ほら」

清親は紅梅の気を晴らすように、努めて明るく振る舞い、写生帳から試し摺りの絵を取り出して広げた。

「まあ。『根津神社秋色』……」

障子を閉めて寄ってきた紅梅は声をあげて、絵に見入った。

絵には、晩秋の昼さがりの根津権現の境内が描かれていた。画面の真ん中やや右手に、朱の鮮やかな楼門がそびえ、それを赤子を負ぶったねんねこ姿の女がふたり、肩を並べて見上げている。石畳には、楼門へ向かう男がひとりと、鳥居のほうへ歩み去る女がひとり、どちらもちょっと前かがみに足を運んでいた。左端の幟《はた》看板が風に踊る吹きさらしの休み所には、人影が三つ……杜の樹々のざわめきが聞こえてきそうな大判錦絵のなかに、これだけの人物が、寒ざむしくおさまっている。

「みんな胸のなかに、願いごとやくったくを秘めて、息づいているよう……」

みずからもくったくありげな表情で、紅梅は呟いた。

五

廊下で打つ引けの拍子木《ひょうしぎ》を、清親は浅い眠りのうちに聞いた。床のなかに風が忍びこんできて、傍らの紅梅がそっと抜け出るのがわかった。床入りの前に遣り手が紅梅を廊下に呼び出して、なにやら耳打ちしていたから、おおかたまわし部屋へでも行くのだろう。鏡台の抽斗をあける軽いきしりがしたと思うと、静かに襖のあけたてがあって、部屋から物音が消えた。

それからまた、清親はうとうととまどろんだ。手水《ちょうず》に起きたのは、どれほど経ってからのことかわからない。小袖をかけた行灯は、油がつきかけているのか、またたきを繰り返していた。襖をあけて、清親は廊下へ出た。

廊下の天井に、間をおいて吊られた三つの五分芯《ごぶしん》らんぷが、左右四つの部屋の襖をあかあかと照らしている。廊下の突き当たりの厠《かわや》で用を足して、清親が部屋へ戻ろうとしたときである。

厠手前の右手の部屋で、ぎゃあっ、という尋常でない声がした。声はただ一声で、さほど大きくもなく、あとはしんと静まり返っている。声を聞きつけて、寝ず番や遣り手が飛んでくるふうでもない。しかし清親は気になって、その部屋の襖をそっと細めにあけてみた。

次の瞬間、清親は襖を大きくあけて、部屋のなかへ飛びこんだ。床を隠した屏風のそとに坐って、頸筋《くびすじ》に剃刀をあてている紅梅の姿を、廊下から流れこんだらんぷの明かりが照らし出したからである。清親は夢中で、紅梅の手から剃刀をもぎ取った。剃刀を取り上げられた紅梅は、糸の切れた操《あやつ》り人形そのままに、どっと畳にくず折れた。

そのときになって、清親はぎょっとした。紅梅と揉み合ううち、押しのけられてしまった屏風の向こうの床に、頸のまわりを血に染めて事切れた男が転がっていたからである。見ると、床と言わず、屏風と言わず鮮血が飛び散っていて、明かりに黒く光っていた。

「こ、これは……」

剃刀を握ったまま、清親は息をのんだ。が、はっとして、襖を閉めに立った。廊下に人影のないのを確かめて襖を閉めると、部屋に血のにおいが立ちこめたような気がした。

「なんでまた、こんなことを」

隅に片寄せた箱火鉢のふちに剃刀を置いた清親は、紅梅のそばに坐り、声をひそめて訊いた。

「死なしてください、後生ですから……」

ゆらりと半身を起こした紅梅は、清親の膝に取りすがり、返り血を浴びた肩をふるわせて嗚咽《おえつ》した。

「夫を殺《あや》めました。いずれ死罪は免れません。どうか死なしてください」

「夫?」

清親は、改めて床の上の死人に目をやった。枕もとの行灯の明かりで、死人の顔かたちは見てとれる。不惑にはまだ間がありそうな男の死に顔は、かっと目を見開いて一瞬の苦悶をとどめてはいるが、目鼻立ちから察すると、まず美男といってよいだろう。

「ご亭主は、上野のいくさで歿《な》くなられたのでは?」

「嘘をついたんです。嘘でもついて身をつくろわなければ、苦界で生きてはゆけなかった……」

紅梅がかすれた声で言ったときである。階段を上がってくる足音がして、それがまっすぐこの部屋に近づいてきた。ふたりはどちらからともなく躰を離して、襖のほうを見た。

「へい、おじゃまさんで」

声とともに襖があいて、油差しを持った寝ず番が入ってきた。部屋部屋をまわって行灯に油を差すかたわら、足抜きや心中沙汰などに目を光らせる役目もあるから、たとえ妓と客が枕を交わしているさなかでも、かまわず入ってくるのである。寝ず番の目は、血の床に横たわっている死人に釘づけになり、ややあって、油差しを持ったまま部屋を飛び出して行った。階段を駆け降りる寝ず番の足音を、ふたりは放心の体《てい》で聞いていた。

その足音が消えて間なしに、今度はどかどかと階段を駆け上がってくる足音がして、寝ず番とふたりの女が部屋になだれこんできた。

「このあま、なんてことをしでかしたんだ」

寝ず番の後ろから、寝間着の裾を乱して部屋に入ってきた初老に近い痩せぎすの女がわめいた。この女が、おかみらしい。

「借金しょって鞍替えしてきたばかりってのに、よくもこんなことを……。ちくしょう、寅、美雪をふん縛りな」

「へい」

寝ず番は清親のそばから引き離した紅梅を、床わきの乱れ箱のなかにあった三尺帯で、後ろ手に縛り上げた。縛られた紅梅を、おかみが憎々しげに見すえて、ところかまわず足蹴《あしげ》にした。

「やめろ」

腰を上げて、おかみの前に立ちはだかろうとした清親を、遣り手が横合いからはばんだ。手に、血まみれの剃刀を持っている。清親が箱火鉢のふちに置いたものだ。

「これは、お客さんが美雪に渡したもんでござんしょう」

「ばかを言え」

「嘘をおつきになっちゃ困りますね、お客さん。うちの帳場にしまってる剃刀箱にゃ、一本の欠けもないんだ。ということは、あんたが持ちこんだ剃刀ってことになりゃしませんか」

と、遣り手は清親をねめつけた。どの見世でも客との心中沙汰を惧《おそ》れて、妓たちの剃刀は、ふだん帳場の剃刀箱に納めさせている。顔や襟足をあたるときには、そこから出して使わせ、あとはまたすぐに取り上げるしきたりなのだそうだ。

「そうだとも。こいつも殺しの片棒を担いだに決まってるじゃないか。その剃刀といい、この部屋に美雪といたところといい、逃れぬ証拠さ」

思うさま紅梅を足蹴にしたおかみが、息をはずませながら清親に向き直った。

「剃刀は、わたしが、ずっと匿し持っていたものなんです」

大八幡楼にいた時分、暮れの煤《すす》払いで振る舞い酒に酔った髪結いが、うっかり忘れていった剃刀を、懐剣になぞらえて、これまで大切に鏡台の抽斗深くしまっていたのだと、紅梅はあえぎあえぎ言った。

「じゃ、こいつはなんだって、この部屋にいるんだい」

「それは、わたしの自害を止めようとして……」

「懐剣だの、自害だのと、なにさまのつもりだい、笑わせるんじゃないよ。ま、いいさ。せいぜい出放題を並べときな。弥吉を分署へ走らせたから、おっつけ、おまわりがやってくる。そしたら、そんな寝言は通らないからね」

おかみはもう一度、紅梅を蹴りつけると、寝ず番と遣り手を見張りに残して、部屋を出て行った。

巡査が、日常着《ふだんぎ》にきがえたおかみに案内されてやってきたのは、それからほどなくのことである。紺小倉の制服の袖についた三本の黄筋で、二等巡査と知れた。巡査は寝ず番にらんぷを用意させると、念入りに死体を検《あらた》めては、隠しから取り出した小さな帳面に、鉛筆でなにか書きつけていたが、検死がすむと、今度は部屋の隅に膝をかしこませている清親たちの前に立った。

「下手人は、おまえだな」

頰げたの張った、三十をいくつも出ていないと見える巡査は、返り血を浴びている紅梅に声をかけた。

「馴染み客とのもつれの果てか？」

「いえ、殺されたのは初会の客なんですよ。初会のくせに、美雪《これ》を名指してきましてね」

はたから、遣り手が口をはさんだ。

「初会の客をまたなんで殺したんじゃ」

巡査が鉛筆を止めて、紅梅に訊いた。

「うちじゃ初会でも、前《せん》の見世からの馴染みじゃないかと思いますよ。この妓、うちへ鞍替えしてきて、まだ間がありませんので」

おかみも口を出した。わしはこの妓に訊いとるんじゃ、と巡査はおかみを一喝した。

「どうなんじゃ、前からの馴染みか」

「……夫、でございます」

紅梅は消え入るような声で言った。

「夫、だと」

巡査が素っ頓狂な声をあげた。おかみも遣り手も寝ず番も、呆然とした。

「はい。夫の深尾左内でございます。巣鴨《すがも》駕籠町《かごまち》の伊平店《だな》に家族がおりますから……どうぞ、お調べを」

「うむ、夫殺しか。よくも大罪を犯したものだな。分署で、とくと糾明するとして、だ」

鉛筆を走らせてから、巡査は清親に目を移した。

「ところで、おまえは？」

「はあ……。紅梅の、いや、美雪の客です」

「姓名と住まいを言い給え」

「小林清親、米沢町二丁目一番地に住まっております」

「この妓の馴染みなのか？」

「以前の見世で、一度だけ揚がったことがあります。今日その見世で、ここへ鞍替えしたと聞いたものだから、尋ねてきました」

「ふむ、いそいそと裏を返しに出向いてきたわけじゃな。そのおまえが、またどうして、この部屋にいるんじゃ」

「それなんですよ。旦那。こいつもぐるだと睨んでるんですがね」

おかみが、剃刀の出所《でどころ》に不審がもたれるのだと言い立てた。それを紅梅が、必死になって抗弁した。

「やかましい」

ついに巡査は怒鳴った。

「これからの糾明は、分署に移す。おまえには訊きたいことがある。きがえてついてこい」

膝のあたりに点々と血痕《けっこん》が見られる清親の寝間着に目を止めて、巡査は廊下のほうへ顎をしゃくった。それからおかみに、巣鴨駕籠町の伊平店へひとを走らせるよう言いつけると、捕縄を取り出して紅梅を縛りなおした。

部屋に戻ると、行灯は消えていた。清親は襖をいっぱいにあけて、廊下の明かりを頼りにきがえをすませた。そのあと思いついて、長襦袢ひとつの紅梅のために、行灯にかけてある小袖を取り、部屋を出ようとしたときである。茶箪笥の上の壁に留められた「根津神社秋色」が、薄ぼんやりと目に入った。もらってすぐに、紅梅がまち針で壁に留めたものである。この絵をつくづくと眺めて、みんな胸のなかに願いごとやくったくを秘めているようだと呟いたときにはもう、紅梅は夫を道づれに死を覚悟していたのであろう。浅い眠りのうちに聞いた鏡台の抽斗をあけるきしりを、清親は思い出していた。

――しかし……。

どうも腑に落ちない。紅梅の夫を、遣り手は初会の客だと言った。まわし部屋へ通された初会の客を、紅梅はどうして夫と判じたのであろうか。たとえ遣り手が、客の齢恰好や顔かたちを描いてみせたとしても、剃刀を持ち出すとは、あまりにも周到すぎはしないか。

絵の前でそんなことを考えていたら、縄じりを手にした巡査がやってきて、部屋をのぞいた。後ろに、腰縄をつけられた紅梅が続いている。ふと見ると向かいの部屋の襖が細めにあいていて、そこから四つの目玉が光っていた。部屋を出た清親は紅梅の肩に小袖をかけてやると、かばうようにして階段を降りた。土間では男衆が、巡査の小丸提灯に灯を入れて待っていた。

清親と紅梅が引っ立てられていったのは、本郷森川町《もりかわちょう》の警察分署であった。門の常夜《じょうや》瓦斯灯《がすとう》が、「警視局第四方面第二分署」と墨書された門札の字を、くっきりと浮かびあがらせている。

「分署長は、朝八時においでじゃ。それまで四時間ばかりある。ここで待っておれ。本来ならば、部屋を同じゅうして留めおくことはまかりならんのだが、いかんせん、ここには女牢がないんでな」

巡査はそう言って、ふたりを署内の奥まった一室に閉じこめた。窓に頑丈な格子のはまった、六畳ほどの板の間である。巡査が扉に錠を下ろして立ち去ると、清親はぼんやりと突っ立っている紅梅の肩を叩いて、板の間に坐らせた。窓からさす片割れ月の明かりだけが頼りの部屋は薄暗く、紅梅の表情は読み取れない。

「巻き添いにして……申しわけありません」

しばらくして、紅梅が小声で言った。

「いや、そんなことはいいが、あれがご亭主だったとは驚いた」

「夫は……友達の方に説き伏せられて、やむなく上野《おやま》にこもりはしました。でも、いくさの前の晩にこっそりと隊を脱け出して、屋敷へ逃げ戻ってきたのです」

「逃げ戻った……」

とんだ正行ではないか、と清親は思った。

「逃げ戻ってからは？」

「彰義隊狩りがやむまで、屋敷に息をひそめて、おどおどしておりました」

紅梅はよそごとの話でもするように、淡々と語った。

紅梅の夫――書院番衆で六百石を取っていた深尾左内は、彰義隊狩りがやむと、湯島天神裏門坂通りにあった七百坪余の屋敷を、捨て値同然の二十五両で売り払い、玉川在のかつての知行所へ引っこんだ。すでに隠居している両親と、前の年に小石川大塚町《おおつかまち》に屋敷をかまえる同役の家から嫁いできた十七歳の紅梅も、いっしょだった。

だが時世が一変すれば、かつての知行所といえども殿さまの威は通ぜず、村ではもう一介の無職無能の徒にすぎない。売り食いするよりほかに途《て》はなく、一家は伝来の什器《じゆうき》什宝《じゆうほう》をひとつひとつ手放しては、その日その日を食いつないだ。そんな暮らしも三年ともたず、食うや食わずでまた東京へ舞い戻ってきたのだという。

だが働こうにも口はなく、店賃《たなちん》も払えず、夜逃げを重ねては長屋を転々とするありさまであった。どんづまりの暮らしに打ちひしがれてしまった左内は、世間を呪《のろ》い、酒に溺れて、働き口を探そうともしなくなった。たまさか日雇いに出ることはあっても、稼ぎは残らず酒にかわるというていたらくである。

もともと病《やまい》がちだった舅は、数年来の心労がたたり、巣鴨駕籠町の長屋に落ち着いたときには、廃人同様になっていた。姑はそんな舅を看取らなければならず、いきおい紅梅の肩に一家の荷がかかった。

「縫い物の賃仕事、料理屋の下働き、茶畑の草取り……仕事を探しては、なんでもやりました。でも女の稼ぎのほどは高の知れたもので、飢えをしのぐのがやっと……。そんななかで、今度は姑が患いついてしまったのです。でも、お医者さまにかけるお金などありはしません。こうなっては、子のないわたしが身売りするしかなくて……。七年前のことでした」

「七年も勤めていれば、証文はもう巻いてもらえるんじゃないのかね」

清親は言った。

「ええ、でも夫がたびたび無心にきて……。わたしがためたお金では足りずに、ご内証に用立ててもらいますから、なかなか借金が返せなくて……」

「ふむ」

清親は大八幡楼の立ち番の話を思い出していた。紅梅が見世の者から白い目で見られながらも、せっせと金をためていた理由が、いまにしてわかった。だが、そうまでして尽くしてきた夫を、なにゆえに殺めたのであろうか。

――この春……。

勤めぶりがわるくなって、二枚目から下等に落ちたころ、紅梅と夫とのあいだになにかがあったにちがいない。清親は喉まで出た問いかけを飲みくだした。他人の自分がそこまで立ち入るのは、はばかられたのである。紅梅も、口をつぐんでしまった。

やがて朝がきた。使丁が握り飯を運んできたが、紅梅は手をつけようともしない。清親も食欲《くいけ》などなかった。例の巡査がやってきて扉をあけたのは、それから一時間ほどしてからのことである。

「妓、出ろ。これから分署長じきじきのお取り調べじゃ」

「はい」

よろりと立ち上がって扉の前まで行った紅梅が、足を止めて清親を振り返った。なにか物言いたげな顔であったが、なにも言わず、頭をさげると扉の向こうに消えた。ふたたび扉に錠を下ろす音がして、清親はひとり残された。

昼すぎになって、ようやく扉があき、またあの巡査が顔を見せた。

「おい、剃刀の件は嫌疑が晴れた。もう帰ってよろしい」

今朝――紅梅が夫殺しに使った剃刀を四等巡査に持たせて、大八幡楼に出入りしている髪結いの家へやった。髪結いは血のこびりついた剃刀を気味わるがりながら手に取り、ためつすがめつ見ていたが、ちがいなくあたしのものです。柄《え》に巻いた籐《とう》の疵《きず》に覚えがあります、と答えたそうである。

紅梅の身を案じながら、清親が分署を出ると、真向かいのしもた屋の前にひとりの男がたたずんでいた。きのうの夕方、松八幡で出会った紅梅の客である。

「清親先生、ですな」

男が近づいてきた。

「そうですが」

清親は立ち止まった。

「わたしは三枝数馬と申します。先生のお名前は、かねてより姉から聞いておりました。いつぞやは、高価な仕掛けをいただいたそうで」

「姉？」

悪足かなと思っていた男が、実は弟だった意外さに、清親は目を丸くした。

「はい。きのうお会いしたときには、姉のもとへ通ってきた、ただの遊び客とみたものですから、失敬な態度に出て申しわけありません」

「いやいや」

ただの遊び客でもある清親は、うろたえて手を振った。

「それに、このたびは姉のことで、すっかりご迷惑をかけまして……」

と、数馬は頭をさげた。

今朝十時ごろ、小石川白山前町《はくさんまえまち》の高利貸の家に住みこんでいる数馬のところへ、巡査が飛んできて事件を告げたという。たったひとりの身内ということで、数馬は分署へ呼び出されて、分署長にいろいろと訊かれた。そのあとでちょっとではあったが、紅梅に対面を許されたのだそうである。

「姉から、清親先生に幾重にもお詫びを申すように言いつかりました」

「いや、そんな……」

いまにして思えば、余計なことをしたという悔いが、清親にはある。あのとき自分が襖さえあけなければ、紅梅はまちがいなく夫の後を追っていたはずだ。それを止めだてしたばかりに、紅梅は縄を打たれて裁きの庭に立たされ、いずれは夫殺しとして処刑されよう。どのみち死ぬのであっても、法の手にかかるのと自害をするのとでは、天と地の隔たりがあるはずだ。謝るのはおれのほうだ、と清親は思っていた。

「それよりも、巡査から話を聞かされたときには驚いたろう」

「はい。まさか姉が、あんなことをしでかすとは……。わたしのせいで、とんでもないことになってしまいました」

「きみのせいだと？」

「そうです……。わたしが姉に、余計な話さえしなければ……」

と、数馬は表情を翳《かげ》らせた。

この春の、ある夕暮れ近くのことである。貸し金の取り立てに行く主人に従《つ》いて、小石川原町《はらまち》を通りかかった数馬は、若い女を連れた左内を見かけた。ふたりは肩を寄せ合い、なれなれしく話しながら歩いている。数馬は主人に断わって、こっそりとふたりのあとを尾《つ》けた。

ふたりは、巣鴨駕籠町の長屋のなかに消えた。数馬が木戸口で、ぐぐろうか、くぐるまいか、とためらっていると、左内の家から女が出てきた。女はたすきがけで、手桶をさげている。井戸端で水を汲んだ女は、鼻唄で家のなかへ入った。それから夕餉の支度にかかったらしく、左内の家の煙出《けむだ》し窓から白い煙がゆらゆらと立ちのぼりはじめた。

そこまで見届けると、数馬はゆっくりと木戸口を離れた。女が、左内の長屋で起き伏しを共にしているかどうかはわからない。だが左内に女ができていて、しかもその女が女房然と水仕事までしていることがわかれば、それでよかった。

「姉が身売りをする羽目になったとき、三枝家《うち》では深尾の家と似たり寄ったりの暮らしのうちにふた親とも亡くなっていましたし、わたしも縁故を頼って高利貸の家に住みこんだばかりのときでしたから、ただ手をこまねいて見ているほかありませんでした。ですから、義兄《あに》ばかりを責めるわけにはいきません。でも義兄は姉を売ったことでおのれを恥じて奮起するどころか、相変わらず働こうともせず、あろうことか、見世へもたびたび無心に行くしまつでした。わたしは幾度となく姉に離縁をすすめましたが、耳を貸さなくて……」

と数馬は唇を嚙んだ。

「しかしこのことを話せば、いくら姉でもふんぎりがついて、義兄と別れる気になるだろうと思い、わたしはかえってほっとしたくらいです。それで、翌日さっそく暇を見て大八幡楼へ出かけ、姉に一部始終を告げました」

数馬から話を聞かされた紅梅は、顔から血の気が失せたが、べつに取り乱したふうはなかったという。だがその日から、まるでひとが変わったようになり、口実をつくっては見世を退《ひ》くことが多くなった。そのむくいで二枚目から三枚目へ、さらに下等へと落ち、ついには小見世へ鞍替えさせられてしまった。数馬は自分の告げた事柄が、姉にどれほどの衝撃を与えたかを思い知らされたのである。

「松八幡へ移ってきてからは、姉の鬱《ふさ》ぎはいっそうつのっていましたが、きのう根津須《す》賀町《がちょう》へ貸し金の催促に行った帰りに立ち寄ってみると、久しぶりに晴れ晴れしい顔で迎えてくれたんです」

数馬を部屋に通した紅梅は、やっと別れる決心がついたので、左内に今夜ここへきてくれるよう、きっと伝えてほしい、と頼んだそうである。そのとき紅梅は、左内には余計なことを一切言わず、ただ用があるからとだけ言ってくれと、数馬に強く念を押した。数馬はこれで姉も身軽になれると思い、松八幡を出ると、足取り軽く伊平店へ急いだ。着いたときにはどの家にも灯がともっていて、左内の家でも腰高に影が動いていた。

「おっかさん、危ない。惣後架《はばかり》へ行くんなら、あたしが連れて行くから」

という女の甲高い声も洩れてくる。数馬がさっと腰高をあけると、とっつきの二畳で酒を飲んでいた左内が、杯を取り落とさんばかりに驚いた。左内は慌てふためいてすり切れ草履をつっかけると、どなたさんなの、と声をかける女にかまわず、数馬を井戸端まで引っ張って行った。

「あの女は、その、母上の看病と、家事の手伝いにきてもらっておるのだ。晩には帰って行く」

左内はやましそうな顔で、聞かれもしないことを喋り、家内は達者であろうか、と殊勝に尋ねた。

「このところ多忙に紛れて、大八幡楼《あそこ》にも足を向けずにいるのだ」

「多忙がなによりです。それに、義兄上が足を向けられるたびに、姉の借金が増えていきますからね。それに、姉はもうあそこにはいません」

数馬は左内を冷ややかに見て、姉の鞍替え先と、そこでの源氏名を教えた。そして姉のことづてを伝えるや、さっさと帰ってきた。

「それが……あんなことになって」

数馬は声をつまらせた。

紅梅は取り調べの席で、殺すつもりで夫を見世に呼んだと、はっきり陳《の》べたという。なんの話かと松八幡へやってきた左内が、通されたまわし部屋で寝こんでいるのを見すますと、迷わずに剃刀を振るったのだそうである。

「姉の真意を見抜けなかったわたしが、ばかだったんです」

「どうだね、そこらで気鎮めに一杯……」

慰めの言葉もなく、清親はこう言った。清親にしてもこのまま戻る気にはなれず、どこかで酒でも飲まずにはいられなかった。

「ありがとうございます。でも、そうもしていられません。明日また分署へ呼ばれていますし、今日のところは早く戻りませんと」

「そうかね。それじゃ残念だが仕方がない」

数馬と別れて、本郷六丁目のあたりまできたところで、清親は松八幡の紅梅の部屋に、写生帳を忘れているのに気がついた。これから松八幡まで引き返すのは大儀でならないが、あの写生帳には板下に使っていない絵が幾枚もある。打ち捨てて置くには忍びず、清親はそこからまた、もときた道をたどった。

松八幡の暖簾をくぐると、帳場の隅で煙草をくゆらせていた遣り手が、おや、と煙草《きせる》を口から離した。

「疑いは晴れたと見えますね」

「あたりまえだ。おまえさんがたのあらぬ申し立てでひどい目に遭ったが、調べればすぐにわかるのだ」

清親は吐き捨てるように言った。

「へえ、それで文句をつけにおいでなすったわけですかい。けど、あいにくさまでね。ご内証は美雪の判人《うけにん》のところへ出かけてて、留守なんですよ。あたしの一存で、なにがしかを包むってのはねえ……」

遣り手が独り合点でぺらぺらと喋った。

「見そこなっては困る。おれは忘れ物を取りにきただけだ」

履物を脱いだ清親はさっさと二階へ上がり、紅梅の部屋から写生帳を取ってきた。そして遣り手には目もくれず、松八幡を出た。ちょうどそのとき、総門のほうから走ってきた俥が、清親の前で梶棒をおろした。降り立った客は、なんと芳年である。

「なんだ、おまえさん、ここだったのかい」

芳年は俥賃を払うと、清親のそばへきた。俥はまた、総門のほうへ走り去った。

「ここへくる前に、おまえさんとこへ行ったんだぜ。おい、紅梅のこと知ってるだろ」

「芳年さんは、どうして、それを……」

清親は芳年の早耳に驚いた。

「いや、報知社で耳にしたんだ」

と、芳年は言った。

今日も報知社へ顔を出して、最近の新聞を前に社の連中と絵の題材を検討していると、そこへ新顔の記者が息せききって入ってきた。記者は、根津で女郎の無理心中話を聞いてきたと、声を昂《たか》ぶらせて喋ったという。

「みんなは珍しくもねえって顔をしたし、おれだって心中話はもう幾たびも絵にしてらあな。耳にたこだと思って聞き流していたら、もと大八幡楼の二枚目で、美人絵にも登場した紅梅って妓が、落ちた先の小見世で初会の客を殺めたって言うじゃないか。仰天したぜ。でな、ともかくおまえさんの耳にも入れなきゃと、米沢町へ走ったのよ」

「そうでしたか」

「だけど、おまえさんとこは戸が閉まってて、だれもいねえ。はて、どうしたもんかと迷ったんだが、なんと言っても、おれの『艶雄六歌撰』のひとりだ。訳合いのひとつも知りてえじゃねえか。新顔の聞き取りが不慣れのせいか、見世の者《もん》の口が固かったせいか、ただ松八幡の美雪って妓が初会の客を剃刀で殺めたってだけで、前後のことはさっぱりわからねえ。そこでこうして、やってきたわけさ」

芳年はせかせかと言い、おまえさんはどうして紅梅の刃傷沙汰を知った？　と尋ねた。

「その話は、ここじゃなんですから」

と、清親は芳年をいつかの蕎麦屋へ誘った。

ほかに客の姿はなく、ふたりは衝立《ついた》てで仕切った入れこみのひとつに陣取った。清親は小女に酒とざるを頼むと、昨夜来のことを逐一話した。芳年は酒がきても、ざるが運ばれてきても、目に入らぬといった様子で話に聞き入っている。清親の話が終わったときには、酒はぬるみ、ざるはのびきっていた。

「そうか……。亭主は生きていたのか。こりゃ、とんだ正行もいたもんだ」

芳年は眉をしわめて銚子をつかみ、自分の杯になみなみと酒をついだ。おれと同じことを言う、と清親は思った。

「紅梅のやつもそんな亭主とは、さっさと縁を切りゃよかったものを。たしか七、八年前から、女のほうからだって離縁できるようになってるはずだぜ。そのせいでもなかろうが、このごろじゃ東京だけでも離縁が年に七千件はくだらねえってことだ」

芳年は杯を空けながら、報知社じこみと見える物識りぶりを披露した。

「その、言い忘れましたが、弟がいくら離縁をすすめても、紅梅は耳を貸さなかったそうですよ」

清親はそうつけ加えると、自分も酒をついだ。

「へえ……。しんそこ亭主に惚れていたんだな。その亭主が、女をこさえて家に入れていた。こうなりゃ可愛さあまって憎さ百倍、逆上の果てに剃刀を振るったってことか」

「さあ……。それとも、そんな男のために七年ものあいだ苦界づとめをした自分が情けなくて、亭主を道づれに死のうとしたのか……」

清親は一夜にしてやつれた紅梅の顔を思い浮かべながら、杯を干した。酒は、空っぽの胃の腑にしみわたった。

蕎麦には箸もつけず、どんどん銚子ばかりを空にしていくふたりを、小女があきれ顔で眺めていた。一升あまりを飲み干して、ふたりが蕎麦屋を出たのは、そろそろ日が西に傾きかけたころであった。

通りに並んだあちこちの見世では、紺股引《こんももひ》きに半被《はっぴ》姿の仲《なか》どんが、見世さきに箒目《ほうきめ》を立てたり、門口に盛り塩《ばな》をつくったりして、忙しそうに立ち働いている。総門近くの大見世大松葉楼の前にさしかかると、なかから拍子木の音が聞こえてきた。昼の間に寝についている妓たちを起こす、合図の音である。これから廓が活気づくのだ。

清親と芳年は、いささかおぼつかない足取りで総門を出た。茶屋が両側に軒をつらねる根津宮永町《みやながちょう》の通りを南に歩き、谷中清水町《しみずちょう》へ通じる角にきたときである。ふいに、その方向から一台の俥が飛び出してきた。車夫は危うくぶつかろうとしたふたりに、ごめんよとも声をかけず、かえって睨みつけると、荒っぽく梶棒をあやつりながら、芳年のそばをすれすれに掠めて曲がり、池の端のほうへ駆けて行く。揺られていたのは、官員風の男だった。

芳年は俥を避けようとしてよろめき、清親に支えられながらも、きっとなって、

「この、明治野郎っ」

と罵声《ばせい》をあびせかけた。

「なんです、それは」

きょとんとして清親は訊ねた。

「気に入らねえ野郎どものことを、おれはそう呼ぶのさ」

芳年は裾前の埃を払いながら、言った。

「なるほど」

痛快な罵詈《ばり》に、清親は思わず笑った。

変わっていく世の中、変わっていく町々、変わっていく人々……気に入らない野郎どもが、一日一日と、お江戸を変えていく。江戸を奪った野郎どもに、「明治野郎」と怒鳴ってみるのもわるくない。

自分の描いた明治の三傑の顔を思い出しながら、土埃をたてて走り去る倅の背に向かって、清親は大声で呼ばわった。

「この、明治野郎っ」

浅草寺年乃市

一

「あなた、起きてくださいな」

隣の床で銀子に添い臥していきぬが、手をのばしてきて、清親の肩先を揺さぶった。

「なんだ、また足がだるいのか」

清親は寝ぼけ声で応じた。生み月を来月にひかえているきぬは、このところ、寝つかれないほど足がだるいとうったえては、ちょくちょく清親を起こし、むくんだ足を揉《も》んでもらうのだった。

「いえ、そうじゃありません。ねえ、半鐘の音が聞こえませんか」

「半鐘？」

寝間の闇のなかで、清親は耳を澄ました。そう言えば北西《いぬい》の向きにある雨戸を叩いて吹きまくる風の音に混じって、たしかに半鐘の音がする。

「うん、二階からのぞいてみよう」

清親は起き上がると、掛け夜具の上に広げていた褞袍《どてら》を羽織った。今夜のように風が北西から吹きつけるときは、とかく大火になることが多い。

清親は手探りに隣の茶の間へ行き、らんぷをともして二階へ上がった。雨戸を繰ると、身を切るような一月の寒風が、けたたましい半鐘の音をのせて吹きこんできた。

——神田だ。

ほど近い松枝町《まつえだちょう》あたりの空が、真っ赤である。その真っ赤な色は風にあおられて、だんだん風下《かざしも》のこちらへ押し寄せてくるように見えた。松枝町の先の鍛冶町には圭次郎夫婦が住んでいるが、さいわい風上になるので事はなかろう。だが、風下のこっちは剣呑《けんのん》だ。身のまわりのものをまとめておいたほうがいいなと思いながら、清親は雨戸を閉めると、らんぷを提《さ》げて慌ただしく階下へ降りた。

きぬと手分けして荷物をまとめていると、表戸が激しく叩かれた。

「小林さん、あたしです。あけてください」

吹きまくる風の音と、あちこちの火の見で鳴らしはじめた擦《す》り半《ばん》の音にかき消されまいと、声を張っているのは具足屋である。

「どうしたというんです。こんなときに」

清親がらんぷを片手に表戸をあけると、具足屋と手代が土間に転げこんできた。

ふたりとも綿入れを着こんで、ほおかぶりといった身ごしらえである。手に拍子木を持てば、それこそ番太だ。

「このもようじゃ、きっと大火事になりますよ。災難に遭っているひとにはわるいけれども、ひとつこの火事場を描いてもらおうと思って、飛んできたんです」

具足屋は息をはずませながら、ほおかぶりの手ぬぐいを取ると、それで眼鏡のくもりを拭いた。いや、旦那さまは足が速くて、と手代が肩息ついて、洟《はな》をすすった。

「神田大和町《やまとちょう》の身内が、いましがた着の身着のままで逃れてきましてね。なにせ真夜中に隣の松枝町で擦り半が鳴ったと思ったら、あなた、あっという間に町内へ飛び火したって話です。あのあたりは道幅が狭くって、蒸気喞筒《ぽんぷ》が入らないから、消防組が竜吐水《りゅうどすい》で火消しにあたってるそうですが、天にのぼるような火柱の前じゃ、まるでおもちゃの水鉄砲みたいだったと、身内の者が言ってましたよ」

と、具足屋は興奮気味に喋った。

「ねえ、小林さん。どうでもこうでも描いてくださいよ。闇夜に紅蓮の炎とくりゃ、これはまさしくあなたの独擅場《どくせんじょう》だ。光と影の世界じゃありませんか。いそいで板《はん》にすりゃ、新聞の向こうを張った報道画ということにもなるし、あたることまちがいなしですから」

「しかし……」

清親は渋った。身内の者から火事場のもようを聞くや、それを金儲けに結びつけようとする具足屋の商魂には、なんとも畏れ入るほかはない。だが風下のこの家に、身重のきぬと、いたいけな銀子を置いてけぼりにして、火事場へ写生になど行く気にはなれなかった。そう言うと、具足屋は胸を叩いた。

「おふたりは、てまえどもが身に代えて守りますよ。だからこうして、手代を連れてやってきたんです。万が一、こちらに火の手が迫ってくるようでしたら、すぐさま店のほうへお連れいたしますから」

「じきに小僧も大八を輓《ひ》いてここへきます」

と、わきから手代が言い添えた。

「そういうことなら、支度をしましょう」

具足屋がそこまで気を遣っているのであれば案じることはなかろうと思い、清親は両人を土間に残して、支度をしに茶の間へ取って返した。

「お断わりなすってください、あなた。こんな晩に、あたしや銀子をほうって出かけないでくださいな」

土間での話に耳を立てていたらしく、きぬが清親の胸にすがりついてきた。

「聞いていたのなら、わかったろう。おれが家を空けても、具足屋さんで心配ないように計らってくださるんだ」

清親は声をひそめて、きぬをなだめた。

「他人さまを頼みにするなんて、いやです。お仕事、お断わりなすってください」

きぬは頰のあたりを引きつらせて、小声ながらもきつく言った。

「わからんやつだ。これは大事な仕事なんだぞ。板元さんのたっての頼みを断わるわけにはいかんじゃないか。絵師の女房なら、それくらいわかっているはずだ」

「仕事、仕事って、ひとが災難に遭ってる火事場の絵など描いてどうするんです。そんなもの、かわら版といくらもかわりないじゃありませんか。もらい火になるかもしれないってときに、家の者をほったらかしにして、そんな絵を描きに出かけるなんて……」

「なにっ」

清親はかっとなって、胸もとのきぬの手を払いのけた。身重で癇《かん》が立っているせいもあろうが、こざかしくも仕事に侮蔑《ぶべつ》を加えるとは許せない。

「女子《おなご》の分際で、利いたふうなことを言うな。これから出かける。おれがいてもいなくても焼けるときには焼けるんだ」

清親は怒りにまかせて吐き捨てると、簞笥《たんす》から洋服を引っ張り出して、さっさときがえた。物音に目を覚ましたのか、寝間で銀子がむずかり出した。

「薄情な、あんまりです。あなたの胸のうちが、ようくわかりました」

きぬは、寝間着の袖を顔に押しあてた。取り合わずに二階へ上がった清親は、写生帳と鉛筆を洋服の隠しにねじこむと、いそいで階下へ降り、土間先の具足屋に後を託して外へ飛び出した。

横山町を抜けて、馬喰町の二丁目と三丁目を分ける通りまでくると、二町ほど先の久《きゅう》右衛門町《えもんちょう》と橋本町《はしもとちょう》のほうから、炎が地面をなめながら押し寄せてくるのが見えた。紅赤《べにあか》に黄赤《きあか》、朱墨《しゅぼく》に橙黄《だいだい》をこき混ぜたような、なんとも無気味な色の炎は、おりからの風に力を得て、ゆく手に立ちはだかる家々に次々と襲いかかっている。襲われた家は、瞬く間に火の粉を散らして倒れ、やがて火炎となって空に昇っていく。そのあたりはもう火の海としか言いようがない。火にあぶられて、肉親の名を呼び合いながら逃れてくるひとびとの姿が、影人形さながらに見えた。

清親は揉みくちゃにされながらも、逃れてくる人の波に逆らい、なんとか火事場に近づくと、道のそこここに散乱する家財道具を飛び越え、のり越えして、絵になる場所を探し求めた。ここぞと思うところで、煙にむせびながら鉛筆を走らせていると、鳶口《とびくち》を持った男が飛んできて追い立てた。消防組の男たちを避け、炎を追い、炎に追われて、方角も見失うほど八方駆けずりまわって写生をしているうちに、空が白み、清親はいつしか吉川町の焼け跡にきていた。

大黒屋のあったあたりも燃えさしが燻《くゆ》り、見覚えのある土蔵だけが傷々しい姿をさらしている。大平一家は無事に難を避けたであろうかと案じながら、わが家のある米沢町を望むと、ここも一丁目から三丁目にかけて、すっかり焼け野原になっていた。その光景を写生帳におさめた清親は、心細がっているにちがいないきぬと銀子のいる具足屋へいそいだ。

暖簾をくぐると、店の間で番頭と額を合わせて話しこんでいた具足屋が、足袋はだしで土間へ駆け降りてきて、煤だらけ、かぎ裂きだらけの清親を迎えた。

「やれやれ、ご無事で安堵《あんど》しました。もう七時をすぎたというのに、お帰りがないもので、もしもの事があったんじゃ……と気を揉んでいたところなんです。ああ、よかった」

「女房と子供は無事でしょうな」

「ご無事ですとも。おふたりには、奥の八畳を使っていただいてます。それから、お宅の跡地へは、立ち退《の》き先を書いた札を立てに、さっき手代をやりましたので、ご安心ください。ですから、まずひとっ風呂」

具足屋は小僧に洗足桶《すすぎ》を持ってこさせた。

風呂をもらった清親は、用意してくれた褞袍に腕を通すと、いそぎ足で奥の八畳へ行った。襖をあけると、積み重ねた夜具にもたれて飴をしゃぶっていた銀子が、飛びついてきた。家から持ち出してきた身のまわりの物を片づけていたきぬは、出がけの諍《いさか》いに見せた顔つきそのままで、清親に一瞥《いちべつ》をくれただけである。

「ご無事で、ぐらい言ったらどうなんだ」

片づけの手を休めないきぬに、清親は声をとがらせた。そこへ、小僧が朝の膳を運んできた。空《す》きっ腹の清親はきぬに背を向けて坐ると、胡坐にした膝のあいだに銀子を抱いて、黙々と箸を動かした。

立て札を見た圭次郎が具足屋に駆けつけてきたのは、それから間なしのことである。

小僧の報せで、清親は店の間へいそいだ。

「おう、きてくれたか」

「やあ、無事でなによりだ。白壁町《しらかべちょう》の辻で出くわした消防組の者に訊ねたら、米沢町は丸焼けというではないか。心配したぞ、まったく」

当座の着物と握り飯が入れてあるという大きな風呂敷包みを持った圭次郎は、息をはずませて上がり端に腰をおろした。火事見舞は義理のてっぺんで、知己知人ならいちおうは駆けつけるものだが、圭次郎の声音には、義理ではない、身内の者のような温かみがこもっていた。

「ま、ともかく上がってくれ」

と、清親は言った。しかし圭次郎は風呂敷包みを渡すと、ほかにも顔を出すところがあるからと、早々に腰を上げた。外まで見送って部屋に戻りかけた清親を、帳場格子のなかから具足屋が呼び止めた。

「お疲れのところに申しわけないんですが、明日じゅうに板下を三枚、あげてもらえませんかねえ」

「それはちょっと……」

帳場格子のわきに坐った清親は、返事に困って首をかしげた。

「無理は重々承知のうえなんですがね、報道画はなまものですから」

「ふむ……。ま、やるだけはやってみましょう。ついては、別に部屋を貸していただけませんか」

清親はしかたなくそう言った。きぬはなにかにつけて冷たい態度を見せ、こっちの気持ちをかき乱すし、銀子は銀子で遊んでもらおうとまつわりついてくるし、とてもあの八畳では絵筆など握れそうにない。

「ようございますとも。ただいま、裏二階の部屋に机を入れさせますです。小汚いところですみませんが、ほかの部屋は身内が使っているもので……」

具足屋は申しわけなさそうに言うと、すぐさま小僧を呼び立てた。

その部屋にこもって、煤に汚れた写生帳をめくりながら、どうやらこうやら三枚の構図を決めたときは、もう昼近くになっていた。せめて飯ぐらいは家の者と摂《と》ろうと思い、清親が階下へ降りて奥の八畳へ行くと、きぬの兄がきていた。

「これはこれは。義兄《にい》さんがおいでになっているとは知らずに、とんだ失礼をいたしました」

清親は慌てて坐り、挨拶をした。そのあときぬに顔を向けて、どうして呼びにこなかったのだ、と詰《なじ》るように言った。すると、きぬはぷいと横を向いた。かわりに義兄が、清親に白い目を向けて言った。

「きぬから聞いたんだが、あんたというひとは、家に火の手が迫ってくるかもしれないというときに、身重の女房と頑是《がんぜ》ない子供を置いて、仕事に出かけたというじゃないか。出しなには言うも言ったり、おれがいてもいなくても、焼けるときには焼けるさとつれない言葉を吐いたとか……。いくら仕事一途《いちず》とはいっても、あんまりだよ」

「いや、義兄さん。それはその場のはずみで言ったことでして」

おんな子供と言うが、きぬのやつ告げ口なんかして……と清親は腹立たしく思いながらも、後のことは具足屋が胸を叩いて請け合ってくれたから、写生に出かけたのだと言い開きをした。しかし義兄は聞く耳は持たぬといった顔つきで、

「ま、足手まといにならんよう、きぬと銀子は当分うちで預かることにしますよ。あんたはここで大切な仕事とやらに専心なさい」

と言うと、きぬに目配せしてさっと立ち上がった。話ができているとみえて、きぬもためらわずに立ち上がり、自分たちの身のまわりのものを兄に持ってもらうと、折り紙をして遊んでいた銀子の手を取って部屋を出て行った。廊下で具足屋の家人と出会ったらしく、

「ゆうべからお世話になりました。兄がきて勧めますので、主人の仕事にさわりませんよう、しばらく実家《さと》へまいります」

と、挨拶をするきぬの愛想のいい声が聞こえてきた。ひとり残された清親は、きぬとのあいだに埋めようのない溝ができているのを覚えて、深いため息をついた。心がふさいでなにも手につかなくなったが、どうしても今日じゅうに下絵ぐらいは描いておかないと、間に合わないのだ。清親は重い腰を上げて裏二階へ行き、机を運んでくると、がらんとした八畳で仕事にかかった。

そこへ、四谷坂町から茂平が駆けつけてきた。しばらくして茂平が帰ると、それをきっかけのようにして、ほかの兄弟や安治郎、信八、それに芳年までもが入れ替わり立ち

替わり火事見舞にやってきた。清親は気が焦るものの、仕事どころではなく、応接にいとまがなかった。

夕方になって、ようやく下絵が一枚できたところへ、具足屋がみずから膳を運んできた。仕事のはかどり具合を見にきたらしい。具足屋はふたつの置きらんぷに照らされた机の上にちらりと目を走らせてから、

「火事は、ようやっと鎮《しめ》ったそうですよ。川向こうの本所元町《もとまち》や相生町《あいおいちょう》あたりばかりか、深川のほうまで焼け広がったらしい。消防組では、二年前の大火事をしのぐと見てるそうですよ」

と言った。ついさっき顔をみせた出入りの鳶の話だという。

二年前――明治十二年の年の瀬に、日本橋の箔屋町《はくやちょう》から出た火が、やはりおりからの北西の風にあおられて、風下の民家一万六百戸あまりを焼き払ったのは、ひとびとの記憶に新たである。報道画として出すからには、火事は大きければ大きいほどいいのだから、具足屋は内心ほくそえんでいるにちがいないと清親は思った。

翌日は昼すぎに、暁斎が訪ねてきた。

「先生にお運びをいただくとは……」

ゆうべ遅くにいたって、どうにか描き上げた三枚の下絵の浄写に励んでいた清親は、赤らんだ目をしばたたいて恐縮した。

「いや、なに。ありていに言うと、大黒屋へ火事見舞にきたついでなんじゃよ。そう恐

縮されると、このところめっきり白くなった頭に手をやった。

暁斎は、どうも」

「大黒屋さんご一家は、ご無事なので？」

清親は膝をのり出して訊ねた。きのう見た焼け跡には、まだ立ち退き先を知らせる札も立っていなかったので、案じていたのである。

「ああ。なんでも、浅草の親戚の家に難を避けていたそうだ。焼け跡じゃもう、大平が陣頭に立って後片づけに精を出しとった。焼け残った土蔵には火が入っとらんと言ってな、大平は胸をなでおろしていたぞ」

「それはようございました」

清親は我がことのように、ほっとした。

「ま、火事は商家の運試しというだろう。返金を延べ払いする口実ができたんだから、大平もここでちょっと息がつけやしないかな」

と暁斎は言った。大平が保坂の請け人に立ったことで、身代限り寸前の苦境に陥《おちい》っているのを知っているようだ。

「まったくです。焼けた家には、借金の取り立てはしないものですからね」

「うむ。ところで、あんた。いま具足屋に聞いたんだが、先夜の火事場のもようを絵にするんだって？」

「はあ……」

「どうしてそんなものを引き受けたんだ。報道画といったって、しょせんは際物《きわもの》にすぎんではないか。一種のかわら版だよ。そんなものを描く暇があったら、『猫と提灯』のような見事な絵を描くことだ」

「……」

「この春にまた、内国勧業博覧会が開かれるのを知っとるだろう。あんた、今度は出品しないのかね」

「はあ……」

三月一日から、上野公園で第二回の内国勧業博覧会が催されるのは知らないではなかった。しかし具足屋はなにも言わぬし、清親自身にしても「猫と提灯」をしのぐほどのものを描いて、またあの美術館の壁を飾ろうというような意欲は持っていなかった。具足屋から光線画を出すようになってからは、毎月毎月を仕事に追いまくられてすごし、あのような工夫を凝らした絵に取り組む余裕など、どこにもないのである。

「わしはな、四年前の第一回めのとき、あんたの『猫と提灯』を見て、これは負けたと思ったよ。あのときはわしも絵を出しとったが、仲間や板元の連中、あんたの絵ばかり見て褒めることしきりでね」

「……」

「わしはそのときにな、よし次回は負けんぞと自分に誓ったんだ。どうだね、これからでも遅くはない。あんたもこれぞというものを描いて、わしと勝負してくれんかね」

暁斎は熱心に出品を勧めて帰って行った。

――出品なんて……。

とうてい無理だな。清親は机に頬づえついて、ため息をもらした。この板下が上がり次第、一日も早く家を探して、きぬと銀子を引き取らないことには、夫婦のあいだの溝は深まっていくばかりだ。きのう信八がきてくれたとき、二階が空いているかどうか訊ねればよかった。だが引き取るにしても、きぬと義兄の、あのかたくなな態度では、それまでにひと悶着《もんちゃく》もふた悶着もありそうな気がする。とても落ち着いて出品作などに取り組めたものではない、と清親は思った。

その夜遅く、三枚の板下が上がった。清親はそれを持って、茶の間で寝ずに待っている具足屋のもとへ行った。置き炬燵《ごたつ》で読み物をしていた具足屋は、本を投げ出して板下を受け取った。

「こりゃあ迫真のできだ。火事場の熱気と、どよめきが伝わってくる。凄い絵ですな」

受け取るなり、一枚めの板下に目を走らせた具足屋が、眼鏡をずり上げながら感嘆した。

火事場へすっ飛んで行く半纏着と、葛籠《つづら》や風呂敷包みを背負って炎を逃れてきたひとたちが馳せちがう浜町河岸《はまちょうがし》から、正面に両国橋を望んだ絵である。左手の両国広小路あたりを総なめにして中央に巻き上がった炎が、火の粉をまき散らして天然の火除け帯である大川を越え、右手の本所方面へ襲いかかったもようをとらえた見事なものであった。

絵の下の部分には、「明治十四年一月二十六日出火、浜町より写す両国大火」と、躰に似合わぬ細字で書いてある。

「ほほう。こっちのはまた、あれですね。人間界を焼き尽くすっていう、あの劫火《ごうか》を描いたとしか思えない、ぞっとするような絵だ。ふむ、『両国大火浅草橋』か」

二枚めの板下は、天をも焦がさんばかりの炎が、浅草橋南詰めの消防署を尻目にかけて、両国広小路一帯を焦熱地獄に落とし入れているところを、上平《かみへい》右衛門町《えもんちょう》あたりから写生したものだ。これに添景として、神田川に逃れようと土手を駆け降りるひとびとや、持ち出した家財道具を満載した舟が、いましも川中へ漕ぎ出ようとするさまを配している。

「ふうむ。構図も大したもんですな」

具足屋はしきりと感心して、三枚めの板下に目を移した。

ところが、これには、うんともすんとも言わない。手に取っているのは、黒焦げて棒ぐいさながらに突っ立つ二本の樹木と、瓦斯灯が一基、それに屋根と窓の焼け抜けた電信局が残るだけの、両国広小路の廃墟を描いたものだ。焼けた広っぱを、数知れないひとびとが着物の袖や裾を寒風になびかせて、幽鬼のようにさまよっている。

「三枚とも、両国かいわいのものになってしまって……。でも、名の知れた場所を描いたやつのほうがよくはないかと思ったものだから」

具足屋のしびれの切れるほどの沈黙に、清親はつい言いわけがましいことを口にした。

「あたしもそう思います。そのほうが人目を惹きますからね」

具足屋はやっと顔を上げて、口を開いた。

「あたしが黙っていたのは、なにも不服あってのことじゃありませんよ。同じ火事場の絵といっても、焼け跡を描いて火の怖《こわ》さをまざまざと呼び覚させるこの三枚めの板下に、驚いていたんです。火事場の絵とくりゃ、言わずと知れた赤色が基調《もと》のはずなんだが、これはそうじゃない。煤で汚れたような夕空と、焼けただれた地面の代赭《たいしゃ》色とがみごとに相まって、焦げくさいにおいが鼻を突く無惨な焼け跡の感じを、実によく出している」

具足屋は「両国焼跡」と題された板下を炬燵の上に置くと、眼鏡をはずして瞼の上をこすった。そうしてゆっくりと言った。

「この三枚、きっと板を重ねますよ」

二

その柚木《ゆのき》という小間物屋は、芝源助町を貫く大通りの東の並びにあった。塗屋《ぬりや》造りの二階家で、「紅白粉、よろず小間物所」と書かれた軒下の古びた掛け看板が、寒風に揺れている。

山瀬のあとに続いて清親がなかに入ると、白粉や髪油の香りの漂う店の間で、箱火鉢を控えて坐っていた四十二、三の女が、笑顔で迎えた。ちりめん皺の寄った平顔《ひらがお》ながら、身綺麗にしていて感じのいい女だった。

「さっき話した小林さんだ。二階を見せてもらうよ」

山瀬はそう言いながら、さっさと履物を脱いだ。

「ああ、勝手に見とくれ。亭主はほんのいま、よんどころない用事で出かけたけど、よろしくとさ」

と応じたあとで、かみさんは清親を見た。

「絵の先生とかで……。このたびは、とんだ災難でございましたねえ。部屋が、お気に召しゃいいけど」

「はあ……。拝見させてもらいます」

清親も山瀬について、店の間に上がった。

ゆうべ遅くまでかかって三枚の板下を上げた清親は、朝になるとさっそく信八の家を訪ねたのだが、古巣の二階はふさがっていた。貸家なら心当たりがありやすぜ、と信八は言ったが、断わった。灰になった家財道具も新調しなければならないし、二月には子供も生まれるのだ。この先、物入りが続くわけで、そのためにもできるだけ切り詰めたい。清親は、商売柄顔が広い山瀬のもとへまわって尋ねてみることにした。

山瀬は、さいわいにも家にいた。仲間と語らって七日前から箱根の湯本へ湯治と洒落《しゃれ》こみ、ついさっき横浜からの陸蒸気で戻ってきたところだという。

「向こうで新聞を見たら、両国あたりは丸焼けって載っていたんでね、気になっていたんでさ。一息ついたら、米沢町へ出向いてみようと思ってた」

清親を茶の間に招じて、山瀬は言った。置き炬燵のわきにほうり出されていた男持ちの鞄《かばん》ととんびを、女房が慌てて片づけた。

「家族は無事でしたが、いやもう、風を受けて火が火を呼ぶという凄まじさで……」

出された茶をよばれながら、清親は写生に走りまわった際の火事場の光景を話したあと、どこかに貸間の心当たりはないだろうかと尋ねた。

「ありますよ」

山瀬はいとも気軽く言った。

「あっしの碁敵に、柚木って小間物屋がいましてね。先ごろ養子に先立たれて、いまかみさんとふたりで店をやってるんでさ。そいつがこないだうちから言ってたんです。菊香水《おおどころん》だの、椿髪油《こすめちっく》だの、石鹼《しゃぼん》だの新規な品を扱わねえことには、当節、客の寄りがわるいんで、空いてる二階でも貸して仕入れ金の足しにでもするか、なんてね。これからひとっぱしり行って、話してきまさ。なあに、目と鼻の先の源助町だから、暇はかからねえ。待っててておくんなさい」

山瀬は出て行くと、半時ばかりして戻ってきた。柚木では、部屋が気に入ってさえくれたら、貸していいと言ったそうである。六畳ふた間で、二円という願ったりかなったりの家賃なので、部屋を見にきた次第だ。

山瀬のあとから二階に上がってみると、六畳ふた間続きの部屋は、西側と東側、それに南側の三方に窓があって、この上もなく明るい。奥の部屋には、一間《いっけん》の押入れと半間《はんげん》の床の間までついているではないか。畳も痛んではおらず、あいの襖の破れも白粉の引き札で感じよく繕《つくろ》ってある。

「申し分のない部屋ですから、貸してもらうことにします」

部屋を眺め渡しながら清親は早くも、机は南の出窓下にすえようなどと考えていた。

引っ越すといっても、荷物は大風呂敷に包んだものが三つあるだけなのだから、清親はその日のうちに具足屋から柚木に移ってきた。さっそく近所の店々をのぞいてまわり、机、らんぷ、夜具、茶箪笥、小型の長火鉢、といった当座の暮らしに入り用の道具類を調えた。

翌日は、朝から小雪の舞うあいにくの空もようとなったが、清親は柚木のかみさんに傘を借りて、きぬの実家へ出かけた。気になっていたので、途中、大黒屋へ立ち寄ると、雪のなか仮普請《かりぶしん》の真っ最中であった。

「これが焼け残ったんで、家財道具や板木も無傷でほっとしました。ま、新規蒔《ま》き直しをはかって、これから立ち直りますよ」

土蔵のなかへ清親を通した大平に、銷沈《しょうちん》したところは見られなかった。

「そのうちに『猫と提灯』のような絵に取り組んでいただくよう、お願いにまいりますからね」

大平の運試しが実を結んでくれたらいいと、清親は心から思った。

転居先を告げて大黒屋をあとにすると、清親は浅草田原町へ足を速めた。雪は先ほどよりもひどくなっていて、すぐに傘が重たくなった。

「鉱力商《ぶりきしょう》」と書かれた安藤の家の屋根看板の縁にも、雪がのっていた。敷居をまたぐと、土間に積んである鉱力板を丸めて縄がけしていた小僧が、おいでなさいまし、と頭をさげた。客の相手をしていた義兄も、やあ、いらっしゃい、と声をかけた。客の手前を心得てか、こないだのような白い目こそ向けなかったものの、その声は硬かった。

茶の間では、銀子を膝にのせて守りをしている舅の傍らで、きぬと姑が産衣《うぶぎ》を縫っていた。清親を見るなり、銀子は舅の膝から立ってきて、清親にまつわりついた。それを制して、清親は舅の前に手をつき、きぬと銀子を家に残して写生に出たことを詫びた。義兄ときぬの片口話《かたくちばなし》を聞かされているに相違ない舅に、いくら言い開きをしたところで通じはしまいと思ったが、それでもひととおりを話した。

「いやいや、身重で気が昂《たか》ぶっていたとはいえ、きぬのほうもわるい。亭主が仕事に出かけるのを泣き言を並べて引き止めるとは、なんたることだと叱ってやりましたよ」

「そうは言っても、きぬはお産を控えた躰ですからねえ。火事騒ぎで早産することだってありますよ」

縫い物を片寄せて、清親に座布団をすすめながら、姑は不服を唱えた。

「重々申しわけないことをしました」

姑にも詫びてから、清親は銀子を膝に抱き取った。そして、顔を伏せたままでいるきぬに、新たに借りた源助町の家の話をした。きぬは口をつぐんだままだったが、二階住まいとはねえ、と姑が眉根を寄せた。

「産み月の迫っているきぬに、階段の上り降りは考えものですよ。足でも踏みはずしたらどうするんですか」

「まあ、取り越し苦労かもしれんが、万が一ということもないではないし、きぬが身ふたつになるまで、銀子ともどもてまえが預かっておくとしますかな。どうです?」

舅も、さりげなく姑の肩を持った。ふたりから、思いやりもなく、気も利かない婿だと責められているようで、清親は居心地がわるかった。

安藤では昼を食べて行けとしきりに勧めたが、清親はとても相伴にあずかる気になれず、きぬと銀子のことを辞を低くして頼むと早々に座を立った。銀子の手を取って表口まで送りに出てきたきぬに、清親は懐の財布を渡した。

「実家だからといって、世話のなりっぱなしではいかん。画料が届いたら、また持ってくるから、食い扶持ぐらいは入れろ。いいな」

きぬはうなずきはしたが、ここでも口を利かなかった。清親は銀子の頭をなでると、傘を開き、重い足取りで雪道を歩き出した。

雪の日から十日あまり経った。

清親は朝飯をすますと、二十円を懐中して安藤家へ出かけた。きのうの夕方、具足屋がほくほく顔で届けてきた金のうち、十円を手もとに残して、あとをきぬに渡すつもりだ。画料のほかに、危ない目に遭わせた詫び料と火事見舞を含めておりますよ、と具足屋は言ったが、それにしてもまたえらく奮発したものである。あの三枚の報道画で、たいそう儲けたとみえる。

安藤に着くと、店先では義兄が小僧を使って大八に鉱力板を積んでおり、傍らに帳面片手の舅が立っていた。

「や、おいでなさい」

火事場の絵、迫真のできで評判を呼んでるそうですな、と舅が寄ってきた。

「鉱力を買いつけにきた大工の棟梁《とうりよう》が、感心してましたよ。うちでは、写生のたまものだろうと話してる」

「はあ、恐れ入ります」

舅の言葉に潜んだ皮肉に気づかぬふりをして、清親はなかに入った。

茶の間では、きぬが坐っているのさえ大儀そうな様子で、銀子のまり遊びの相手をしていた。姑の姿はない。清親はほっとした。店先でも茶の間でも皮肉を浴びせられてはたまらない。銀子を膝にのせながら、清親は炬燵の上に金包みを置いた。

「二十円ある。お産の費用《かかり》に持ってきた」

そう言ったところへ、店先のほうから、ただいま、という姑の声が聞こえてきた。

「おや、おみえでしたのね」

浅草寺の出世大黒天へお参りしてきたという姑は、兎の襟巻きを取りながら、茶の間へ入ってきた。

「火事場の絵、なかなかの評判だそうで」

そら、おいでなすった。長座は禁物である。清親はきぬの淹れてくれた茶を一口すすると、板元に用があるからと嘘をついて退参することにした。

帰りに浅草駒形町で昼をすませたので、柚木に戻ったのは三時ごろのことであった。清親は階下から熾《おき》をもらってきて長火鉢に火を熾《おこ》し、すぐさま仕事にかかった。机の上には、この二月末に出す分の板下がのっている。

夜の日本橋を、北詰めから真正面にとらえた構図だ。四基の瓦斯灯が照らす橋の上を、二頭立ての乗合馬車が駆け、合乗俥《あいばこ》が走り、ひとびとが行き来している。それらのすべてを墨一色に塗りつぶして、夜の世界を表わしていた。清親は慎重に色を合わせて柑子《こうじ》色を出すと、合乗俥の梶棒にさがったぶら提灯を染めた。続いて、道具箱を担いだ大工の腰ざし提灯に色をさそうとして、清親はふっと絵筆をとめた。

これまで幾たびこんな夜景を描き、提灯に色をつけたことであろう。今戸の夜しかり、九段の夜しかり、向島の夜しかり……。同工異曲とはまさにこのことである。清親は絵筆をおいて寝ころんだ。

――夜景だけじゃない。

夕景も雨景も雪景も、みんなそうだ。いつ、どこを、どう描こうが、手法《て》は同じなのである。暗く翳《かげ》ってゆく窓障子に目をやりながら、清親は光線画にいささか飽きを覚えた自分に狼狽《ろうばい》していた。

躰を起こしたのは、夕飯に呼ばれたときである。きぬが戻ってくるまでという約束で、信八のところにいた時分のように、賄いを頼んでいるのだ。清親は階下へ降りて行き、茶の間で柚木夫婦と箱膳についた。

夕飯のあと、亭主はくわえ楊子《ようじ》で片隅に置いてある碁盤に向かった。山瀬と同年輩のこの亭主は、頑固に因習を守って、今も才槌頭《さいづちあたま》に小さな髷をのせている。ひどく無口な男で、暇さえあれば碁盤とにらめっこしているのだ。越してきた当座は取りつく島もなく、なんとなく気まずい思いをしたのだが、このごろではこのほうが煩わしくなくて、かえって好都合に思っている。毎晩のように碁の相手や、世間話の相手をさせられてはたまらない。清親はかみさんとしばらく天気の話などしてから、二階へ引き取った。らんぷをともして、ぼんやり机に頰づえをついていると、階段を駆け上がってくる足音がした。

「失礼しますよ」

襖をあけて入ってきたのは、寒さに顔を赤くした具足屋である。

「小林さん、またまた報道画ですよ」

坐るなり、具足屋はわめくように言った。

「一時間ばかり前になりますか、神田小柳町《こやなぎちょう》から出た火が、またしても北西《いぬい》の風を食らって、燃え広がってるそうなんです。この分じゃ今度も大火になることまちがいなしだ。ね、またひとつお願いしますよ、報道画」

二匹めのどじょうをねらっているらしく、具足屋は両の掌を合わせた。

「しかし、前のを出してまだいくらも経っていないのに……二番煎じと笑われるのが落ちですよ」

と、清親は渋った。だが具足屋の執拗《しつよう》な食いさがりに負けて、とうとう引き受ける羽目になってしまった。

長谷川町まで同道した具足屋と店の前で別れた清親は、東へ一散《いっさん》走りする消防組の者や野次馬連の人波のなかに身を投じた。富沢町《とみざわちょう》を抜け、やっとのことで浜町堀《はまちょうぼり》に架かる栄橋《さかいばし》にさしかかって前方を見ると、久松町《ひさまつちょう》は一面がもう火の海である。堀沿いにある家の土蔵に目塗りをする男と、その屋根に立った纏《まとい》持ちの姿が、炎の逆光を浴びて影人形のように見えた。

橋を渡り切ろうとした瞬間である。炎が、橋のほう目がけて流れてきた。身を返す者、押し進む者、人波がどっと崩れて、橋の上は悲鳴と怒号の坩堝《るつぼ》と化してしまった。清親はありったけの力を振りしぼり、人波のなかをほうほうの体《てい》で引き返した。もう写生どころではない。炎は、長谷川町に牙《きば》を向けているのだ。

「具足屋さん、なにをぐずぐずしているんです。火はもう角丸屋の近くまで迫ってるんですよ」

具足屋に駆けこむなり、清親は怒鳴った。角丸屋は町内の東の端にある袋物問屋だ。それなのに具足屋の連中ときたら、いまごろ大騒ぎをして荷物のまとめにかかっている。

土蔵がないところから、運べる物は合切荷造りして持ち出すつもりらしい。

「えっ、角丸屋に？」

手代と小僧に、店の間から長持ちを担《かつ》ぎ出させようとしていた具足屋が、調子はずれの声を出してぺたりと坐りこんだ。天罰だ、火事の絵で儲けた罰を受けたんだ、と具足屋はうつろな目をして、うわ言のように呟いた。そばにいた妻女が泣き出した。

「さ、大事な物だけを身につけて、ここを出るんです」

清親は具足屋の者をせきたてて、ひとまず近くの蠣殻町《かきがらちょう》の水天宮まで逃れた。

ところが、具足屋まであと半町のところまで迫った火は、突如として変わった風向きのおかげで北隣の田所町《たどころちょう》へ向かい、難を逃れたのである。店の様子を見に行っていた手代からそれを聞かされた具足屋は、いままで境内の御手洗《みたらし》のわきに坐りこんでいたくせに、とたんに元気づいて立ち上がった。そして傍らの清親に言った。

「板下三枚、明日の夕方にいただきに上がりますよ」

天罰だと嘆いていたことなど、けろりと忘れている。

「いや、今度は一枚しか描けませんよ。久松町の火事場しか見ていませんから……。見てもいないところを絵空事に描いたんでは、報道画にならんでしょう」

今回は初手から気が進まなかった清親は、報道画を楯にとって断わった。

翌日の夕方、具足屋は東京日日新聞を持ってやってきた。新聞によると、昨夕神田小柳町の牛肉煮こみ屋から出た火は、十六日前の火事で焼け残っていた西神田あたりと、日本橋区の北の一部を合わせた二十一町を灰にしたとある。十六日前の火事や二年前の火事には及ぶべくもないが、それでも七千戸あまりが焼けたそうだ。

「今度の火事も被害は甚大なほうだから、報道画も一枚だけじゃ恰好がつきませんよ。火事場のもようなんて、どこのも似たり寄ったりのものなんだし、どうですかねえ。もう二枚、なんとか描いてくれませんか」

具足屋はあきらめわるく、頭をさげた。だが清親は頑として断わり、「久松町にて見る出火」とおざなりの題をつけた一枚の板下を渡しただけであった。

「これまた上々のできですな。土蔵の目塗りをしている男と、屋根に立った纏持ちの姿が利いていますよ。ねえ、こういうの、あと一枚だけでも……」

「……」

「実を言いますとね、ここんところ石版画《せきばんが》に押されて、さしもの光線画も売れ行きがあまりかんばしくないんですよ。だからせめて、こんな報道画で儲けを出したいと思ってるんです。どうでしょうね、光線画の三倍の画料を出しますから、描いてはくれませんか」

「……」

石版画とは、石灰石の面に解《と》き墨《ずみ》などで絵を描き、それに薬液を塗って版をつくり、摺り上げたものである。彫りの手間もはぶけて、転写も思いのままだし、安価に板行できることから、このごろはやり出していることは清親も知っていた。だが、画料に釣られて、これ以上かわら版まがいのものを描く気にはなれないのである。どんなに頼まれても清親が首を縦に振らなかったので、具足屋はその一枚を持ってしぶしぶと腰を上げた。

三

赤い毛氈《もうせん》を敷いた床几《しょうぎ》に腰をおろして、清親は甍《いらか》の波の向こうに広がる芝浦の海を眺めていた。愛宕山権現の境内に茶店は多いが、男坂の石段を上がってすぐ左手のこの茶店からの眺望が、清親はいっとう気に入っている。二年前の冬には、眼下を眺めやりながらこの茶店で憩《いこ》う男女客に、盆を手にした茶店の女を配して、「愛宕山の図」というのを描き、大黒屋から出しているほどなのだ。

すぐそこの芝公園に、先ごろ店開きした紅葉館という高級料理屋を写生にきての戻り道、久しぶりに登ってみると、見はるかす光景は「愛宕山の図」を描いたときそのままであった。ただ海の色だけが、薄鈍《うすにび》色から初夏らしい藍色に変わっている。

「さあ、そろそろ帰るよ。おしまいにしな」

釜場ちかくの床几にかけて、孫娘と思われるふたりの子を遊ばせていた五十がらみの婆さんが、湯吞みを盆に戻して立ち上がった。

「まだここで遊んでいたい」

床几の上でお手玉をしている五つくらいの姉娘が、おかっぱをゆすった。銀子と同い年ごろに見える下の子も、それに倣《なら》って芥子頭《おけし》を振った。

「婆ちゃんは、晩のおまんまをこさえなくっちゃなんないんだよ。わからず屋を言うと、もう連れちゃこないからね」

色黒で小太りの婆さんはお手玉を取り上げると、ふたりを床几からおろし、釜場にいた女を呼んで茶代を払った。婆さんに手を引かれて茶店を出て行く芥子頭の姿に、清親はひと月近くも顔を見ずにいる銀子の姿を重ね合わせていた。四六時中、銀子の顔がちらついているのだが、なにせ安藤のほうで清親を拒んでいる節があるので、訪ねるのを控えているのだ。清親はため息をつくと、釜場の女にお代わりを頼んだ。運ばれてきた熱い茶をゆっくりと飲み干した清親は、写生帳をつかんで立ち上がった。

男坂を降りきったところで、清親は足を止めた。左手の女坂の石段下に、先ほどの婆さんがうずくまっており、その傍らにおかっぱと芥子頭が泣きべそをかいて突っ立っていたからである。

「どうなさいました？」

清親は婆さんのそばへ歩み寄った。

「いえね、あと五、六段ってとこで、こけちゃって……」

右の足先をさすりながら、婆さんはしかめっつらで答えた。

「ああ、これはくじいていますよ」

清親はしゃがみこんで、腫れの出はじめている婆さんの足先に触った。これでは歩けまい。

「お家《うち》はどちらです?」

「源助町なんですよ」

「ああ、それなら同じ町内だ。送って行きましょう」

清親は婆さんに背中を向けて、遠慮せずにおぶさってください、と言った。

「ほんに助かりました。そこの茶屋のひとにでも頼んで、倅を呼んでもらおうかと思っていたところなんです。とんだご厄介をかけますねえ」

婆さんはすまなそうな声を出すと、清親の大きな肩に手をかけた。

婆さんの家は、源助町の横町にある平屋造りの小体《こてい》なしもた屋であった。門口に「清元延世志《のぶよし》」と勘亭流で書かれた看板がかかっていて、拭きこまれた格子戸のなかから、

「……いっぱいのんだ酒《ささ》きげん、まだ跡舟《あとふね》や日和下駄……」

と、艶やかな唄声が流れてきた。そのあとを一本調子の黄色い声が、けんめいに追っている。片手に婆さんの下駄をさげ、片手で妹の手を引いてきたおかっぱが、門口わきの万年青《おもと》の鉢のそばへ下駄を置くと、格子戸をあけて飛びこんだ。

「おっかちゃん、婆ちゃんが転んじゃった」

唄と三味がぱたりとやんで、上がり端の障子があき、二十四、五の女が顔を出した。

「まあ……」

女は、婆さんを背負って門口に立っている清親を見るや、下駄をつっかけて出てきた。

浅黒い顔だが、細面《ほそおもて》の垢抜けした女である。看板の延世志であろう。

「どうしたっていうの、おっかさん」

延世志は清親に頭をさげてから後ろへまわり、背中の婆さんに問いかけた。

「愛宕山の女坂で倒れた拍子に、足をくじいちゃったのさ。歩けないでいるところを、通りすがりのこのおかたが、見かねて送ってくだすってね」

「話はあとにして、早く冷やしたがいい」

清親は躰をかがめて格子戸をくぐり、婆さんを上がり端におろした。

「なんとお礼を申してよいものやら」

延世志は恐縮して何度も頭をさげたあと、あの、お名前を、と聞いた。

「ほんとにさ。ご町内ってだけじゃお礼に上がれませんから。あたしども、去年の暮れに浅草から越してきたもので、まだいっこうに不案内なんですよ」

婆さんも上がり端から身をのり出さんばかりにして、口を添えた。清親は、これしきのことでと手を振り、さっと踵をめぐらした。

柚木へ戻ると、客が帰ったあとらしく、かみさんが店の間に並べたてた花簪《はなかんざし》だの珠《たま》簪だのを、桐箱にしまっているところだった。

「いま戻りました」

「あら、おかえんなさい」

かみさんは珊瑚《さんご》珠の簪を元の桐箱におさめながら、お茶でも淹れましょうかね、と言った。

「いえ、さっき茶店へ寄ってきましたから」

辞退して二階へ上がろうとする清親を、小林さん、とかみさんが呼び止めた。

「ご新造さんの産後の肥立ち、よっぽどおわるいんですか？」

二月の末に、女児《むすめ》が生まれている。気立てがよくて、働き者だった母方の叔母つるにあやかって、清親は鶴子と名づけた。宮参りもとっくにすんで、ひと月のちには食《く》い初《ぞ》めをしなければならない。

「ええ、まあ……」

階段の手前で足を止めた清親は、かみさんに向き直った。出がけに渡した家賃の袋に、五月分の食い扶持も入れておいたのである。

「ご迷惑をかけてすみませんが、この月もお願いします」

「なんのあなた、あたしのほうはかまいませんのさ。だんまりの亭主と差し向かいで箸をとるよか、小林さんがまじってくれたほうが、どれだけおまんまがおいしいかしれやしない。喜んでるんですよ。ただね、ご新造さんの留守がこうも長いと、なにかとご不自由なんじゃないかと思ったもんだから……。洗い物なんかも、そちらさえよけりゃやったげますからね。遠慮なさらずに、どんどんお出しになってくださいよ」

かみさんが店に坐っているすきをねらって井戸端へ行き、汚れ物を洗っているのだが、ちゃんとその姿を見られていたようである。

「はあ」

清親は赤面して顔をさげると、そそくさと二階へ上がった。

翌日は、昼から安治郎がきた。

去年の六月、はじめての風景画を大黒屋から出して、どうやら一本立ちを果たしてからでも、安治郎は月に三回、四のつく日には欠かさず通ってくる。

「君はもう、井上安治といういっぱしの絵師なんだ。そうきちんとくることはない。気が向いたときとか、仕事に行き詰まったときなんかにくればいいのだ」

と清親はおりにふれて言うのだが、それでも安治郎は入門したての弟子のように、生真面目に通ってくるのであった。この生真面目さが、安治郎の絵を自分の亜流にとどまらせている因《もと》だと、清親は思っている。

「先生。この帆かけ舟、どうあつかえばいいのでしょう。向こう岸の家並みと重なってうるさい感じもするし、かといって、これがないと川面が淋しくなる気もするし、迷っているんです」

来月、大黒屋から錦絵を一枚出すことになっている安治郎は、その下絵を携《たずさ》えてきて、清親の前に差し出した。

富士見の渡しを描いたもので、浅草瓦町《かわらまち》の渡し場に立つ小屋の南側から、大川を隔てて対岸を望んだ構図である。川面には、五人の客をのせてこちらへ漕ぎ寄せてくる渡し舟と、そのすぐ後方《しりえ》に安治郎の気にしている帆かけ舟が一艘、描きこまれているのだが、そんなものはどうでもよかった。帆かけ舟こそ描いていないものの、清親はこの下絵が去年自分の出した「大川富士見の渡し」と、驚くほど似通っているのに落胆していた。

ほかにちがいといえば、両国橋のあるなしぐらいである。清親は小屋の北側から対岸の百本杭を睨んで描いたので、画面のやや右手に小さく両国橋をおさめていた。だが、これらのちがいを入れても、受ける感じは清親の絵そのものと言ってもよかった。

「うむ。この白帆が画面を引き緊《し》めている。帆かけ舟は、やはり入れといたがよかろう」

清親は落胆を顔に出さずに、そう助言した。帆かけ舟が画面から消えたら、いっそう自分の絵と似てくるのだ。

「それと、画面真ん中に横たわる向こう岸の家並みなんだが、ぼかさずと鮮やかに描いてごらん。この構図だと家並みが要《かなめ》だから、はっきり描くことだ。そうすれば、川面と天空《そら》が生気のあるものになる」

清親はあれこれと助言しながら、安治郎はこのまま「小型の清親」で終わるにちがいないと思った。それでも大平や具足屋が、こうして時おり注文をくれるから、なんとかやってはいけるだろうが、自分の味を出そうと刻苦研鑽《けんさん》している風がどこにも見えない安治郎に、歯がゆさを覚えていた。

安治郎はこれもいつもどおり一時間ほどいて、やっと板下にできます、と喜んで帰って行った。そのあと清親はすっかり考えこんでしまい、仕事が手につかなくなった。

弟子であるからには、どこかに師の味を汲むものだが、それにしても安治郎は度がす

ぎている。大黒屋から出た安治郎のはじめての風景画を見た芳年が、絵にあいつの顔が見えねえ、と評して、

「あの肌合いじゃ、この先もこのままで終わりそうな気がする……」

と先ゆきを案じたものだが、そのとおりになってしまった。そのおり清親は、いずれ安治郎の味が出てくるだろうと気にもとめなかったものだが、思えば画才ばかりか、先を見通す目も遠く芳年に及ばなかったわけである。

――安治郎はまるで……。

おれの影法師だ。清親はこれまでの安治郎の絵を思い浮かべて、気がめいった。そこへ階段のきしむ音がして、かみさんが顔を見せた。

「下に、小林鉄次郎ってかたがいらしってますよ」

「小林鉄次郎？」

聞いたこともない名だ。清親は首をかしげたが、ともかく上げてもらうことにした。入ってきた小林鉄次郎なる訪問者は、渋い大島から出た頸《くび》がやけに長い、貧相な男だった。齢のころは四十なかばであろうか。櫛目を入れた割りどおしの頭は、髪油で光っている。

「お初にお目にかかります。てまえは日本橋通り三丁目で、丸屋という絵草紙屋をやっている小林鉄次郎と申します」

手に持った風呂敷包みをわきに置くと、鉄次郎は慇懃《いんぎん》な挨拶をした。

「お名前はかねてより存じあげております」

挨拶を返しながら、清親は丸鉄がなんの用で訪ねてきたのだろうと思った。

丸屋鉄次郎、通り名を丸鉄という。具足屋とほぼ時期を同じくして店をかまえた錦絵地本問屋で、木板、銅板、長唄の稽古本などを手広く商っている。具足屋はこの丸鉄と張り合っているらしく、去年など、大日本商人録社から出た「東京商人録」の錦絵商の部に、丸鉄の名が載っていて具足屋の名がなかったと激昂していた。

「それは光栄にございます」

丸鉄はわきに置いた風呂敷包みを解くと、箱入りの赤葡萄酒《あかぶどうしゅ》を取り出し、ほんの手土産でして、と清親の前に差し出した。

「これはおそれいります」

清親は礼を言いながら、珍貴な手土産をさげてきた丸鉄の心を計りかねていた。

大黒屋から出た清親の光線画が評判を巻き起こしたおり、うちからもぜひ出させてほしいとやってきた板元たちのなかに、この丸鉄はいなかったのだ。光線画がもてはやされたころには寄りつかず、落ち目になったいまごろになってやってきた丸鉄の心が、さっぱりわからない。

「具足屋さんは商売がお上手ですな。報道画とは、よくぞ思いつかれたもんです」

丸鉄は膝の上で風呂敷を折りたたみながら、話し出した。

「正月の報道画、よく売れたって耳にしましたけど、二月のはそれをしのいだっていうじゃありませんか。いや、実にうらやましい」

「……」

さすが板元だけあって、同業者の内情に精《くわ》しいな、と清親は思った。「久松町より見る出火」を出したあとで、もう二枚ほど描いていただいていたら、もっと差し上げられました――と言いながら具足屋は清親に二十円もの金をくれたのである。もっともそのなかには、前回同様、危ない目に遭わせた詫び料も入っているということであったが、それにしても一枚で二十円ももらったのは初めてだった。

「久松町のは、火事場にぐっと近づいた構図なんで、買い手はそこにいっそうの迫力を感じたのでしょうな。しかしてまえは、『両国焼跡』でしたっけ、あれが気に入ってます。あれは言うことなしのできで、あなたならではのものと思いました」

と丸鉄が一家言を吐いたところへ、おかみが茶菓を運んできてくれた。おかみが出て行くと、丸鉄は勧められた茶には手もつけず、膝をあらためて清親に言った。

「今日お伺いしましたのは、です。その、先生に、ポンチ絵を描いていただけないかと思いまして、はい」

「ポンチ絵？」

清親は、丸鉄の顔をまじまじと見つめた。

ポンチ絵とは、風刺と諧謔《かいぎゃく》を身上にした西洋風漫画のことである。ポンチなる言葉は、旧幕の末に英吉利の新聞社から派遣されてきた画家のワーグマンが、横浜で出した漫画雑誌「The Japan Punch」に由来するという。暁斎もかつて仮名垣魯文《かながきろぶん》と組んで、それを真似た「絵新聞・日本地《にっぽんち》」という漫画雑誌を出したことがあると、大平から聞いていたが、まさか自分にポンチ絵を頼む板元が現われようとは思ってもいなかった。光線画とポンチ絵に、どういう脈絡があるというのだ。

「驚いていらっしゃるようですが、てまえは西洋風の風景画をお描きの先生に、西洋風の漫画を描いていただいたらどうだろうと、よくよく考えたすえに、こうしてお願いに参った次第です」

丸鉄は、不審顔の清親に笑いかけた。

「しかし、西洋風ということでなんでも描けるというもんじゃないでしょう。余人は知らんが、わたしには描けない」

よくよく考えたもないもんだ。あまりにも安易な考えじゃないかとあきれながら、清親は断わった。

「いいえ、先生。ポンチ絵と申しましても、てまえが考えているのは、ただの漫画じゃありません。先生がこれまで光線画にお描きになった東京名所を、ポンチ絵仕立てにして、改めて出しちゃもらえないかということでして」

「東京名所をポンチ絵に、ですか？」

また面白いことを考えついたものだ、と清親は思ったが、感興はわいてこなかった。だいたい、絵も粗末なら、彫りも摺りも雑なポンチ絵など、嗜好《しこう》に合わないのである。

「なるほど面白い趣向ではありますが、わたしにはどうも、ポンチ絵というやつは……」

「お好みではない？」

顔をほころばせて、丸鉄はあとを引き取った。

「ええ」

「でもありましょうが、ひとつ、先生。こんなことを申してはなんですが、このごろ光線画は下火でございますよね。いえ、下火なのは錦絵も同じでして、いまでは石版画がこれに取って代わっている。相変わらず売れているのは、芳年さんのものぐらいでしょう」

「……」

「具足屋さんではどう見ていなさるか存じませんが、てまえ、光線画は早晩打ち切りになると思っています。なにせ光線画は、彫りも摺りも手間暇がかかりすぎる。とてもじゃないが、安上がりにしかも手早く板行できる石版画には太刀打ちできません。ありていに言いますと、光線画も錦絵もいまじゃ板元にとっては、重荷以外のなにものでもありませんからね」

「……」

「ですが、ポンチ絵ならば彫りや摺りに凝るわけじゃなし、石版画を向こうにまわしたって負けはしません。てまえはまちがいなく、これからの売れ筋とみています」

「……」

「ま、いきなりこういう話を持ち出して、すぐに色よい返事をいただけるとは思っちゃいません。光線画が打ち切りになったら、また寄せてもらいます」

と言いながら、丸鉄は懐中から数冊の薄い雑誌を取り出した。

「団団珍聞《まるまるちんぶん》です。ご覧なすったことは？」

「ありませんね」

それが団団社《だんだんしゃ》というところから出ている週刊の時局風刺雑誌であることぐらいは、清親も知っていた。だが、これまでに一度も読んでみる気にならなかったのである。

「そうですか。でしたら、お手すきのおりにでもご覧ください」

丸鉄は団団珍聞を清親の前に置いた。そして、ためらいがちな様子で言った。

「ま、ポンチ絵うんぬんはおくとしまして、先生は、その、光線画に飽《あ》きられたんじゃありませんか。最近のお作を拝見していますと、どうもそんな気がしてならないんです」

四

湯島の暁斎宅は藪陰《やぶかげ》にあって、昼間でさえもほの暗い。袖垣のきわに咲いた紫陽花《あじさい》が、手毬《てまり》のように淡く浮かんで見える。清親はじめついた飛び石を踏んで、格子戸のはまった玄関先に立った。

あけると、狭い土間は男物の下駄で埋まっていて、奥のほうから話し声や笑い声が流れてくる。二、三度声を張ると、やっと古株の内弟子が出てきた。

「これは、清親先生。おいでなさいまし」

「暁斎先生は客人のようですね」

「はい。先日いただかれました二等賞のお祝いに、歌川の先生がたを昼にお招きいたしてございます」

内弟子はにこにこ顔で言い、きのうは駿河台狩野の先生がたをご招待しました、と言わでものことまで口にした。

第二回内国勧業博覧会に出品した暁斎の墨画が妙技二等賞に選ばれたのは、五日前の六月一日のことである。二等賞ではあっても、絵画の部門で一等賞を得た者はいなかったので、事実上、暁斎の墨画が最優秀の作品だったわけだ。清親はそのことを、きのう具足屋から聞いた。祝宴を張るのもうなずける。暁斎は狩野派の門を叩く以前は、歌川派の国芳門下であったことから、祝宴に両派の友を招《よ》んだのだろう。

「そうですか。それでは玄関先で失礼しますが、このたびはおめでとうございます、と暁斎先生にことづてを願えませんか」

邪魔を入れてはわるい。清親は懐中から取り出した熨斗袋《のしぶくろ》を内弟子に渡して、帰りかけた。

「お待ちください。わざわざお運びいただきましたのに、取り次ぎもしないではお叱りを受けます。どうかお待ちを」

内弟子は慌てて引き止めると、奥へ走った。まもなく暁斎が酒気を吐きながらやってきて礼を言い、辞退する清親の手を取って、無理やりに奥へ連れて行った。

八畳の座敷に設けられた十人ほどの祝宴の席は、もう座が乱れていて、そこここに固まって杯のやりとりをしたり、話に打ち興じたりしていた。そんななかで上手《かみて》に坐った芳年だけが、ひとりつまらなそうに酒をあおっている。清親が目で挨拶をすると、

「やあ、久しぶりだねえ」

芳年はほっとしたような声を出して、自分のそばの空いた席に坐れというような手つきをした。

「そうだ。あそこへ坐ってくれ。膳はすぐに運ぶように言いつけておる。だが坐る前に、ちょっとあれを見てほしいな」

暁斎は上機嫌で、床の間を指さした。そこには博覧会で授与された賞状が、麗々しく飾ってあった。

「拝見させてもらいます」

清親は床の間の前に正座した。

北白川宮能久《よしひさ》親王の御名で出された賞状には、「朽曲《きゆうきよく》ノ枝頭ニ泊鴉《はくあ》ヲ写ス、一気《いつき》卒成《そつせい》、警抜奇峭《けいばつきしよう》、些ノ装点ヲ費サズ、神致《しんち》活脱《かつだつ》ニシテ平生狂戯ノ風習ヲ撤却セリ、其妙技甚ダ嘉賞スベシ」とある。三月のなかばに、清親は上野の会場へ出向き、「枯《こ》木《ぼく》寒鴉図《かんがらすず》」と題された当の墨画を見ていた。

力強い筆致で、濃淡よろしく描かれた一本の枯木の枝先に、寒中、一羽の鴉が羽を休

めているところを、尺三半折りの紙面におさめただけの、気格あふれる墨画だった。その禅味を含んだような墨画を生き生きと感じさせているのが、鴉だ。鴉が全身の羽毛をふっくらと膨らませたところなど、余白に外気の冷たさを思わせて、画幅を生動させていた。言うなれば、冬の一情景を巧みに切り取って、画面に嵌《は》めこんだようなものである。暁斎の妙技《うで》に、清親はほとほと感心した。そのことを話すと、暁斎は満面に喜色をたたえたが、すぐに真顔になって言った。

「あんただって、今回も出品しておれば、入選したかもしれんぞ。火事場の絵なんぞ描く暇があったら、『猫と提灯』のような、これぞという上質の絵を描くことだと言ったろうが」

「………」

「だのに、二月の火事騒ぎのときも、また代わり映えのしない絵を出しおって……。見てるとあんた、大黒屋のころからすると、だいぶ志が落ちてるぞ」

酒が言わせるのか、暁斎はつけつけと言った。清親は一言もなかった。

「そんな、たいそうらしいことを言っても」

芳年が杯を宙にとめて、口をはさんだ。

「わたしら、暁斎さんみたいに、ごうぎな謝儀《げっしゃ》を払う弟子を抱えてるわけじゃなし、妻子にひもじい思いをさせねえためには、渓斎英泉《けいさいえいせん》の口真似じゃないが、板元の金銀の縄につながれることだってありますよ。志なんてものは、しょせん恒産《ぜに》がなくっちゃ保てませんや」

四年前、政府《おかみ》の招きで日本へやってきた英吉利人の建築家コンドルのもとへ、暁斎が毎土曜日に出教授をして、月に八円というたいそうな謝儀をもらっていることは、仲間うちに知れ渡っている。これは四等巡査の月給より、二円も高い。

コンドルのことまで持ち出した芳年のまぜっ返しに、暁斎は苦笑して清親を放免し、床柱の前の自分の席に戻った。男たちが三人、手に手に銚子を持って暁斎のもとへつめかけた。それを見届けて芳年の隣に坐った清親だったが、志が落ちていると言われたことがこたえていた。

「いまの話を気にしているのかい」

清親の顔をのぞきこんで、芳年がささやいた。

「あんな説教なんざ、聞き流すこった。暁斎さんはな、絵が二等賞に入ったばかりか、それが百円という高値で買い手がついたもんだから、気が大きくなって、ああいう立派な口を利いたのさ。意に介するんじゃねえよ」

「えっ、あの絵が百円で？」

清親は目を丸くした。

「そうとも。日本橋西河岸の栄太楼の大将がな、ぽんと百円で買ったんだそうだ。菓子屋風情がなんとも気前のいいことをするじゃねえか。暁斎さん、梅ぼ志飴にゃ足を向けて眠れねえだろうよ」

「そうですか」

清親は芳年の口調に、やっかみの潜むのを感じた。だがそれは、清親の胸にもきざしたことなのだ。暁斎先生はけっこうずくめでいいな、と思った。

「ところで、紅梅のことなんだがな」

清親に膳を運んできた内弟子が退がると、芳年が清親の耳に口を寄せてきた。

「家長謀殺の廉《かど》で、おととい市ヶ谷監獄で処刑されたそうだ。きのう報知社に顔を出したら、記者が教えてくれた」

「獄につながれて九カ月か……。早い処刑でしたね」

紅梅とふたり、本郷森川町の警察分署の一室に留め置かれた夜のことを、清親は痛ましい思いでしのんでいた。

「うむ。紅梅ははなっから罪《ざい》を認めて、裁判《おしらす》でも読み上げられる罪状に、ただうなずくばかりだったというから、言い渡しも早かったのだろう。高橋お伝なんか、命惜しさに、裁判であることないこと述べ立てて、処刑に二年近くもかかっているがな」

「……………」

そのはずだ、と清親は思った。言ってみれば、紅梅は自分の死を願って、夫を道連れにしたのである。清親は芳年のよこした杯を上の空で受けながら、返り血を浴びた紅梅の凄愴《せいそう》な姿を思いうかべていた。

宴は、夕暮れ近くになってお開きとなった。連れ立って暁斎宅を出た清親と芳年は、日本橋室町《むろまち》三丁目にある滑稽堂という絵草紙問屋の前まできた。滑稽堂はご一新のあとに暖簾をあげた板元だが、名は通っている。

「ここの板元《おやじ》と約束さえしていなきゃあ、紅梅の冥福を祈って、どっかで一杯やるんだがな」

しきりに残念がる芳年と別れて、清親は瓦斯灯のともる日本橋を南へ渡った。

柚木へ帰りつくと、掛け看板を取り入れていたかみさんが、

「お帰りが遅うござんしたねえ。半時ばかり前に四谷の兄《あに》さんがいらしって、お待ちになってますよ」

と言った。茂平は両三度訪ねてきていて、柚木夫婦とは顔見知りなのである。

「そうですか、どうも」

頭をさげて家のなかへ入りかけた清親は、久しぶりにやってきた茂平を外でもてなそうと思った。振り向いて、かみさんに夕飯を断わると、急いで敷居をまたいだ。

二階へ行くと、茂平は机の上のらんぷに灯を入れて、清親の描きさしの下絵を所在なげに眺めていた。傍らの畳の上に、湯呑みと菓子皿ののった盆があるところを見ると、かみさんの心遣いらしい。

「待たせたそうで、すみません」

清親は机の横に坐って、詫びた。

「なんの、こっちがだしぬけに訪ねてきたのだ。気にするな」

と口ぶりは柔らかだったが、顔つきは不機嫌そのものだった。半時やそこ《そこ》ら待たしたくらいで気を損ねるとは、兄上も齢を取ったものだな、と清親は思った。

「兄上、到来物ですが、葡萄酒があります。お飲みになりませんか」

丸鉄の手土産に、まだ手をつけていなかった。酒は嫌いなほうではないから、芳香《かおり》がよくて至極うまいと評判の葡萄酒を賞味したいのはやまやまだったが、口をつければ団団珍聞を繰ってみないわけにはいかない。そんなわけで、葡萄酒も団団珍聞も奥の部屋の床の間に置きっぱなしにしていた。しかしこの際だから、柔木栓《こるくせん》を抜いて、茂平の機嫌買いをしようと清親は思った。茂平は清親に輪をかけた酒好きなのである。はたして、茂平は顔をゆるめた。

「葡萄酒か。口にしたことはないが、口当たりのよい酒らしいな」

清親は立ち上がり、葡萄酒の瓶を取ってくると、箱に入っていた螺旋形の栓抜きで苦心して柔木栓を抜いた。そして茂平が茶簞笥から出したふたつの湯呑みに、なみなみと注《つ》いだ。

「や、これはうまい」

一口飲むなり、茂平は舌鼓を打った。そして一息に飲んでしまうと湯呑みを置き、清親を見た。

「ときに、きぬさんはいつ戻るんだ？」

葡萄酒を含んでいた清親は、不意の問いかけに目を白黒させた。

「鶴子が生まれて、もう四月《よつき》にもなるぞ。だのに、いまもって実家にのうのうと居坐っ
ているとは、いったいどういうことなんだ」
「ですから、それは兄上」
「いまだに産後の肥立ちがよくないというのだろう。それは先《せん》におまえから聞いている。
だがな、おれはきょう猿若座《さるわかざ》で「一谷《いちのたに》」で、中村芝翫《しかん》扮する岡部六弥太《おかべのろくやた》がたいそうな評判と聞
猿若座にかかっている「一谷」で、中村芝翫扮する岡部六弥太がたいそうな評判と聞

いた茂平は、ともに酒好き芝居好きの近所の荒物屋と語らって、浅草猿若町《さるわかちょう》へ出かけた
のだという。平土間ではあったが、茂平たちは評判どおりの芝居を堪能《たんのう》した。二番め狂
言の幕間《まくあい》に小用に立った帰り、茂平はきぬの姿を見たのである。きぬは茂平に気づかず、
母親となにやら楽しげに喋りながら、桟敷《うずら》のほうへ歩いて行った。
「きぬさんは血色もよくて、達者《たっしゃ》そのものに見えた」
「………」
「肥立ちがわるいというのは、嘘だろう」
「………」
「よしんば、それが実のことで、気保養に芝居へきたとしてもだ、けしからん話じゃな
いか。家事を取りしきる女が、四月も家を空けているのだぞ。芝居に出かけるような元
気が出たならば、ここへ帰ってきて、長いあいだご不自由でした、とおまえの前に手を
つくのが道じゃないのかね。きぬさんにそんな分別がなけりゃ、親がそう仕向けるべき

だろう」

「……」

「それをなんだ。銀子も鶴子も家に残して、のうのうと芝居見物とは。きぬさんもきぬさんなら、母親も母親だ。おれは胸のなかが煮え返るようでな、それからは芝居も目に入らなくなった」

茂平はとうとう荒物屋にことわり、打ち出しを待たずに猿若座を飛び出して、清親にわけを質《ただ》そうと柚木へやってきたというのである。

「きぬさんと、なにかあったのか」

清親の顔を食い入るように見つめて、茂平は訊ねた。

「はあ」

清親は苦笑して、正月の火事に端を発したごたごたを包み隠さず話した。

「そういう次第で、一度めはわたしが詫びてなんとかおさまったのですが、それから二十日も経たずに、またもや火事場の絵を描いたものですから」

「……」

「安藤では詫びを言った口の下から……と今度は舅が立腹しましてね。きぬは身ふたつになっても当分うちで預かります、と言い渡されたんです」

鶴子が生まれたとき、安藤から報せは受けたのだが、駆けつけた清親に向ける一家の目は、冷たかった。宮参りに際しても、清親はまるで添え物のように扱われたのである。

話を聞くと、茂平は真っ赤になって怒った。

「即刻、去り状を叩きつけてやれ。あの女、いや、安藤の家の者も男の仕事をなんと心得とる。なにもおまえが、女房子供を火事場のまん真ん中へ置いてけぼりにしたわけじゃなし。ちゃんと板元さんで、後を引き受けてくだすったのだろう。それをなんだ、一家そろって……我慢ならん」

さあ、いますぐ去り状を書け、おれが出向いて叩きつけてくる、と茂平は迫った。

「兄上、待ってください」

「なに、まだ手をこまねいて見ているというのか。ふぬけなやつだ。こんなにないがしろにされているのに、情けない」

茂平は口惜しげに清親を睨んだ。

「わたしにも存念がありますから」

清親は茂平を見返して、穏やかに言った。

「ま、きぬはあんな女ですが、罪もないふたりの子を片親にはしたくありません」

「ふん。現にこのありさまじゃ、子供たちにとっては片親も同然ではないか。戻ってくる気があるのかどうかもわからんきぬさんに、未練がましいぞ」

「戻ってきますよ。別れる気なら、とうにきぬのほうから話を持ち出しています。いまは女からでも離縁できるご時世ですから」

「離縁だ」

清親はかつて芳年から聞いた話を受け売りした。

「しばらく、このまま打ち捨てておくつもりです。いくら実家でも、そうそう厄介になってはいられないでしょう。そのうち戻ってくるに決まっています」

「さあ、どうかな。根を生やすかもしれんぞ。安藤の総領は、独り者になったというじゃないか。他人の交じらん家は居心地がよかろうさ」

「それも義兄が、あらたに嫁取りするまでのことですよ。そう長くはないでしょう」

清親は淡々と言った。清親よりふたつ年長の義兄は、去年の春、三年あまり連れ添った女房を離縁している。石女《うまず》で、しかも家風に合わなかったからだと、きぬから聞いていた。

「おまえがそんなおひと好しだから、こうもないがしろにされるのだ。四月《よつき》も里方にいて、のほほんと芝居見物に出かける女房など、おまえ、百年の不作だぞ。まったく」

茂平は葡萄酒の瓶をつかんで、自分の湯呑みを満たした。

「あきらめていますよ」

清親はまだなにか言いたげな茂平に、とどめを刺すように言った。そして、夕飯《ばん》でも食べに行きましょう、と誘った。こんな気鬱な話はもう切り上げたい。

「いいだろう。だが、おまえの奢《おご》りだぞ。気になって駆けつけたあげくに、勘定までもたされたんじゃかなわんからな」

清親の気持ちを読み取ったのか、茂平は湯呑みに手をのばすと、ぐっと飲み干した。

それから、どっこいしょ、と腰を上げた。

清親は茂平を案内して、柚木の並びにある、酒も肴《さかな》もまあまあのものを出す飯屋へ行った。

茂平を愛宕下町へ折れる角まで送って、柚木に戻ってきたのは、かれこれ十一時になるころであった。

らんぷをともすと、打っちゃらかしにしていた湯吞みと葡萄酒の瓶が目に映った。口をつけたからには、お義理にでも団団珍聞に目を通さねばなるまい。清親は床の間から、団団珍聞を一冊取ってくると、机の上に置いた。

よくよく見ると、表紙は一面ごてごてしていて、さながら判じ絵のようであった。上のほうには団団珍聞という文字を二分して気球が上がり、その左右に馬と鹿とが配されている。

真ん中の大きな円のなかには、身の丈ほどもある筆を片手に、天狗のような自分の鼻を指さす男、遠眼鏡でなにやら覗いている男、くわえ葉巻きで大耳をそばだてている男の三人がいた。さらにその円の下には、大きな法螺貝《ほらがい》にまたがって喇叭を吹いている男と、大砲に点火している男とが添えてある。

おそらくは、一見、浮いた話やばか話、法螺話をよそおいながら、お上のやることを聞きつけ、嗅ぎつけ、覗き見て、細大洩らさず筆にしてご覧にいれるという趣向なのだろう。大砲男は、輿論《よろん》とやらの火付け役とでもいう意味であろうか。

　――ごたいそうなものだ。

　と思いつつ、清親は気のない顔で頁を繰りはじめた。

五

　翌朝、清親はすっかり寝坊してしまった。目覚めたときには、雨戸のすきまからまるで金粉のような日の光が、部屋のなかに流れこんでいた。清親はうろたえて床を上げ、雨戸をあけると階下へ降りて行った。あたりの気配からみると、十時はすぎていよう。

「朝寝なんておめずらしい。ゆうべは、つめてお仕事をなすったんですか」

　店棚の品物を並べ変えていたかみさんが、あたふたと降りてきた清親を見て、声をかけた。

「はあ、まあ、ちょっと……」

　清親は頭を掻いて茶の間へ入った。仕入れにでも行ったのか亭主の姿はなく、布巾《ふきん》をかけた清親の膳だけが、ぽつんと置いてある。清親は板の間へ行き、柱に打ちつけてある手ぬぐい掛けから自分のを取ると、水口《みずぐち》を出た。

　井戸端で口をすすぎ、顔を洗うと、頭がすっきりした。

　ゆうべはとうとう、団団珍聞を五冊とも読み通したのである。はじめのうちは、西洋ぺんの鋭い線を見つけぬせいか、柔らかさのない棘《とげ》だった絵が気になってしかたなかった。しかし頁をめくるにつれて、この鋭い線こそが、風刺と諧謔の味を高めているのだと思うようになったのである。

丸鉄の置いていった団団珍聞は、どれも二、三年前の古いものばかりだったが、辛辣《しんらつ》な筆は読んでいて気持ちを昂ぶらせた。五冊とも傑作ぞろいで、なかでも感嘆したのが、「放屁鯛《ほうへいたい》」と「政布屋《せいふや》の値段つけ」と題したやつである。

「放屁鯛」というのは、清親もかつて描いたことのある近衛砲兵隊の反乱、いわゆる竹橋騒動を扱ったものだ。「薩摩の堅芋ばかり食わせられて、腹の虫が折り合わぬ」放屁鯛の連中が、横隊になって尻《けつ》をむき、陸軍卿の山県と大蔵卿の大隈に屁を放っている絵である。

もうひとつの「政布屋の値段つけ」のほうは、雑多な品物を並べた政布屋の店頭で、おやじが客を相手に「当節は薩摩芋にお萩、鍋などが高値に売れます」と話している絵だ。なるほど正札を見ると、薩摩芋が一つ八十円、お萩が一つ五十円、佐賀鍋が一つ百円とある。残念ながら土佐鰹節の値段は、客の陰になっていてわからない。いっぽう仙台平と米沢糸織は一反が五銭、博多帯地は一反が八銭、会津塗物は一組五十文、紀州蜜柑は一山十銭、尾張大根は十本五銭と、こちらは捨て値同然である。

幕府を倒して新政府を打ち立てた薩長土肥の輩《やから》が、開化《ひら》けたことを口にしながら、おのおの自藩出の連中ばかりを登用する藩閥人事を痛烈に皮肉ったポンチ絵に、もと御家人の清親は血が騒ぎ、心中、快哉を叫んだ。

――ポンチ絵も……。

ばかにしたものではない。清親は自分の不明を恥じた。漫画仕立ての落首と考えればよいのだ。丸鉄は清親の出自を知っていて、口説きに団団珍聞を使ったのだろうか。とすれば、侮れない男である。

丸鉄の顔を思いうかべながら、清親は水口へ向かった。勝手では、竈《へっつい》の前にかみさんがしゃがみこんでいて、

「いま、お汁《つけ》あったためますからね」

と言った。寝すごしたこっちがわるいんで、かまわずにいてください、と清親は遠慮したのだが、かみさんはいま手あきだから、と笑って竈の下を焚きつけはじめた。

かみさんの給仕で遅い朝飯を終えた清親が茶の間を出るところへ、店先にひとの気配がした。かみさんは流しで後片づけをしている。

「わたしが出てみます」

かみさんに声をかけて、清親は店の間へ出て行った。

「あら、まあ」

棚に並んだ白粉を眺めていた女が、出てきた清親を見て、目を瞠《みは》った。女は、清元延世志であった。

「ここのおかたでしたの」

「いや、二階を借りている者です」

「あの節は、母を助けていただいて、ほんとうにありがとうございました。お礼に上が

ろうにもお住まいがわからず、家じゃ、そりゃ気にしていたんですよ」

「母御の足、すっかり治りましたか？」

と、清親は訊ねた。

「ええ、おかげさまで」

延世志がうなずいたところへ、かみさんが手を拭き拭き出てきた。

「おや、小林さん。お師匠さんとお知り合いでしたか」

「小林さん、とおっしゃいますの」

延世志は小さく声に出したあと、かみさんにひと月前の出来事を話した。柚木は買いつけの店らしく、親しげな口ぶりである。

「でね、小林さんがお名前もお所も明かさずにお帰りになったんで、ずっと気にしていたんです。それがこうしてお会いできて、よかった。おっかさんに話したら、どんなに喜ぶか」

延世志は白粉を買い求めると、清親に腰を折り、下駄の音も軽やかに帰って行った。

延世志が再びやってきたのは、夕方のことであった。

かみさんに呼ばれて、清親が階下に降りて行くと、店の土間先には延世志ばかりか、婆さんとふたりの子の顔まで見える。前掛け姿の小僧もついてきていたが、これは六本の舶来麦酒瓶を上がり端に置くと、すぐに帰った。

「ほんとに、あのときは助かりました。これはほんの心ばかりのものですけど、どうぞお収めくださいまし」

　婆さんはぴんしゃんとした足取りで上がり端に近寄ると、縄でくくられた麦酒瓶を清親のほうへそっと押した。

「困ります。当たり前のことをしただけで、こんなものを頂戴するわけには……」

　清親は固辞して受け取らなかった。

「そんなことをおっしゃらないでくださいな。それじゃ、あたしの気がすみませんから」

　婆さんは、一歩も引かぬ構えである。

「あのう、ここはひとつ、おっかさんの気のすむように、収めてやってはくださいませんか。お住まいが知れたと話したら、そりゃあ喜びましてね。自分でステンション前の酒店まで出かけて、買ってきたんです」

　延世志がそばから口をはさんだ。すると、かみさんまでもが、

「お揃いでいらしって、こんなにおっしゃってるんだもの。お気持ちを汲んでおあげなさいよ」

　と言う。

「それでは……ありがたく頂戴します」

　とうとう清親は受け取ることにした。

　延世志一家が引き上げたあと、清親はかみさんに、今晩ご亭主と酌み交わしますから、と言って麦酒瓶を差し出した。

「あら、うちのひともお相伴《しょうばん》にあずかるなんて、すみませんねえ。大好物なんですよ。ほろ苦いのがこたえられないって……」

と、かみさんは喜んだ。

夕飯になって、鱚《きす》の塩焼きを肴に、清親と亭主が麦酒を味わっていると、くぐりを叩く音がした。店を閉めたあとも、やれ化粧水を切らしたの、やれ洗い粉がなくなったのと言って、近所の者がやってくるのは珍しいことではない。かみさんは箸を置くと、台所から手燭《てしょく》を持ってきて、行灯の灯を移した。

店の間へ出て行ったかみさんは、ふた言み言やりとりをしていたと思うと、すぐに戻ってきた。

「小林さん。ご新造さんのお里から急ぎのお使いですよ。なんでも赤ちゃんの具合がよくないんですって」

「えっ」

清親は店の間へ飛んで行った。

上がり端に置かれた手燭の明かりが、土間にうずくまって肩息をついている安藤の小僧を、あわあわと照らしている。浅草田原町から駆けてきたらしい。

「鶴子の身になにか?」

「はい。でも、くわしいことは……」

小僧はよろめきながら立ち上がり、とぎれとぎれに言った。

「ただ、お医者さんが昼すぎからずっとつきっきりなんです」

そこへかみさんが湯呑みを持ってきて、ほら、お水だよ、と小僧に渡した。亭主も心配そうに顔を出した。

小僧が水を飲んでいるあいだに、清親は手燭を借りて二階へ行き、財布を持ってきた。ステンションの構内で、俥をひろうつもりである。清親は案じ顔の柚木夫婦に、行ってきます、と頭をさげ、小僧をうながしてステンションへ急いだ。

二台の俥が安藤鉽力店の前に梶棒をおろしたのは、小一時間後のことである。

「赤ちゃんは、座敷です」

小僧の声を背に聞いて、清親は履物を脱ぐのももどかしく、座敷へ急いだ。

吊りらんぷのともった座敷の真ん中に、鶴子の床がとられていて、枕もとには洋服姿の医者がついていた。医者と向かい合いに、きぬと舅夫婦、それに義兄が息をひそめて控えている。清親は医者の横に膝をついて、鶴子の顔をのぞきこんだ。鶴子は青白い顔をして、ぐったりと目を閉じている。ときどき、瞼や小鼻がひくひくとふるえた。清親は鶴子の手を取ってみた。ぞっとするほど冷たい。

「いったいぜんたい、どうしたというのだ」

清親は鶴子の手を握ったまま、きぬに詰問した。だが目を赤く泣き腫らしたきぬは、わなわなと口もとをふるわせるばかりである。ほかの者も放心の体《てい》で鶴子に目を注いだまま、一語も発しない。

「急性の消化不良性中毒症です」

清親の荒立った気分を和らげるように、医者がはたから静かな口調で言った。三十そこその優男《やさおとこ》だが、落ち着きがあり、信のおけそうな医者に見えた。

「消化、不良性……」

清親の初めて耳にする病名である。

「そう、腹中に入った食べ物がうまくこなれず、それが因《もと》で毒あたりを引き起こします」

「腹中に入った食べ物といっても、先生、鶴子は食い初めもまだなんですが……」

「それは、母乳ででも起こります」

と医者が言ったとき、鶴子が突然せぐりあげるような声を洩らして、小さな体を痙攣《けいれん》させた。医者は膝を進めると、ケットをはぎ、鶴子の胸をはだけて、隠しから奇妙な道具を取り出した。小指大のふたつの豆粒と、猪口《ちょく》のようなものとが、二尺ほどの細い護謨《ごむ》の管で三つ叉《また》につながったものである。医者は豆粒を両の耳に挿しこむと、猪口を鶴子の胸にあてて耳を澄ました。皆、吸いつけられたように医者の手もとを見つめている。ややあって耳から豆粒を抜いた医者は、今度は鶴子の瞼の裏を診《み》て、それから手首の脈を取った。

「先生、どうか鶴子を助けてください」

清親は手をついて、医者の顔を仰いだ。医者は清親から目をそらし、黙って奇妙な道具を黒革の鞄にしまいはじめた。しまい終えると清親に向き直り、ようやく口を開いた。

「早いうち……せめて腹くだしや嘔吐《もどし》が出たあたりで呼んでもらっていたら、手の尽くしようもあったのですがねえ。いまとなっては正気もなし、心の臓も衰弱の極みですし」

「そんな……」

医者の言葉に、清親は打ちのめされた。

翌日の昼すぎ、鶴子に死が訪れた。生を享けて四月《よつき》、母親の胎内にいた月日よりもはるかに短い生涯であった。

舅夫婦のたっての申し出と、客商売の柚木の迷惑とを考え合わせて、弔いは安藤から出すことにした清親は、小僧を茂平のもとへ使いにやった。兄姉たちには、茂平から報せてもらうようことづてをした。

ところが、通夜にやってきたのは茂平ひとりだった。大ぶりの市松人形ほどの鶴子の亡骸《なきがら》に、沈んだ顔で線香をあげた茂平は、枕頭に端坐する清親に言った。

「考えがあって、ひとりできたのだ。清親、鶴子の弔いはおれの家から出そう」

「お待ちください」

清親が口を開くまえに、屛風のわきに坐っていた舅が、目をむいて口をはさんだ。

「なんということを言われる。もう当家で手はずを整えておりますぞ」

「そうですとも、おっつけ、ご近所から手伝いもみえます。けど、そんなことよりなにより、鶴子がかわいそうじゃありませんか。変わり果てた姿になってるのに、四谷坂町まで連れて行くなんて」

舅の横にいた姑も色をなした。しかし茂平は、てんから取り合わず、

「鶴子は、小林家の当主清親の娘です」

と浴びせかけた。舅夫婦も、これには一言もなかった。茂平は話の矛先《ほこさき》を、清親の傍らでうなだれているきぬに向けた。

「きぬさん、鶴子の具合がわるくなったのはいつのことです？」

清親は、はっとして兄の顔を見た。清親の一番訊きたかったことである。だが、いまとなっては訊いても詮ないことと黙っていたのだ。

「おとといからです」

きぬは弱々しい声で答えた。

「ほう。すると、きぬさんたちが芝居見物にうつつを抜かしているときには、もう具合がわるかったわけですな」

「……………」

茂平の言葉に、きぬはぎょっとしたようである。

「おととい、わたしは猿若座であんたと母御の姿を見かけましたよ」

「おっしゃりたいことは、よくわかります。でも、わたしどもが出かけるときには鶴子は元気でした」

と、姑がきぬをかばった。

「ですから、あの日は鶴子をお向かいに預けて、鬱々としているきぬを、気慰みに芝居

へ連れて行ったのです。お向かいには、鶴子より半年ばかり早く生まれた赤ん坊がいましてね。日ごろのよしみで、こないだその子をうちで一日預かったものですから、こちらもつい鶴子をお願いしたんです」

「……」

茂平はむっとして腕組みをした。

「それがお向かいの話だと、昼ごろお乳をもらったあと、急にくだしはじめたそうでして。でも芝居から戻って鶴子を迎えに行ったときには、いつもの顔色でしたから、そう聞いても大して心配はしませんでした。というのも鶴子はひ弱な子で、これまでもちょくちょくくだしていましたからね。こんなこと、いまさら申したくはありませんけれど、正月の火事のおり、頼みとする清親さんにほったらかしにされたきぬの心痛が、お腹の子に障《さわ》ってひ弱な子が生まれたんじゃないかと、うちでは話しておりました」

「なにを言われます」

茂平は腕組みをといて、姑を睨みすえた。

「そちらの手落ちで鶴子を死なせていながら、謝るどころか、そんな話を持ち出されるとは言い逃れもはなはだしい。卑怯ですよ。清親は、板元さんが後を引き受けてくれたからこそ」

「待ってください。てまえもかつては二本差しだ。卑怯呼ばわりは聞き捨てならん」

舅が語気も荒く、茂平の言葉をさえぎった。

「ひとのせいになさるから、卑怯と申したのです」

「なんですと」

「鶴子を前にして、おふたりとも諍《いさか》いはやめてください」

気色ばんで睨み合う茂平と舅を、清親はやりきれない思いで制した。座敷のなかがしんとした。

清親はいっとき鶴子の亡骸を見つめていたが、やがてきぬのほうへ顔を向けて、穏やかに訊ねた。

「いま姑上《ははうえ》は、鶴子の死んだのも、もとを糺《ただ》せば、このおれのせいだと言われたが、おまえもそう思っているのか」

「……」

きぬは上目づかいに清親を見たが、すぐに目を伏せた。

「どうなんだ。腹蔵なく聞かせてくれ」

清親がうながすと、きぬはあるかなきかのうなずきを見せた。

これできぬとの絆《きずな》は切れたと、清親は思った。きぬはいまもって、火事の晩のおれの振る舞いを赦してはいない。

――おれだって……。

鶴子の具合がわるくなったとき、きぬは芝居を楽しんでいたということに、終生こだわり続けるだろう。双方の心中がこれだと、とうてい、ともには暮らせない。

「そうか……。それならば、致しかたない。子供を片親にはしたくなかったのだが、鶴子の弔いを出したら去り状をやる」

きぬが蒼ざめて、唇を噛みしめた。舅夫婦も頰をひきつらせた。茂平は、その三人を冷ややかな目つきで見ている。

「な、なにも、清親さん」

姑は喉にからんだ声を出したが、そこで絶句して、夫の膝をつついた。この場をなんとかおさめてくれということなのだろう。それを見た清親は、先《せん》を越して舅に頭をさげた。

「銀子は、わたしの手もとで養育します。それから、こう申し出ましたからには、鶴子の弔いも兄の家から出させてもらいます」

清親の言葉に、舅は応答もできないほど度を失っていた。清親はもう一度、深々と頭をさげてから、茂平に向かい、銀子を連れてきてほしいと頼んだ。小僧が二階で、銀子の守りをしているはずであった。

茂平が座敷を出て行くと、清親は鶴子の亡骸をそっと抱き上げた。きぬが畳に打ち伏して、号泣した。

「では……」

清親はだれにともなく言って、立ち上がった。安藤の親戚らしい初老の男を案内して座敷に入ってきた義兄が、その光景に目をむいて、棒立ちになった。

六

「おまえで四人めだ」

芝神明《しばしんめい》の生姜市《しょうがいち》もすぎて、めっきり秋めいてきた九月最後の日曜日、朝のうちからやってきてしきりに見合いを勧める圭次郎に、清親は苦笑した。清親の胡坐のなかで、圭次郎の手土産のビスケットを食べていた銀子が、父親の顔を見上げた。

「ろくすっぽ話も聞かずに、笑うやつがあるか」

圭次郎が咎めた。

「すまん。このところ、よく見合い話が舞いこんでくるものだから、それでつい……」

「それだけ他人《ひと》が、おまえのことを案じてくれているのだ。きぬさんを離縁してから、もう三月《みつき》だぞ。まあ、おまえはいいとしても、このままでは銀子ちゃんが不憫だと思って、話を持ってくるのさ」

「……」

「子供というものはな、ふた親そろっていなくては、まっとうに育たんものだぞ。それに、おまえだって、毎日、銀子ちゃんの守り片手じゃ落ち着いて仕事もできなかろう」

四つを頭《かしら》に、年子で三人の娘の父親である圭次郎の言葉は、裏打ちがあるだけに衝《つ》いてくるものがあった。

「うむ」

こうしておとなしく抱かれているときなどはいいのだが、昼寝をしているからと仕事にかかっていると、いつのまにか起き出してきて絵具皿に指を浸《つ》けたり、下絵を汚したりして、まったく油断もすきもないのである。

それに、いまはおさまったが、安藤から連れ戻してきた当座は、きぬを慕って夜泣きはするわ、たびたび寝小便はするわで、清親はほとほと参ってしまった。銀子を引き取ったことを後悔したほどである。

「見合い話を持ってきたあとの三人ってのは、だれなんだ」

ほかの話が気になるらしく、圭次郎は訊ねた。

「四谷の兄と山瀬のあるじ、それに芳年さんだ」

茂平は気が合って、つきあいも密らしい荒物屋の末娘、山瀬は姪っ子、芳年は例の子連れで押しかけ女房の知り合いの娘を、どうかと勧めにやってきた。みんな手近なところで間に合わせようとしている感じで、それが清親にはおかしかった。そこへ圭次郎までもが、おそのの従妹《いとこ》に会ってみないかとやってきたものだから、苦笑したのである。

「それで、三人の話、どうした？」

「どうしたとは？」

「わからんやつだな。会ってみたのか、と訊いてるんだ、三人の娘に」

「いや。いずれもお断わりした。まだ、その気にはなれませんから、とな」

「ふむ、そうか。こう言ってはなんだが、それは好都合というものだ。というのは、その娘な、これがおまえ……」

圭次郎がここぞとばかりに、相手の娘の話をはじめたときである。階下から、かみさんが呼んだ。

「小林さん。銀子ちゃんに、お迎えがきましたよ」

銀子はとたんに目を輝かせて、清親の胡坐のなかから飛び出すと、畳の上のビスケットの箱を指さした。

「とよ姉ちゃんと富ちゃんに持ってく」

「おお、いいとも」

清親はビスケットの箱を取って立ち上がると、ちょっと待っていてくれと圭次郎に言い置き、銀子の手を引いて階下へ降りた。

土間に、延世志のところの婆さんとふたりの子が立っていた。おかっぱがとよ子、芥子頭が富子である。

「よろしくお願いします。お婆さんの言うことをよく聞いて、お悧巧《りこう》にしてるんだぞ」

清親は銀子を婆さんに預けると、とよ子にビスケットの箱を渡して、三人でおあがり、と言った。

「まあまあ、すみませんねえ。とよ坊、ありがとうは、どうしたんだい」

婆さんがとよ子の頭をなでた。はにかみ屋のとよ子はビスケットの箱を胸に抱いて、ありがとう、と蚊の鳴くような声を出した。

柚木に買い物にきた延世志が、昼のあいだ銀子を預かってやろうかと言い出したのは、ふた月前のことだった。

銀子にてこずっている清親の日常を、かみさんに聞いたのである。かみさんもしんから銀子の面倒を見てくれるのだが、なにさま日中は店があるので、そうそう面倒をかけるわけにもいかない。

「どうせ、おっかさんはふたりの孫守りに明け暮れしていますもの。それが三人になったところで、どうってこともありませんから」

と、延世志は笑った。その日の暮れ方、当の婆さんもわざわざやってきて、嬢《じょっ》ちゃんの守りは遠慮なさらずにおまかせなさいましよ、と言ってくれた。清親は、延世志と婆さんの好意に甘えることにした。

清親は翌日から銀子を婆さんに預けた。一日めの夕方、上機嫌で戻ってきた銀子は、清親ばかりか、柚木のかみさんにまで、とよ姉ちゃんがね、富ちゃんがね、とその日の始終を片言《かたこと》まじりでさも楽しそうに話した。晩は遊び疲れもあったろうが、銀子は夜泣きも寝小便もせずに、朝を迎えた。

二、三日して清親は延世志の家を訪ね、謝礼のことを話に上《のぼ》せた。延世志と婆さんは、お金をいただくつもりで預かってるんじゃありませんよ、といささか気をわるくしたが、それを押し切り、昼飯つきで守りをしてもらい、月に八十銭の金を包むことにした。女中の給金が、月に一円二十銭くらいと聞いているので、それからするとまあまあのものだろう。こういうことはきちんとしたほうが、お互いにいらぬ気をつかわずにすむし、また長続きもするものだ。

「今日は陸蒸気でも見に行こうかね」

と言い、婆さんは三人の子らを連れて出て行った。富子と手をつないで、とことこ歩いて行く銀子の後ろ姿をちょっと見送ってから、清親は二階へ戻った。

「待たせたな」

「銀子ちゃん、だれかに預けているのか」

と、圭次郎が言った。

「うん。町内の知り合いにな。あれがいては仕事にならんから、大助かりさ」

「それだから、後添いをもらえと言うのだ」

「……………」

「見合いだけでもやってみろ。なに、気に入らなけりゃ、断わればよし」

どこかで聞いたせりふだと思ったら、昔、大平がきぬとの見合いを勧めたときのせりふだった。よくない卦《け》だな、と清親は内心おかしかったが、圭次郎はそうとはしらずに続ける。

「おそのの従妹だから褒めるのではないぞ。じっさい気立ての優しい娘なのだ。齢は……」

「まあ、待ってくれ」

と、清親は手を上げて圭次郎を制した。その先を聞けば、断わりにくくなる。

「さっきも話したように、まだその気にはなれんのだ。それに、こんなことを言うとおまえは一笑するだろうが、今度は自分で女房を見つけるつもりでいる」

見合いは、もうたくさんである。一度や二度、それも畏《かしこ》まって顔を合わせたところで、お互いの本性などわかるものではない。清親はきぬを通して、つくづくそう思っている。

「ふむ……。そういうところをみると、おまえ、きぬさんでよっぽど懲りたとみえるな。だが、おまえにそんなことができるのか。女房にしたい女が現われても、口説くどころか、口も利けんだろうよ」

憎まれ口をたたいたものの、圭次郎は清親の心情を察したらしく、それ以上押してはこず、ま、おまえがそういうのなら早く手並みのほどを見せてくれ、と笑い、矛を納めた。

小一時間ほどして、圭次郎は腰を上げた。昼から、区内の代用小学校の校長会が小川《おがわ》町《まち》の区役所であるのだという。舅は去年の秋口に亡くなっていて、いまでは圭次郎が村越学校の校長である。

「では、途中まで連れ立とう」

清親は圭次郎を送りがてら、切らしていた絵具を買いに行くことにした。これまでは深川仲町まで足をのばさなければ手に入らなかった絵具だが、さきごろ室町二丁目にいい品を扱う店ができたのである。

——ついでに……。

具足屋へ板下を届けるか、と清親は思った。この晦日《みそか》までの約束だった二枚の板下が、めずらしく早く上がった。期日になれば手代が受け取りにくるのだが、どうせ近くまで行くのである。清親は板下を厚紙に包んだ。

秋晴れの往来には、白くまぶしい光があふれている。ふたりは目を細めながら、北へ歩き出した。

「校長会は、何時《なんどき》にはじまるのだ」

茂平を連れてきたことのある飯屋の前にさしかかったとき、清親は圭次郎に聞いた。

「二時からだ」

「そうか。それならここへ寄って行こう」

清親は圭次郎を誘って、飯屋の暖簾をくぐった。

飯が運ばれてきたときに午砲《どん》を聞いたから、ふたりが絵具店の前にきたのは、一時近くのことであったろう。店先で圭次郎と別れた清親は、切らしていた舶来絵具を買うと、ぶらぶらと長谷川町へ向かった。具足屋へ行くのは、二月の火事のとき以来である。

店に入って、清親は驚いた。吊してある絵のほとんどが、石版画なのである。月はじめに出した清親の「柳原夜雨」と「大伝馬町大丸」は、砂目石版摺りの美人画と役者絵にはさまれながらも、辛うじてひと目につくところに飾ってあった。しかしほかの錦絵は、店晒しものを飾るところとされている天井近くの凧糸に、十把《じっぱ》ひとからげにして吊られていた。清親は、石版画の隆盛を目のあたりに見た。

「これは、小林さん。わざわざのお越しとはめずらしいですな」

清親を見かけた手代が奥に報せに行くと、具足屋はすぐに出てきた。

「いや、近くまできたもので、ついでにこれを」

清親は厚紙から板下を取り出して、具足屋に渡した。具足屋は板下を押しいただくと、上がってくれと言った。

「実は、ご相談したいことがありましてね。晦日にはあたしが板下をいただきにあがって、お話しようと思っていたところなんです。ちょうどよかった」

具足屋は、清親を座敷に招じた。しかし茶菓を運んできた女中が去っても、相談とやらは切り出さず、清親の持ってきた板下を畳に並べて、じっと見入っている。

「二枚とも夕景になってしまって……。芸がないかな、とは思ったんですが」

と清親は言った。一枚は日本橋川に架かる一石橋《いちこく》を、もう一枚は御茶の水の崖あいを流れる神田川の夕景を描いたものだ。

「いやいや、二枚とも秋の情感が漂っていて、たいへんけっこうですよ」

具足屋はようやく顔を上げた。

「一石橋のほうの水底《みなそこ》のような空の色にも、神田川の燃え立つような夕映えにも、秋の感じがそこはかとなく出ていて、さすがなものです。さっそく彫りにまわしましょう」

「そうですか。で、相談というのは？」

なかなか肝心の話に入らない具足屋に、清親のほうから訊ねた。もっとも、具足屋の言い辛そうな顔で、おおかたの見当はついている。店のなかを占拠した石版画と丸鉄の顔を、清親は思いうかべた。はたして具足屋は言った。

「……光線画を、その……今年いっぱいで打ち切ろうと思ってるんですよ」

「今年いっぱい、ですか」

具足屋の顔つきからすれば、この板下で打ち切りだろうと思っていたのである。今年いっぱいというと、十月の分が暮れに出るのだから、あといっぺんは板下を描くわけだ。

「ええ、それも二枚のところを一枚に……。先《せん》にもお話したとおり、なにせ石版画がのしてきたものでねえ。ここんところ錦絵はさっぱりだし、光線画もそろそろ……。ま、あたしとしては光線画がもう少し安くできるものなら、ここはひと踏ん張りしたいところなんですがねえ」

具足屋は、しきりに言いわけがましい口を利いた。

「ご存じのように光線画は、ぼかしやにじみが生命《いのち》でしょう。錦絵だったら十四、五度ですむ摺りを、それより十《とお》が上も重ねなくちゃなりません。錦絵と比べて、これです。まして錦絵とは比べものにならんくらいやすく板行できる石版画には、とうていかなないっこありませんよ」

「ええ、よくわかっています」

光線画は早晩打ち切りになります、と四月《よつき》も前に丸鉄に言われていたおかげで、清親は動揺をまぬがれた。だが、一抹の淋しさがなかったとはいえない。それは、光線画に飽きを感じた気持ちとは、まったく別の心の動きだった。

「最後の板下、精魂を傾けて、描かせてもらいますよ」

「ありがとうございます」

清親があっさりと承知したものだから、具足屋はほっとしたようである。顔に安堵の色を見せて続けた。

「で、そのあとのことなんですがね。大判はいま話したようなわけでやめにしますが、その代わり、これを葉書判で続けたいと思うんです。というのは、葉書判だとどうにか算盤が持てますからね。どうでしょう。これからは葉書判で光線画を描いてもらえませんか」

「葉書判ですか……」

清親は気が進まなかった。彫りも摺りも腕っこきの職人が手がける大判とちがい、葉書判は弟子がやるのである。当然、手間賃は安いから、たしかに採算はとれよう。しかし彫りも摺りも半人前の手がける葉書判など、ごめんこうむりたかった。

「まあ、そりゃ仕上がりに難はあります。けどね、せっかくの光線画をみすみす絶やしてしまうのは忍びないじゃありませんか」

うまいことを言う、と清親は思った。

だがそうまでして光線画を残したとしても、その葉書判が石版画全盛の東京で、これまでのように売れるとは考えられない。かつての東錦絵《あずま》のように、東京見物にやってきた赤ゲットが、国元への土産に買い求めるくらいが関の山だろう。

「そうまで言ってくださるのはありがたいのですが、やはりお断わりしましょう」

「さいですか、惜しいことですねえ」

具足屋は残念がり、帰る清親を店先まで見送るときにも、その言葉を繰り返した。

その二日後のことである。

いつものように銀子を婆さんに預けた清親が、二階へ上がって間もなく、安治郎がやってきた。

「どうしたのかね」

清親は、四の日でもないのにやってきた安治郎の顔にうかぶ気負いとも戸惑いともつかない色を見て取った。

「はい。それが……」

安治郎はちょっと言いよどんだあと、ためらいながら続けた。

「ゆうべ、具足屋さんがうちへみえて、葉書判の東京名所絵を描いてみないかとおっしゃるのです」

「ふむ」

清親は具足屋のやり口に感心した。清親に断わられて、安治郎に目をつけたのである。

「小型の清親」の安治郎ならば、安い画料で使えるし、しかも描く絵は清親のものに敷き写しなのだ。具足屋にしてみれば、まさに打ってつけの玉というところだろう。

「それで、どうした？」

「はい、まだ返事はしていません。毎月二枚ずつという、初めての大仕事ですから、先生に伺ったうえでと思いまして」

とは言うものの、安治郎は具足屋の仕事を受けたいようであった。無理もない。いつ舞いこんでくるかわからない仕事を、じっと待つことしかしらなかった安治郎に、仕事が保証されるのである。安治郎でなくとも食指が動こう。

「仕事というものは、自分の考えで決めるものだ」

「でしたら、受けてもよろしいでしょうか」

安治郎は小声で言った。

「もちろんさ。しっかりやんなさい」

自分が訣別した光線画を受け継ごうとしている影法師を、清親は感慨をこめて励ました。

七

描き上げた絵に、「浅草寺年乃市」と画題を入れて、清親はほっと息をついた。

この板下を上げるまでに、清親はいくつもの題材を下絵にしては、反古にしていた。

光線画の描き納めにふさわしいものをと思うあまり、描くもの描くものに力が入りすぎたのである。だがつまるところは、いささか月並みではあるものの、暮れの絵柄らしく、一年納めの年の市を描こうと決めた。それがなんと三日前の朝のことで、それからこっちというものは、ほとんど寝もやらずに絵筆を揮《ふる》い、十月晦《みそ》日《か》の今日、やっと約束に間に合った。

画面のほぼ三が二を占める薄墨色の夜空の下――数知れないほおずき提灯と吊りらんぷのともる仲見世《なかみせ》通りに、参詣人がごった返している絵だ。人波の向こうに仁王門、そのやや右手に五重の塔を配して、これに水浅葱《みずあさぎ》と銀鼠《ぎんねず》を混ぜ合わせてつくった苦心の色をさした。仲見世通りの灯りの海に照り映えたような感じを出すためであった。いらっしゃい、いらっしゃいという景気のいい呼び声や、ひっきりなしに流れるひとびとのどよめきが聞こえてきそうな絵にしたつもりだが、はたしてもくろみどおりのものができ上がったかどうか。

清親は疲れた目をしばたたきながら立ち上がり、出窓の障子をあけた。日の高さからすると、二時をまわったころだろうか。清親は障子を閉めて身支度をした。

階下に降りた清親は、店番をしていたかみさんに、

「机の上に板下を置いていますから、具足屋の手代がきたら、渡してくださいませんか」

と、頼んだ。

「ええ、よござんす。で、小林さんはこれからお師匠さんとこへ？」

「はい」

「銀子ちゃん、もう赤斑《あかも》がでたかしら」

「さあ……。おとといの晩、ここへ戻ってくるときには、富ちゃんも銀子もまだでしたがね」

富子と銀子のどちらが先に病みついたのかわからないが、ふたりはいま麻疹《はしか》に罹《かか》っており、延世志の家の茶の間で枕を並べている。この月のなかばごろから、ふたりはたまに洟《はな》すすりをしたり、くしゃみをしたりしていたらしい。しかし熱があるふうでもなく、当人たちはいたって機嫌よく遊んでいるものだから、延世志も婆さんも大したことはないと見ていたそうだ。

ところが五日前の昼ごろ、ふたりは急に発熱したのである。茶の間で子供たちが遊んでいるあいだに、婆さんは台所へ立って、昼の支度にかかっていた。そこへとよ子がやってきて、富ちゃんと銀ちゃんがへんだよ、と告げたのである。婆さんが茶の間へ行ってみると、なるほどふたりともぐったりしていた。額に手をあてると、どちらもひどく火照《ほて》っている。婆さんは、上がり端わきの小部屋で弟子に稽古をつけている延世志のもとへ飛んで行った。

すぐに医者が呼ばれて、麻疹とわかった。風にあててはいけないと言われたので、銀子はそのまま延世志の家で寝ついてしまったのである。

「とよ子のときは、こんな罹りかたじゃなかったものですから、まさかはしかとは思いもしませんでした。ほんとにうかつで……」

延世志と婆さんはしきりにすまながったが、清親こそ恐縮した。まさか女所帯に泊まりこむわけにはいかず、夜のあいだはどうしても銀子を看てもらうことになるからである。朝は早めに出向いて、夕方まで銀子を看ていたのだが、この三日というものは、仕事に追いつめられて動けず、もっぱら延世志と婆さんに頼んでいた。

「ま、これから行ってきます」

と声を残して、清親は外へ出た。

横町へ折れてすぐに、とよ子を連れた婆さんと出会った。買い物に行くところだという。

「三日もほったらかしにして、すみません」

清親は詫びてから、ふたりの容体を訊ねた。

「きのうの昼からまた熱が上がりましてね、躰じゅうに赤斑が出てますよ、もう、これが峠で、熱も四、五日すりゃうそみたいにさがりますから」

安心しろというように、婆さんはうなずいてみせた。そして、じゃちょいと行ってきますからねと頭をさげて、大通りへ出て行った。清親も延世志の家へ足を速めた。

ふたりの麻疹が治るまで稽古を休みにしているので、延世志の家は静まり返っている。

声をかけて格子戸をあけると、延世志が出てきて、いの一番に訊ねた。

「お仕事、おできになりまして？」

切羽つまっていた清親は、ここへも画帳を持ちこんで、銀子の枕もとで「浅草寺年乃市」の下絵を描きはじめたのである。延世志は物珍しげに見ていたが、話のやりとりから日にちが三日しかないと聞いて驚き、そのあいだは昼間も銀子を看るから仕事に専念しろと言ってくれたのである。

「おかげさまで、なんとか」

「それはよかったですこと」

「その先で、母御ととよ子ちゃんに会いました。赤斑が出たそうですね」

と言いながら、清親は履物を脱いだ。

熱にあえいで眠っている銀子と富子を見て、清親はぎょっとした。顔といわず胸もといわず、目につく膚には大小さまざまな斑点がびっしりと出ている。赤斑と言っても、これほどのものとは思っていなかった清親は、思わず延世志を見た。

「こんなになって、だいじょうぶでしょうか」

「だいじょうぶですとも。とよ子は、もっとひどうござんしたよ」

枕もとの長火鉢の前で茶を淹れている延世志は、落ち着いていた。それで清親は、いくらか安堵した。

「お疲れのようなので、濃く淹れました」

延世志は清親に茶をすすめた。

「や、これはどうも」

濃いお茶を飲むと仕事の疲れが消えていくような気がした。

「お描きになった絵、いつお店に出ますの」

「師走のはじめでしょう」

「そうですか、楽しみにしています。おととしまでは、決まって浅草寺の年の市へ出かけていたんですけどね。去年の夏、亭主が死んだあと、親戚を頼ってこっちへ越してきてからは、もう浅草も縁のない土地になってしまったもので、あの絵を飾ってしのぼうと思っているんですよ」

「ご亭主は、病《やまい》かなにかで？」

鶴子の死が頭を離れない清親は、つい口にしたあとで、これは立ち入ったことを訊ねたものだと後悔した。

「病気ならまだしも……。心中しちゃったんですよ、吉原の芸者と」

と、延世志は苦笑した。

「これは、とんだことを伺って……」

清親は顔を赤らめて詫びた。

「いいんですよ。気にしないでくださいな。うちじゃ、あんな婿を選んだあたしが馬鹿だったって、おっかさんがのべつ愚痴をこぼしてますから、あたし、この話はもう慣れっこで、なんともありませんの」

「いやいや、失敬なことを訊ねて」

「おっかさんじゃありませんけど、ほんとに愚痴に尽きる話なんですよ。店のためになる男だからとやいのやいの言われて祝言を挙げたのに、富子の生まれたころから賭けごとはするわ、女遊びはするわで、そのあげく背負《しょ》えないほどの借金をこさえて、女と心中でしょ。おかげで店は借金のかたに取られちまって、いまじゃこのありさまですからねえ」

「店というと？」

「中村座つきの芝居茶屋でした。田島屋といって、あたしはそこのひとり娘……」

延世志は照れたように笑った。

「おとっつぁんが早くに亡くなってからは、ずっとおっかさんが店を切り盛りしていたんですけど、そろそろ楽隠居をしたくなったんでしょう。七年前、あたしが十八のとき、同業の家の次男を婿養子に迎えたんです。なんでも、堅人《かたじん》で商売上手っていう話だったのに、ひとさまの口なんて、あてにならないものですね」

「そうでしたか……」

「あら、いやだ。そんなにしんみりした声を出さないでくださいな。あたし、くよくよするの好きじゃありませんから」

延世志は空になった清親の湯呑みに目をやって、もう一杯いかが？　と言った。

「あ、頼みます。また濃くしてください」

清親はこの機をとらえて、話をかえた。

「今日できた板下に、思いのほか手間取ったものですから、もう次の仕事が差し迫っていましてね。戻ったらすぐさま下絵の案ぐらいはしぼり出さないと、とても間に合いそうにないんです」

来月、といっても明日はもうその来月なのだが、なかばには二枚の板下を丸鉄に渡すことになっている。

丸鉄はどこで聞きつけたものやら、清親が具足屋から光線画の打ち切りを告げられて五日めに、にこにこ顔でやってきた。そして例のごとく、ポンチ絵仕立ての東京名所絵を描いてほしいと懇望したのである。団団珍聞を一読してポンチ絵を見直している清親は、初対面のときのように、にべもなく断わることができなかった。歯切れわるく、言を左右にしているうちに、口達者な丸鉄からうまいこと描く気にさせられて、とうとう引き受けてしまったのである。

「まあ、たいへんですこと。で、いつなんです？　お約束の日」

茶を淹れかけて、延世志が顔を上げた。

「来月の十五日ですが……」

延世志がまたなんでそんなことを訊ねるのか、清親は訝《いぶか》った。

「でしたら、銀子ちゃんの七五三の祝い、そのあとでなさいますの」

「七五三？」

「ええ。銀子ちゃん、富子と同い年の三つでしょ。とよ子も五つですから、うちじゃふたりの支度にかかっていたところでした」

と延世志が言ったとき、婆さんたちが戻ってきた。有平糖を手にしたとよ子を先に立てて茶の間へ入ってきた婆さんは、あたしにも茶をおくれ、と延世志に言い、床のなかのふたりの顔をちょいとのぞいてから、清親のわきに坐った。

「はいはい。ちょっと待ってね」

延世志は清親に湯呑みを差し出した。

「忘れていました」

清親は、湯気の立つ湯呑みを取り上げながら言った。

「え？」

「いや、七五三のこと。すっかり忘れていました。親としてまことに恥ずかしい」

男親の悲しさで、そこまで気がまわらなかったのだ。

「あらまあ、銀子ちゃんがかわいそう」

延世志は婆さんの湯呑みに急須を傾けながら、言った。

「なあに、あなた。支度ったって、祝い着ぐらいのものだし、いまからだって間に合いますよ」

と、婆さんが話に入ってきた。

「それがね、おっかさん。小林さんは、十五日までのお仕事がおありなんですってさ」

「そうかい。だったら、そのあとだっていいじゃないか。その月の吉日でさえありゃいいんだもの」

そうだ、いっそ……と婆さんは膝を叩いた。

「いっしょに、十五日をすぎてからゆっくりと神明様にお詣りしませんか。銀子ちゃんも富子もまだこんな躰でしょ。麻疹ってのは、赤斑が消えてからも大事を取らないと余病が出ますからね」

「はあ、それは願ってもないことです」

と、清親は言った。銀子だって、富子たちといっしょを喜ぶだろう。

「お芳、いいんだろう」

婆さんは独り決めして、延世志に声をかけた。延世志にも否やはなく、七五三の話はこれでけりがついた。

夕方、柚木へ戻った清親は、さっそくかみさんに銀子の祝い着の見立てを頼んだ。かみさんは銀子の七五三に気づかなかったことを詫びて、二つ返事で承知すると、仕立てはあたしがしてあげる、と言い出した。

「とんでもありません。おかみさんには店もあるし、それでなくとも親子して迷惑をかけているのに、そんなことまで……仕立ては呉服屋に頼みます」

清親はひたすら固辞した。だがかみさんは、そんなもったいないことはおよしなさい、と言って聞かなかった。

「子供の袷なんか、店番がてらにだって四、五日もありゃ縫い上げますから」

万事これで心配はなくなった。あとは、丸鉄の仕事にかかるばかりである。夕飯をすますと、清親は早々に二階へ上がった。

延世志にも話したように、せめて下絵の案だけでもと思い、清親は机に向かった。しかし、ここ二、三日の疲れが躰じゅうに澱《よど》んでいて、頭の芯が火照っているせいか、浮かんでくる案のどれもが愚にもつかぬものばかりであった。

――さて……。

――今夜はどうもいかん……。

清親は凝った肩を叩きながら、ごろりと横になった。明日からかかるとしよう。描き納めの光線画は、愛惜を感じて力んだあまり手間取ったのである。手初めのポンチ絵は力まずに取り組めば、なんとか期日には上げることができよう。そう思ったとたん、はっとひらめくものがあった。清親はがばと起き上がると、絵筆をつかんで画帳に向かった。

疲れは気づかぬうちに掻き消えていて、火照った頭も妙にさえざえとしてきた。清親は画帳に、細い、かすれるような弓なりの線を引いた。団団珍聞で見た西洋ぺんの鋭い線を意識してのことである。弧を描いた線に幾つかの脚をつけると、それは新大橋の形になった。

火照った頭のなかで呟いた手初めのポンチ絵という響きが、清親に初めて描いた五枚の光線画を思い出させたのである。なかでも、とりわけ鮮やかにうかんできたのは、嫂佐江への思いのこもる「東京新大橋雨中図」だった。雨の大川端を、蛇の目をさして去って行く佐江の後ろ姿を描いて好評を博し、これで絵師として立つことのできた清親にとっては、生涯忘れ得ない作である。その「東京新大橋雨中図」を滑稽きわまるポンチ絵に仕立てれば、二度と再び光線画にまみえる面目はなくなり、訣別もまたほんとうのものになろう、と清親は思ったのだった。

清親の絵筆は間断なく動いて、「東京新大橋雨中図」の戯画がたちまちのうちにできていく。情趣など糞くらえの絵であった。

吹き降りの大川端に登場させたのは、佐江とは似ても似つかぬ、でくでくと太った太鼓腹の女である。女は吹きつける強風に飛ばされまいと、目をむき、鼻孔《はな》をふくらませ、口を真一文字に結んで足を運んでいた。女のさす蛇の目ならぬ蝙蝠傘は、なかば風にちぎれて、おちょこになっている。丸髷《まるまげ》も崩れ、襟もとはあられもなくはだけて、肉づき豊かな肩や胸がむき出しになっている——そんな構図だった。

しかし、ざっと描き上げてみると、どうもまだ滑稽味に乏しい気がする。清親は考えたすえ、女の後ろに、重箱をのせた膳を捧げ持つ痩せっぽちの小僧を配した。小僧の顔には、重箱の上の袱紗《ふくさ》が風に飛んで、ぴたりと張りついているように描くと、なんとかポンチ絵らしいものとなった。

——ま、手初めはこんなものだろう。

そのあと清親は、川端を洗う波と、その波にもてあそばれている舟を一艘、描き入れた。画題は、「東京新大橋雨中図」をもじって「東京大川端新大橋」とした。

二枚めの下絵は、そううまくはいかず、八日あとにやっとできた。芳町《よしちょう》の料理屋で、幇間《ほうかん》の踊りを楽しんでいるなまず髭の官員を諷したものである。かつての男色の町にことよせて、幇間は男娼《かげま》のような顔にした。唇に紅をさした幇間が、踊りの最中にあやまって会席膳をけとばし、はずみで吸い物椀が地方《じかた》の芸者の顔に飛んで行ったさまを、おもしろおかしい筆づかいで画紙におさめた。画題は、「東京芳町」と入れた。光線画で芳町の風景など描いたことはなかったが、団団珍聞流に自分も官員をからかってみたかったのである。

十五日の昼すぎにやってきた丸鉄は、二枚の板下を見るなり、おお、と声をあげた。

「とても初めて描いたポンチ絵とは思えませんよ。あたしの目に狂いはなかった。『東京大川端新大橋』の太っちょ女と痩せっぽち小僧の取り合わせといい、『東京芳町』の嫌らしげな官員の顔つきといい、まさにポンチ絵の髄を心得た筆づかいです。いや、ありがとうございました。師走早々には『清親ポンチ』と銘打って店に出せるよう、急いで彫りにまわします」

ついては、と丸鉄は揉み手をして、この調子で暮れの二十五日までにまた二枚、お願いしたいのですが、と清親を見た。

「わかりました」

銀子たちの七五三の祝いは、十日遅れですることになっている。婆さんが暦を見て決めたのだ。それまでに下絵の一枚も描いておけば、師走に入ったところで家持ちじゃなし、なんとかなろうと清親は判じたのである。丸鉄は喜び勇んで帰って行った。

七五三を祝う日。

銀子の装いは男親ではどうにもならず、柚木のかみさんは朝から店そっちのけで、てんてこまいである。はしゃぎまわる銀子をつかまえて化粧をしてやり、振り袖を着せて、土間にぽっくりを揃えてやったとき、粧《めか》しこんだ延世志一家が迎えにきた。打ち揃って神明宮へ向かう一行を、門口まで送って出たかみさんが冷やかした。

「まるで一家《いっけ》みたいだよ」

清親はうろたえ、延世志はほおを染めたが、婆さんは満面に喜色をたたえた。

足取りも軽く神明宮へ着いたはいいが、十日遅れの七五三では境内に露店の出ていようはずもなく、ましてや千歳飴など望むべくもなかった。お水屋で手を浄めて、社前の鰐口《わにぐち》を鳴らし、柏手《かしわで》を打てば、それでおしまい。なんとなく着飾ったことがばからしく思えてくるほどである。

清親はみんなを桑山写真館に連れて行くことにした。自分のせいで、こんな淋しい七五三にしてしまったのである。せめて、このいでたちを写真に残そう。

神明宮の門前から東へちょっと歩いて、浜松町《はままつちょう》一丁目で三台の俥を調達し、大人と子供の相乗りで新富町の桑山写真館に着いた。なかへ入ると、小僧が清親を認めて懐かしそうに迎え、みんなを入口わきの部屋へ通した。子供たちは円卓のまわりの椅子を珍しがって我勝ちに腰かけようとし、婆さんは婆さんで壁にはめこみの姿見に向かい、衣紋《えもん》をつくろいだした。延世志がそっと清親に寄ってきて、小声で言った。

「お散財をかけてすみません」

「いやなに、お詫びのしるしですよ」

と清親が応じたところへ扉があいて、桑山が入ってきた。

「やあ、小林さん。ひさかたぶりですね」

顔の青白いところも、洋服のだぶついているところも相変わらずだった。ただ自慢の髭に、ちらほらと白いものが見える。

「ごぶさたをしました。お変わりなくて、なによりです。今日は七五三の記念に、写真を撮っていただこうと思ってやってきました」

「それはどうも。じゃ、腕によりをかけて」

桑山は軽く頭をさげて、二階へどうぞ、という手振りをした。祝言に出てくれた桑山だから、きぬに代わる延世志を見て不審を抱いたはずだが、色にもおくびにも出さなかった。清親は桑山の心遣いが嬉しかった。

先に、延世志一家を撮ってもらうことにした。助手が一家の者を西洋長椅子にかけさせて、小道具を配しているあいだに、清親は写真機をいじっている桑山のそばへ行った。

「槌田さんはお元気ですか」

なんなら、いまちょっと挨拶してこようと思ったのである。

「槌田さんはあなた、去年の春、蓮杖先生に引き抜かれて、横浜へ移りましたよ」

と、桑山はいかにも残念そうな顔をした。

「そうですか」

もう六年も前——横浜に蓮杖を訪ねたおり、槌田を引き抜きたいと話していたのを清親は思い出していた。のっそりとしていながら、蓮杖という男は、たとえ何年かかろうとも望みを遂げる型の人間らしい。

「蓮杖先生の申し入れを、まさかお断わりするわけにもまいりませんしね」

髭の先をねじりながら、桑山はため息をついた。

延世志一家の次に、清親と銀子が撮ってもらい、そのあとみんないっしょして写真におさまった。でき上がったら小僧に届けてもらうことにして、清親は柚木の所番地を教えた。桑山はそれを帳面に書きつけながら、また遊びにきてくださいよ、と何度も言った。

八

柚木の筋向こうの米屋の店先に、きのうまではなかった立て看板が出ていた。「本日より、ちん餅仕り候」とある。婆さんに銀子を預けに降りて、清親はそれに気づいた。今年も、あと二十日足らずで暮れる。だが、二枚めの下絵はいまだにできていない。清親は心せかれる思いで二階へ上がった。

昼をすぎたころから日が翳《かげ》り、清親はらんぷをともして仕事をしなければならなかった。下絵はすこしもはかどらない。茶でも飲んで気分を変えようと思っているところへ、芳年が訪ねてきた。同門の兄弟子歌川芳員《よしかず》の七回忌で、芝露月町《ろうげつちょう》までやってきての帰りだという。

「ひでえ寒さだ」

芳年はしばらく長火鉢に手をかざしてから、清親の淹れた茶をうまそうに飲んだ。そのあとにやにやして、

「ついでじゃあるが、今日はおまえさんに文句をつけにきたんだぜ」

と言った。

「文句？」

清親にはいっこうに心当たりがない。

「そうさ。おまえさんのおかげで、来年のおれの仕事がひとつふいになっちまった」

今年の正月、芳年は浅草瓦町の辻岡屋から「東京開化狂画名所」なるものを出した。これは続き物で、来年も板行のはずだったという。ところが、この師走早々に丸鉄から出た「清親ポンチ」がなかなかの評判なので辻岡屋ではこれに敵せずとみて、来年の板行を見合わせると告げたそうである。

「辻岡屋め。『清親ポンチ』は続き物になるそうで、そうなると『東京開化狂画名所』をぶつけても、あの新味と奇抜さにゃとうてい勝ち目はありますまい、などと吐《ぬ》かしやがった」

「そりゃ嬉しいですね」

清親もにやにやした。この一年というもの、ごたごた続きだった清親は自分のことで手一杯で、芳年がそんなものを描いていたとはつゆ知らなかった。知っていたら、芳年を意識するあまり、あれほど自在に描けはしなかったろう。

「わたしだって、一度くらいは天下の芳年を負かしたいですからね」

清親は茶箪笥から葡萄酒の瓶を取り出して、猫板の上に置いた。丸鉄が歳暮に届けてきた二本のうちの一本である。こないだ柔木栓を抜いて、ちびりちびりと毎日大事に飲んでいるので、まだ半分ちかく残っていた。

「なにを言ってんだい」

芳年は苦笑して茶を飲み干すと、清親の目の前に湯呑みを突き出した。

「こっちはいまもてもての石版画のおかげで、光線画が売れなくなって打ち切りになったというのに、芳年さんの錦絵だけは石版画ものかはと売れてるそうじゃありませんか。ひとつぐらい続き物がふいになったところで、どうってことはないでしょう」

清親は笑いながら、芳年の湯呑みに葡萄酒を注いだ。だが芳年は口をつけず、真面目な顔つきで訊ねた。

「光線画が打ち切りになったって、それ、ほんとかい？」

「ええ。いま出てる分で打ち切りですよ」

「……そいつは知らなかったな」

「葉書判でなら続けたいと言われたのですがね、それだけはどうも……」

「うむ。葉書判は上がりが雑だからな」

芳年はうなずいて、葡萄酒を一口飲んだ。

「それに、ちっぽけな葉書判じゃ、あの吸いこまれるような闇が活きねえし、灯の色だって映えねえや。光線画はなんたって大判でなきゃあな」

「はい。ですから、きっぱりと断わりました。葉書判のほうは、安治郎が受け継ぎます」

「ふん。具足屋もうまい手を考えたもんだ」

具足屋のねらいがぴんときたらしく、芳年は口をひんまげて笑い、葡萄酒をあおった。

「まったく、板元ってのは算盤ずくでくるからなあ。売れねえと見たが最後、あっさりと打ち切りを言い渡しやがる。おまえさんはさっき、おれの錦絵だけは相変わらず売れてるって言ったけど、この先どうなるかわかったもんじゃねえ」

「いや、芳年さんのは別格です。石版画に負けたりするもんですか」

清親はまた芳年の湯呑みに葡萄酒を注いだ。

「別格？　冗談じゃねえや。現に、『東京開化狂画名所』は『清親ポンチ』に負かされて打ち切られちまったじゃねえか」

「……………」

「こりゃ本気で、あの話を考えなきゃならねえな」

「あの話とは？」

「いやな……。自由党が来年、絵入りの新聞を出すらしいんだ。それでおれに絵を描かないかって話がきているのさ」

「ほう」

自由党というのは、土佐民権派の領袖《りょうしゅう》だった板垣退助が同志を糾合して、この十月に盟を結んだ我が国で初めての政党である。このところちょくちょく団団珍聞を買っているので、そのくらいのことは清親も知っていた。自由党から話がくるとは、さすが芳年である。

「おれにはむずかしいことはわからねえが、自由党ってのは政府に楯をつく男たちの集まりなんだろ。その志は諒としているんだ。それに絵を描くんなら月俸を四十円もくれるっていうし……」

「四十円とは凄い。そんなけっこうな話があるのに、続き物がひとつふいになったくらいで文句をつけにきたりして、芳年さんも意外と欲張りですね」

「なあに、文句はもうひとつあるのよ」

「え？」

「おまえさん、先《せん》におれが見合い話を持ってきたおり、なんと言いなすったっけ。まだ、そんな気にはなれませんだなんて、よくもまあぬけぬけと。ちゃんと相手がいるならいるで、そう言ってくれりゃいいじゃねえか。見たぜ、新富町の竹柏亭でさ」

「では、あの店に芳年さんも……」

写真を撮っての帰り、清親はみんなを桑山写真館の近くにある洋食屋へ連れて行った。清親が風景写真の色づけをしに桑山写真館へ通っていた時分に開いた、瀟洒《しょうしゃ》な店である。紅色の絨緞《じゅうたん》が敷きつめられた店内に入った清親たちは、たまたま空いていた往来をのぞむ窓ぎわの卓子についた。あの店のどこかに芳年もいたらしい。

「そうだよ。新富町六丁目にある神山って絵草紙問屋の主人《あるじ》の招きで、奥の席にいたんだ。子供も婆さんも交じえちゃいたが、それでも粋なのとむつまじくしてたじゃないか」

「むつまじくだなんて……」

清親は苦笑した。

あのとき──清親は店の者の持ってきた品書きを見て、子供らには玉子焼《おむれつと》、あたしゃできたら牛肉《ぎゅう》を、と年寄りらしくないことを言う婆さんには擺斯鉄《びーすてき》を選んだ。お師匠さんは？　と延世志に顔を向けると、羹汁《そっぷ》を、と答えた。清親の隣の席なので、品書きの値段が見えたのである。清親は遠慮する延世志にかまわず、自分と同じ羅斯比斯《ろーすぴーす》を頼むことにした。運ばれてきた料理を一口味わった延世志は、清親に肩を寄せてきて、やっぱり汁物よりずっとおいしいですね、と囁いた。芳年にそんなところでも見られたのか。

「祝言はいつだい？」

「そんな仲じゃないんですよ」

芳年の早合点に慌てた清親は、延世志一家と知り合いになったきっかけから、今日《こんにち》までのいきさつを話した。

「ふむ。だけどおまえさんは、その延世志ってひとを憎からず思ってるんだろう」

話を聞いた芳年は、清親の目を見た。

「そりゃ、まあ……。あんなひとがきてくれたらとは思います。さばさばしていて、やさしい心遣いをするひとだし……それに娘もなついているし」

銀子の麻疹さわぎからこっち、親しく口を利き合うようになった延世志に、清親は好意を持った。清親はときおり、いっしょに撮った写真を眺めている。

「だったら、わけはねえじゃねえか。夫婦《めおと》になろうってひと言いえば、おれの見たとこ、みごと落着疑《らくちやく》いなしだ」

「そんな……。簡単に言わないでくださいよ。相手の気持ちもわからないのに」

婆さんの気持ちならば、察しがつかぬでもない。桑山写真館から届いた写真を、清親は銀子を迎えにきた婆さんに手渡した。そのとき婆さんは、みんなで撮った写真に眺め入り、まるで一家みたいだ、こうなれたらねえ……と呟いたのである。あの呟きは、明らかに清親に聞かせるためのものだったと思う。

「おまえさんてやつは、よくよく察しのわるい男だぜ。いいかい、ともに七五三はする、写真は撮る、洋食は食べる……先方はなにひとつ拒んじゃいないだろうが。ってことは、先方もおまえさんを憎からず思ってるってことさ。だが、女から口を切るなんてはしたなくてできゃしない。おまけに、こぶつき婆つきときてる。だから素振《そぶ》りにも見せないでいるのさ」

女に場数を踏んでいる芳年の言葉には、説得の力があった。

「そうですかね」

「そうとも。どうだい。これから先方にのりこんで意中を打ち明けてみないか。こういうのは弾みにのらなきゃ、なかなか切り出せねえもんだ」

おれがついていってって後見してやる、と芳年は立ち上がった。

「これからだなんて、困りますよ」

清親は芳年のせっかちにあきれ返った。

「兵は神速を貴《たっと》ぶというじゃないか。それにな、おまえさんはやいやいせつく者がいねえと、こんなことにはなかなか御輿《みこし》を上げねえ男だよ。おれはそう睨んでる」

芳年は有無を言わさぬといった顔で清親の腕を取り、外へ連れ出した。

まだ三時すぎだというのに、垂れこめた雲のせいで、往来は日暮れ方のように薄暗い。米屋の北隣の魚屋にはらんぷがともっていて、梁《はり》にさげてある四、五本の新巻《あらまき》をあわく照らしていた。

「わかりました。肚《はら》をすえて、意中を打ち明けますよ。だから」

この手を離してください、と清親は言った。芳年はようやく腕を離した。いつか圭次郎にも、女房は自分で見つけると啖呵《たんか》を切ったのである。思いがけない運びになったが、当たって砕けろ、清親は覚悟を決めた。

「でも、後見はいりません。ひとりで行ってきます」

「よし。じゃ、その意気でのりこんできな。きっといい芽が出ること請け合いだ」

芳年は清親の背をぽんと叩いて、新橋のほうへすたすたと歩いて行った。

――さて……。

清親はしばらく芳年を見送ってから、横町に折れる角へ向かった。だが途中で引き返してきて、魚屋に入った。手ぶらで行って、いきなり意中を打ち明けるより、歳暮にことよせて新巻でもさげて行ったほうが、さりげなく話に入れると思ったのである。

運よくといってはなんだが、家にいたのは延世志だけであった。弟子のひとりで、表通りに店を構える呉服問屋の娘が、さっき稽古日でもないのにやってきて、これからうちで幻燈をはじめるから、よかったら見においでなさい、と誘ってくれたのだという。

「そしたら、稽古にきていた娘たちまでが、そわそわしちゃいましてね。しょうがないから稽古を切り上げて、おっかさんたちといっしょに出してやりましたの」

幾度も新巻の礼を言ったあとで、清親を茶の間へ通した延世志は、そんな話をしながら茶を淹れはじめた。茶の間には行灯に灯が入っていて、傍らに縫いかけの着物があった。

「はあ……そうでしたか」

どうやって話を切り出そうかと頭を悩ましている清親は、うわの空で聞いていた。さりげなく話に入ろうにもきっかけがつかめず、焦っていた。

「あら、あたしったら、忘れてた」

清親に茶をすすめてから、延世志は頓狂な声を出した。

「お会いしたら、真っ先に写真のお礼を言おうと思っていたのに。ほんとにありがとうございました。大切にしまっておきます」

そうだ、写真の話をきっかけに切り出そうと清親は思った。婆さんが呟いてみせたような要領で話し出せばいいのだ。しかし思っただけで、口から出たのはまたしても、はあ……という一語だけで、我ながら情けなかった。この場に芳年がいたら、さぞ歯がゆがるにちがいない。

それからは延世志のほうも妙に固くなって、黙りこんでしまった。だれもいなくてよかったと思った気持ちはどこへやら、清親は延世志とふたりきりで黙り合っているのが気づまりにさえなった。ふいに、あられが屋根を叩きはじめた。ひょいと目を上げると、長押《なげし》に貼られた「浅草寺年乃市」が見えた。ああ、買ってくれたのだな、と思ったとたん、

「あのう、ふたりで浅草寺の年の市へ行きませんか」

と自分でも意外な言葉が口を衝《つ》いて出た。

延世志は目を瞠《みは》って清親を見たが、それも一瞬のことで、すぐに顔を伏せてうなずいた。

「それでは、どちらの日にしましょう」

ほっとしながら、清親は訊いた。浅草寺の年の市は、十七、十八の両日なのである。

「わたしは、どちらでも……」

延世志はうつむいたままで言った。

「じゃ十七日の夕方五時に、ステンション前の乗合馬車の乗り場で待っています」

と決めて、清親は腰を上げた。

新橋と浅草雷門のあいだを乗合馬車が走っている。行き帰りにそれを使えば、遅くも八時すぎには戻ってくることができよう。銀子はそのあいだ、柚木のかみさんに見ていてもらえばいい。帰り道、清親はそんなことを考えていた。肝心の話はとうとう言い出しそびれたが、しかし誘いには応じてくれたのである。脈は、大いにあるとみた。

——兵は神速を貴ぶ……か。

芳年さんの言ったとおりだ。清親は浮き立つような気分で、柚木に戻った。

九

翌朝、着ぶくれしたとよ子と富子を連れて銀子を迎えにきた婆さんが、新巻の礼を言ったあと、不意に笑みこぼれるような愛嬌《あいきよう》で続けた。

「十七日には、お芳がお世話になります。きのう戻ったら、十七日は夕方から小林さんと年の市へ出かけると言いますでしょ。あたしゃもう、びっくりして」

「はあ……」

ゆうべ銀子を寝かしつけてからしたためた芳年への手紙を懐中している清親は、なんとも面映ゆくてならない。それには、延世志の家を訪ねてからの一部始終を書いていた。

長年、芝居茶屋を切り盛りしてきて、人情の機微に通じた婆さんのことである。延世志を誘った清親の心中など、先刻お見通しだろう。割れ鍋にとじ蓋のたとえで、こぶつき同士なんとか結ばれてくれないものかと念じていた節のある婆さんは、きのう延世志から話を聞いて、ひそかに笑壺に入ったのではあるまいか。

「お芳は、そりゃ看板のてまえ、男の弟子も取っちゃいますけど、これまでいっぺんだって芝居や花見の誘いにのったことなんかありません。親の口から言うのもなんですが、身持ちの堅い子でしてね。それがあなた、ゆうべはさもうれしげに年の市ゆきの話をするじゃありませんか」

さもうれしげなのは婆さんのほうで、声がだんだんとはずんでいく。店の棚を空拭きしていた柚木のかみさんが聞きつけて、雑巾《ぞうきん》片手に寄ってきた。

「あらま、小林さん、お師匠さんと年の市へ行くんですか？」

「そうなんですよ。きのう、誘っていただきましてね」

婆さんが、清親よりも先にうなずいた。大人たちの話にじれたのだろう。とよ子が婆さんの鯉口《こいぐち》半纏の裾を引っ張って、早く行こうよ、と言った。婆さんはとよ子にもうなずくと、清親を見上げた。

「そうそう。十七日はね、銀子ちゃん、お帰りまでうちで預かっときますから」

「では、お言葉に甘えて、そう願います」

これでかみさんにめんどうをかけなくともすむわけだ、と清親は思った。

「へえ……。ふたりで年の市へねえ」

婆さんたちが帰って行ったあと、かみさんがぽつりと呟いた。また七五三のときのように冷やかされてはたまらない。手紙を出してきます、と言って清親も外へ出た。

新巻を買った魚屋の四軒南にある薬舗は、郵便切手売捌所も兼ねており、店先には黒塗りの郵便箱が設けられていた。延寿屠蘇散《えんじゆとそさん》のびら紙が貼られた薬くさい店で一銭切手つきの封嚢《ふうのう》を求めた清親は、筆を借りて宛名を書くと、巻紙を入れて投函した。

芳年からの返書は、なか三日して届いた。延世志と年の市へ行く当日のことである。昼膳のあと、柚木夫婦が歳暮の相談をはじめたので、清親は先に立って茶の間を出た。階段口へ行きかけたところへ、店障子があいて、郵便配達夫が一通の封嚢を手に入ってきた。受け取ってみると、芳年からである。清親は店の間に突ったったまま、封を切るのももどかしく巻紙に目を走らせた。

雄渾《ゆうこん》な筆致でしたためられた巻紙には、いっしょになろうと言い出せずに、年の市へ誘ったところがいかにもおまえさんだねと前置きがあり、十七日には御利益があるようによくお詣りをして、必ず意中を打ち明けろと書かれていた。そして、女というものは男の心を読んではいても、確たる口説きを待っているものだと、いかにも女に年季の入った芳年らしい言葉で結んであった。笑いながら巻紙を封嚢に戻していると、また店障子があいた。

「原さん」

土間に立った男を見て、清親は思わず声を上げ、慌てて手紙を懐にしまった。男は、原胤昭であった。顔を合わせるのは、きぬとの祝言に出てもらって以来のことである。ここの所番地は、大平にでも聞いたのであろうか。続いて、六十年配の目つきの鋭い男が入ってきて、原の後ろに立った。

「やあ、ご壮健なようでなにより」

原は笑いかけると、すぐに後ろの男を紹介した。

「こちら、団団社の編集の束《たば》ねをなすってる梅亭金鵞《ばいていきんが》さんでしてね」

「小林と申します」

清親は金鵞に目礼すると、ま、ここではなんですから、どうぞとふたりを二階へ招じた。

長火鉢の埋み火をかき立てて炭を足すと、すぐに鉄瓶が鳴りはじめた。清親の淹れた茶を一口飲んだ原が、お住まいは大黒屋さんに尋ねました、と言った。

「正月の火事で米沢町のお宅が焼けたとは聞き知っていましたが、火事見舞にも行けずにすみません。店を移る支度でごたごたしているうちに、時機をうしなってしまって……」

「銀座の店を、どこぞへ移されたのですか」

清親には初耳であった。

「いえ、あの店は人手に渡ったのです。友人と石油事業に手を出して、みごと失敗してしまってね」

原はひとごとのように話し、いまは須田町《すだちょう》の東側の通りに新規の店を開いていると言った。金鵞は横で黙って茶をすすっている。

「三間間口の平屋で、銀座の店よりもだいぶ狭いが、まあなんとかやっています。右隣が大きな蕎麦屋だから、すぐにわかる。一度、遊びにおいでなさい」

「はい、近いうちに。そんなこととは少しも存じませんで、わたしのほうこそ失礼いたしました」

大黒屋で修業をしている時分、原にはずいぶんと励ましてもらった。自分の絵に自信がなかったころ、原の評言がどれだけ自信をつけてくれたことか。だが原の、まっすぐな性分にときに気づまりを覚えて、なんとなく苦手なおひとと思い、あえて近づこうともしなかったのである。

「店の名は十字屋で、これは変わっていません。ただし扱っているのは、耶蘇教の本ばかりだった銀座の店とちがって、錦絵あり、小学読本あり、いろは新聞あり、そして金鵞さんところの団団珍聞あり」

原は笑って金鵞を見た。金鵞は、さて、と言って湯吞みを置き、清親に笑顔を向けた。

「原さんの前口上が長いものだから、わたしの影が薄くなっちまったが、実は小林さん、今日はわたしの頼みごとで参上したのです」

「はい、どのような」

団団珍聞の気ままな読者として、清親は金鵞に少なからず興味を感じている。団団珍聞にポンチ絵を描いてくれとでも言うのだろうか。だとしたら、望むところだが……。

「団団珍聞をご覧になったことはおありでしょうか」

と金鵞が訊ねた。

「はい、ちょくちょく読んでいます」

「それなら話は早い。うちのポンチ絵を担当しているのは、本多錦吉郎《きんきちろう》という国沢新九郎の秘蔵弟子でしてね」

「国沢新九郎の……」

清親は昔、国沢新九郎が英吉利から帰朝早々に竹川町で開いた油絵の展覧会を、ぜひ観に行けと暁斎から熱心に勧められたことを思い出していた。

「そうですよ。ですから、四年前に病死した国沢の画塾は、いま本多が継いで主宰しています。ま、その画塾と団団珍聞の仕事でしょう」

かてて加えて、本多は団団珍聞の姉妹誌の驥尾《きび》団子《だんご》にも毎週ポンチ絵を描いているのだと金鵞は話した。

「それはたいへんなことですな」

清親は見ず知らずの本多に同情した。

「だもので、どうしても中身は薄くなるし、当人も身が持たないと音《ね》を上げている。そこで、団団珍聞のほうを引き受けてくれる適者はいないものかと、鵜の目鷹の目で探していたんだが、本多のような西洋風のポンチ絵を描ける絵師は、なかなか見当たらない。困っているところへ、『清親ポンチ』が出たんですな」

「まさしく天の佑けだと金鵞さんが言ってましたよ」

と原が口をはさんだ。

「いやあ、『東京芳町』の卑俗が洋服を着たような官員の顔つき、あれはまことにけっこうでしたねえ。本多も感心していましたよ」

「……」

やはりポンチ絵の依頼だったな、と清親は思った。団団珍聞流に官員《なまず》をからかった絵が、団団社の目にとまったわけだ。

「こりゃ、小林さんを措いて適者はいない。どうやって話を持っていこうかと思っていたとき、原さんと飲む機会があって、あなたの話が出た。すると原さんが、あなたのことなら修業時代から知っていると言うじゃありませんか。そこで、さっそく渡りに舟と今日ここへ連れてきてもらった次第です」

「そうでしたか」

「どうでしょうな、小林さん。うちの社の専属、つまり一員になっていただけませんか」

「団団社の?」

清親は驚いた。ポンチ絵の依頼かと思っていたら、話はずっと大きかった。

「ええ。入社してもらって、団団珍聞のポンチ絵を担当してほしいのです。入社後でも、片手間にでしたら、どの板元と組んで仕事をなさっても、そいつはいっこうにかまいません。ですから、どうかうちの社を助けると思って、頼みを聞いてはくれませんかね」

入社のあかつきには、月俸二十円を払うと金鷲は言った。

「わかりました。やらせてもらいましょう」

清親はためらわずに承諾した。「政布屋の値段つけ」を見たとき、心中、快哉を叫んだのである。幕府を倒した新政府の輩《やから》を、思うさま絵筆の先で皮肉ることができるとは、もと御家人として本懐の至りではないか。

「やあ、ご承引くだされて助かりました」

金鷲がほっとした顔を見せた。

「原さんから小林さんは御家人の出と聞いていたし、それに話に入る前に団団珍聞を読んでくださっていると伺ったので、よもや、わるい返事ではあるまいと思ってはいましたが、いや、安堵しました」

「金鷲さんも御家人の出でしてね。柳剛流の剣客なんです」

と、原が清親に教えた。

「なあに、剣客だなんて。御家人の次男坊が養子口見つけたさに、せっせと竹刀を振りまわして評判づくりに励んだだけの話ですよ。運よく養子に入りこんでからはあなた、もう道場へは通わず、戯作者連中とばかり交わっていましたからね」

まあ、竹刀を筆に持ち換えたというと聞こえはいいが、つまりは身を持ち崩したというやつで……と金鶯は苦笑した。梅亭金鶯という名は、為永春水の弟子の松亭金水に入門して、つけてもらったものだそうである。

「ま、これからはもと御家人同士。ひとつ仲良く願いますよ」

「こちらこそ、よろしく」

清親は気持ちが洋々としてきた。

では、来週にでも雉子町《きじちょう》の団団社へ顔を出してくれと言って、金鶯は原と連れ立って帰って行った。延世志との約束の時刻までに二時間ほどある。清親は机に向かった。だが頭のなかに拡がった金鶯の話が邪魔をして、絵筆はさっぱり動かない。

——団団社か……。

新政府の輩を皮肉るポンチ絵を描けるというのもうれしいが、正直のところ、二十円という月俸もこれから所帯を持とうという身にとってはありがたい。小林清親という絵師についた値段は、芳年の半値だったわけだが、それでも二十円というのは、校長をやっている圭次郎の月収にほぼ倍するほどの額である。清親は描きかけの下絵の隅に、団団社画工小林清親と書いてみて、自分で照れた。

夕方になった。

清親は早めに柚木を出たので、五時だいぶ前に、乗合馬車の乗り場に着いた。汐留川寄りに設けられた乗り場は、ただ陸屋根《ろくやね》があるだけの吹きさらしだ。梁からさがった一灯の吊りらんぷが、寒さに身をちぢめて馬車待ちをする五、六人の客を照らしている。延世志の姿はなかった。清親は片隅に立って待つことにした。

窓に灯のともったステンションの情景は、昔、東京に舞い戻った日の夕暮れどき、はじめて目にした情景と少しも変わらない。目に焼きついたあのときの夕景を描いた絵が、大平に拾われるきっかけになったことなどを懐かしく思い出していると、乗合馬車が停まった。車体に千里軒と書かれた二頭立ての馬車に、客はぞろぞろと乗りこんだ。ひとり残った清親めがけて、駅者は促すように喇叭を吹き鳴らした。しかし清親が動かないので、じきに馬に鞭《むち》をくれた。

馬車が走り去って間なしに、延世志が小走りにやってきた。白っぽい肩掛けに身を包んだ延世志は、ずいぶんとお待ちになったでしょ、と息をはずませて詫びた。

「出しなにおっかさんが、その着物は映《うつ》らないよなんて言い出すもんですから」

それでまた慌ててきがえをしたのだと、延世志は話した。

「馬車はしょっちゅう出ているんだし、そう急がずともよかったのに……」

と清親が言っているところへ、宗匠頭巾の老人がやってきた。しばらくして中年の夫婦者や、小女を連れた権妻《ごんさい》ふうの女などが乗り場にきた。やがて馬車もきた。清親と延世志はしんがりに乗って、空いている腰掛けに肩を並べた。

駅者の鳴らす喇叭の音がやんだと思うと、馬車はがたがたと揺れながら走り出した。素通しの窓から、師走の寒風が容赦なく吹きこんでくる。延世志が肩掛けをかき上げた。

馬車は新橋を渡って、銀座の煉瓦街に入った。

「今日の昼すぎに、知人が訪ねてきましてね」

銀座三丁目にあった原の店を思い出しながら、清親は団団社に入ることになった話をはじめた。

「まあ、二十円も」

月俸の額を聞いた延世志は、偉い警部さんと同じじゃありませんか、と目を丸くした。弟子に、警部を父親にもつ娘がいて、それがおりにふれて、おとっつぁんは二十円もの給金をもらってる、と自慢するのだそうである。

「警部が二十円とは知りませんでしたね」

清親は苦笑して、だから所帯を持っても楽に暮らしていけると話を進めようとした。ところが間のわるいことに、馬車が京橋の乗り場で停まり、客の乗り降りで車内は騒がしくなった。話はそれでとぎれてしまい、馬車が動き出しても、うまい接ぎ穂は浮かんでこなかった。

緑橋と浅草橋の乗り場に停まったあと、馬車は浅草茅町《かやちょう》へ走りこんだ。あとは終点の雷門前まで停まらない。須賀町《すがちょう》に入ると、旧御蔵が見えてきた。御蔵は、道端に点々と並んだ瓦斯灯の明かりを浴びて、深い藍色の闇に浮かんでいる。

「母はね、浅草御蔵方の小揚頭の娘だったのですよ」

清親は御蔵から延世志に目を移して言った。

「そんな縁で、本所御蔵の小揚総頭取をしていた父のところへ嫁いできたんでしょうね」

「そうでしたの」

「子供の時分には、母が里帰りをするたびについていきたものですよ。御蔵の渡しに乗れるのがうれしくてね。ほら、あそこ」

　いまは浅草文庫となった八番堀の米蔵跡を、清親は指さした。御蔵を見てしぜんと口をついて出たのは、らちもない昔話だったが、それでも延世志は清親の指さすあたりにしんから目を凝らしている。

「母の実家は、八番堀の御門番所近くにあったんです」

「こんな賑やかな町でお育ちになったおっかさまだもの、駿府や鷲津の在で、さぞ淋しい思いをなすったことでしょうねえ」

　浅草文庫が窓から消えると、延世志はしんみりと言った。

「どうして、そんなことを？」

　清親は驚いて、まじまじと延世志を見た。

「小林さんが柚木のおかみさんになすった昔話を、うちのおっかさんが又聞きしているんです」

「ああ、そういうことでしたか」

　たしかに清親は、膳どきによく昔話をした。かみさんに問われるまま、ご一新前の話、駿府時分の話、東京へ舞い戻ってきてからの話などをしたのである。それをいつのまに聞き出したものやら……と清親は内心あきれていた。おそらく婆さんは、娘と結びつけてもいい男なのかどうか、清親の身もとをぬかりなく当たったのであろう。

「ええ。小林さんのこと、なんでも存じていましてよ。お別れになったおかたのことも……」

延世志が肩をすくめたとき、馬車は雷門前に着いた。

仲見世通りは、押し合いへし合いのありさまであった。通りの両側には、注連飾りや白木の神棚、門松、暦などを売る露店がびっしりと並び、声をからして客を呼んでいる。羽子板を飾った露店の前には、贔屓《ひいき》役者の顔でも見つけたのか、娘たちがてんでに指さして騒いでいた。延世志が清親を見上げてなにか言ったのだが、聞き取れなかった。なんですって？　と清親は躰をかがめた。

「小林さんの『浅草寺年乃市』そっくりと言いましたの」

延世志は伸び上がるようにして声を張り、でも、あたりまえのことですわね、と笑った。

ひとを押し、ひとに押されながら、ふたりはだんだん仁王門に近づいて行く。門にさがった大提灯に書かれた「小舟町」の文字も、はっきりと見えてきた。大提灯の下をくぐった清親と延世志は、賽銭箱《さいせんばこ》めがけて銀貨や銅貨の飛ぶ本堂にお詣りをすると、境内にも出ている露店を見てまわることにした。

淡島明神の近くに出ていた雑煮箸を商う露店の前で、延世志が足を止めた。いらっしゃい、と向こう鉢巻きの若い衆が威勢のいい声で迎えた。

「四膳くださいな」

と言って、延世志は帯裏から財布を取り出した。

「いや、六膳にしてくれないか」

清親は若い衆に声をかけて、さっさと金を払った。へい、六膳ね、と繰り返して若い衆は箸を包みはじめた。

「まあ……うちの分まで」

すまながって清親を見上げる延世志の横顔を、露店のカンテラの灯明かりが白く照らした。

「お芳さん」

清親は思いきって呼びかけた。

「正月は、一家六人、この箸で雑煮を祝いませんか」

解説　いい男・清親の魅力

田辺聖子

杉本章子氏の「東京新大橋雨中図」は珍しい素材で、その点がまず新鮮である。明治維新のときに生れ合せ、江戸から東京へ移り変る激動時代に生きた絵師、小林清親の物語なのだ。

明治維新をテーマにした小説は数多い。そして名作も少くない。明治維新というのは、つねにわれわれ日本人の夢をかきたて、血を騒がせる所がある。私たちの父祖が、あの回天の大事業を成しとげたのだ、と思うと、その時代に夢やロマンを感じないわけにはいかないだろう。

それだけに、物語の宝庫のようなもので、いくら書いても書き尽くせぬ世界、といえるかもしれない。

しかし木版絵師を拉《らっ》して来て描かれた明治初年の東京は、まことに新鮮で興ふかく、「珍しい素材」という所以《ゆえん》である。

しかも杉本さんのこの作品においては、（杉本さん、と呼ばせて頂こう。この小説はきわめて膂力《りよりよく》つよく、ぴんと弦《つる》の張り切った、美しい緊張感にみちているが、一面また、いかにも女手のやさしみも添うて、物語を織り成す織手《せんしゅ》の、たおやかな風情が目にみえるようである。だから、〈杉本さん〉と呼ばせて頂くほうが、この物語の作者にふさわしいであろう）じつに考証が、こまごまとゆき届いている。

考証をきわめると、私などは、知ったことをすべて書きたくなるものだが、作者はそれを巧みに按配し、よくかみくだいて、自身、明治初年の東京の空気に馴染《なじ》んでいられる。

だから読者も、ごく自然に、主人公の清親のあとについて、めまぐるしく転変する時代の運命に翻弄される思いになる。

この主人公の、小林清親、というのがまた、なかなか、いい男なんである。

長篇小説で、主人公に魅力がなくてはとてもラストまで保たない。私は小説の魅力を、主人公の個性においている。善であれ悪であれ、読者が惹きつけられずにいられない人間的な魅力（この言葉も便利に使われているが、といって説明するとなるとむつかしい）が、主人公にあれば、われわれ読者は目をはなせなくなってしまう。

清親は磨かれぬ玉、——自分の画才——を抱え、それとも知らず、徳川家瓦解のあと放浪して辛酸を嘗《な》める。

軽輩だが、徳川の禄を食《は》む身とて、公方さまについて駿府へ向うが、母を抱えてとても食ってはいけない。撃剣興行に身を投じ、やがて母を伴って江戸へ戻る。江戸育ちの母子は、江戸が恋しくてならなかったのだ。

しかし東京と変った江戸は、おどろくべき変貌をとげていた。清親は新時代の珍奇な文明にいちいち驚倒し、瞠目する。そのへんの、清親の素直さもいい。

大男でいかつい顔で、（そのくせ剣術はからきし駄目というおかしみ）若い娘にはとてもてそうにない風貌ながら、心のなかには暖い情愛をたたえている。母に対するやさしみ、幼な友達への友情、薄幸な嫂《あによめ》へ寄せるはかない思慕、そして何より、美に対するふきあげるような感性。――いかにも好もしい男ではないか。

好きな絵が思いがけなく、生計《たつき》のよすがとなり、生きる希望が湧いてきた清親は、ある日、東京の町を写生する。むかしの江戸情緒の風景にはない、新しい都会美が、若い清親の心を魅了したのだ。――

江戸の人々ほど、わが住む町の江戸の風光を心から讃美し、誇りに思った市民はないのではなかろうか。『江戸名所図会』をはじめ、広重や北斎は飽かず江戸を描きつづけている。彼らの描く木版錦絵は花の種のように世の中へ飛び散って人々の心に花を咲かせた。江戸のまちのゆたかさ、かぐわしさに人々は酔い痴れた。現実の江戸は政治的動乱の渦中にあり、解体寸前であったのだが、――美しい江戸、情緒ゆたかな風光は、人々の目に焼き付き、心にふかく彫りこまれていたのだ。

私はふと思い出した。ちょうどその頃に大川ばたの邸に住むみねという娘がいる。蘭医桂川甫周の娘で、桂川のおひいさまと呼ばれて何不自由ない幼女時代を送った人である。このひとが八十いくつになって、江戸の思い出を口述している。
「私の幼いころのすみだ川は実にきれいでした。……真底《しんそこ》きれいで水晶をとかしたとでも申しましょうか。家はちょうど両国橋とみくら橋との間のようなところにございまして、みちを隔てて大河に面しておりましたから、すみだ川の四季折々の眺めはほしいままでございました。
物見のお窓から背のびして垣間《かいま》見た私の幼時の記憶にのこっていますものの中で、ただ今も忘れられず美しかったとまぼろしのように憶《おも》い出でますのは、鏡のような静かな水の面に泛《う》かんだ屋根舟でした。それが花見のころとか月のよい晩などには、よけいきれいな人をたくさんにのせて、のんびりと川の面《おもて》を行き交《か》う風情はほんとに浮世絵もそのままでございます。橋のあたりを船はすべるように行く、チャンチャラチャンと三下りの都々逸《どどいつ》かなにか、三味線の音は水にひびくようです。その調子やひびきに、まったく水は馴れています。そうして船頭は大てい浴衣一枚、それもほんとにちょっと手をとおしているばかりなのを風にふかせて、くるくるっと細く撚った手拭を頭にのっけてるようにした鉢巻、肥《こえ》どろかつぎのしているような仕方とはまるでちがって、見るからに威勢はよいのです。そしてふりまわす棹《さお》の雫《しずく》はパラッと玉のように散る……とても今は見られない味わいの深い光景だったと思います」（「名ごりの夢」東洋文庫）
清親はきっとこんな光景を見て育ち、江戸にかぎりない愛着と誇りを抱きつづけていたのだろうと思われる。旧い江戸への想いと、新しい東京のショックが、彼の芸術衝動を刺激する。彼の描く西洋風名所絵は新時代の好尚にかなって、飛ぶように売れてゆく。

河鍋暁斎や下岡蓮杖、月岡芳年、といった明治の文化史上に著名な人物が清親のまわりに明滅するのもたのしい。これは私事で申しわけないが、私の生家は大阪の写真館で、私の祖父が明治中期に創ったものであった。祖父はご一新後、備中から大阪へ一旗あげるべく出てきて、なにかハイカラな商売はないかと考えた末、横浜へ写真修行にいったというのである。

大阪の写真師は長崎の上野彦馬系が多い、といわれるが、祖父は横浜へいったというのだから、下岡蓮杖の系統の写真師に弟子入りしたのかもしれない。そんなことがあって私は、蓮杖のくだりをたのしく読んだのであるが……。

写真で遠近法を習い、和洋の絵のエッセンスを体得して、新しい風景や人物画に挑もうとする清親。彼の心には、失われつつある江戸の情景への愛惜とともに、時代の激動にのみこまれて沈淪《ちんりん》する人々への共感と哀憐の思いがある。清親にとって彰義隊で死んだ男たちは精神的な身内たちであり、彼らの周辺の女たちに、ことさらな同情を寄せないではいられない。紅梅という遊女への思いと、西郷や大久保といった、幕府の仇らの似顔絵を描くのに筆がすすまぬ思いは、いずれも新時代への屈折した感情、という点で通底している。

そういう清親の、直参あがり、というか、直参くずれというか、インテリ江戸人の、そこはかとなき自嘲にくまどられたやるせなさは、作者の間然するところなき筆で、ていねいに描かれる。

神経のゆきとどいた、それでいてこせこせしない、ゆったりした文章である。

会話にも人物の口吻や体臭が匂い、無性格な会話は一行もない。

ことにも、清親が、徳なく心ざまの浅い妻と別れて、子連れ同士、気のやさしい江戸女と結ばれる明るいラストがいい。この美しくあと味いいラストは、直木賞の選考会席上でも、各委員が讃辞を惜しまれなかったところである。あたかも木版浮世絵の、冴《さ》えた色がいつまでもまなうらに残って、心にあかるい余韻をひびかせるように、忘れられない思いを曳く。

清親のあとへついて彷徨《ほうこう》をかさねてきた読者も、浅草寺の年の市の中で、ほっとするのである。


時代小説というのは制約が多くて困難な小説であるが、それをのりこえた次の障壁は、「定型」である。この重圧からのがれることもまた、むつかしい。時代小説はさまざまの定型に陥りがちである。しみじみ派、文明批評派、昔の〝講談倶楽部派〟などなど。なまじ定型があるだけに、それに乗っかって、場所や人物、鐘の音や雨を配せば、何とか恰好つくことがあるから、時代小説というものは怖い。定型を打破するエネルギーがまず要る。

杉本さんは、決して声高でもなく、こわもてでもなく、ほのかな微笑《ほほえ》みのうちに、全くあたらしい時代小説を拓《ひら》いていかれるようにみえる。易しい言葉を用いながら気品たかく、作中人物へのまなざしは暖いが、きちんと客観性を獲得している。

この作品でみても、はなはだ手間ひまかけた、彫心鏤骨《ちょうしんるこつ》の作というべく、ゆっくりと佳篇を書きつがれるのを、われわれ読者もまた、気を長くして待ちたい。何ごともせっかちな現代、悠々たる大河のような作品と作者の大成をおおらかに待つのもまた、たのしいことではないか。

（作家）

参考文献

高橋誠一郎監「小林清親東京名所図」
吉田漱「清親」
井上安治「東京眞畫名所圖解」
小木新造「東京庶民生活史研究」
前田愛・清水勲編「自由民権期の漫画」

単行本　一九八八年十一月　新人物往来社刊
一九九一年十一月　文春文庫

ＤＴＰ制作　エヴリ・シンク

文春文庫

東京《とうきよう》新大橋《しんおおはし》雨《う》中《ちゆう》図《ず》

定価はカバーに
表示してあります

2025年1月10日　新装版第1刷

著　者　杉《すぎ》本《もと》章《あき》子《こ》
発行者　大沼貴之
発行所　株式会社 文藝春秋

東京都千代田区紀尾井町 3-23　〒102-8008
TEL 03・3265・1211㈹
文藝春秋ホームページ　https://www.bunshun.co.jp

落丁、乱丁本は、お手数ですが小社製作部宛お送り下さい。送料小社負担でお取替致します。

印刷製本・TOPPANクロレ

Printed in Japan
ISBN978-4-16-792326-6

（　）内は解説者。品切の節はご容赦下さい。

恩田　陸
まひるの月を追いかけて
異母兄の恋人から兄の失踪を告げられた私は、彼女と共に兄を捜す旅に出る。次々と明らかになる事実は、真実なのか——。恩田ワールド全開のミステリー・ロードノベル。（佐野史郎）
お-42-1

恩田　陸
夜の底は柔らかな幻（上下）
国家権力の及ばぬ〈途鎖国〉。特殊能力を持つ在色者たちがこの地の山深く集う時、創造と破壊、歓喜と惨劇の幕が切って落とされる！　恩田ワールド全開のスペクタクル巨編。（大森　望）
お-42-4

荻原　浩
ギブ・ミー・ア・チャンス
漫才芸人を夢見てネタ作りと相方探しに励むフリーターを描く表題作ほか、何者かになろうと挑み続ける、不器用で諦めの悪い八人の短篇集。著者入魂の「あと描き」（イラスト）収録。
お-56-4

荻原　浩
楽園の真下
南海の孤島での連続自殺事件と、島に現れた巨大カマキリを結ぶ「鍵」とは？　荻原版「ジュラシック・パーク」ともいえる、ノンストップ・カマキリ・パニック・ホラー。
お-56-5

大山誠一郎
密室蒐集家
消え失せた射殺犯、密室から落ちてきた死体、警察監視下で起きた二重殺人。密室の謎を解く名探偵・密室蒐集家。これぞ究極の密室ミステリ。本格ミステリ大賞受賞作。（千街晶之）
お-68-1

大山誠一郎
赤い博物館
警視庁付属犯罪資料館の美人館長・緋色冴子が部下の寺田聡と共に、過去の事件の遺留品や資料を元に難事件に挑む。超ハイレベルで予測不能なトリック駆使のミステリー！（飯城勇三）
お-68-2

太田紫織
魔女のいる珈琲店と4分33秒のタイムトラベル
札幌の珈琲店「タセット夕暮れ堂」には後悔を抱えた人を過去へ連れていき「やり直し」をさせてくれる魔女がいるという。優しくもちょっぴり苦い、感動のタイム・ファンタジー。
お-69-3

（　）内は解説者。品切の節はご容赦下さい。

太田紫織
魔女のいる珈琲店と4分33秒のタイムトラベルII
自分が過去を変えたせいで、本来起こることのなかった新たな悲劇を生んでしまった陽葵。彼女は「魔女」の忠告に背き、同級生と一緒に2回目の「やり直し」をしようとするが――。
お-69-4

大島真寿美
渦　妹背山婦女庭訓　魂結び
浄瑠璃作者・近松半二の生涯に、虚と実が混ざりあい物語が生まれる様を、圧倒的熱量と義太夫の如き心地よい大阪弁で描く。史上初の直木賞&高校生直木賞W受賞作！　（豊竹呂太夫）
お-73-2

尾崎世界観
祐介・字慰
クリープハイプ尾崎世界観、慟哭の初小説！　売れないバンドマンが恋をしたのはピンサロ嬢――。「尾崎祐介」が「尾崎世界観」になるまで。書下ろし短篇「字慰」を収録。　（村田沙耶香）
お-76-1

垣根涼介
午前三時のルースター
旅行代理店勤務の長瀬は、得意先の社長に孫のベトナム行きの付き添いを依頼される。少年の本当の目的は失踪した父親を探すことだった。サントリーミステリー大賞受賞作。　（川端裕人）
か-30-1

垣根涼介
ヒート アイランド
渋谷のストリートギャング雅《みやび》の頭《ヘッド》、アキとカオルは仲間が持ち帰った大金に驚愕する。少年たちと裏金強奪のプロフェッショナルたちの息詰まる攻防を描いた傑作ミステリー。
か-30-2

角田光代
ツリーハウス
じいさんが死んだ夏、孫の良嗣は自らのルーツを探るべく、祖父母が出会った満州へ旅に出る。昭和と平成の世相を背景に描く、一家三代のクロニクル。伊藤整文学賞受賞作。　（野崎　歓）
か-32-9

角田光代
太陽と毒ぐも
大好きなのに、どうしても許せないことがある。不完全な恋人たちの、「ちょっと毒のある11のラブストーリー」。「角田光代の隠れた傑作」といわれる恋愛短篇集が新装版で登場。　（芦沢　央）
か-32-17

（　）内は解説者。品切の節はご容赦下さい。

川越宗一
熱源
日本人にされそうになったアイヌと、ロシア人にされそうになったポーランド人。文明を押し付けられた二人が、守り継ぎたいものとは？　第一六二回直木賞受賞作。（中島京子）
か-80-2

神永　学
ガラスの城壁
父がネット犯罪に巻き込まれて逮捕された。悠馬は真犯人を捕まえるため、唯一の理解者である友人の暁斗と調べ始めることに——。果たして真相にたどり着けるのか!?（細谷正充）
か-81-1

北村　薫
中野のお父さん
若き体育会系文芸編集者の娘と、定年間近の高校国語教師の父。娘が相談してくる出版界で起きた「日常の謎」を、父は抜群の知的推理で解き明かす！　新名探偵コンビ誕生。（佐藤夕子）
き-17-10

桐野夏生
グロテスク（上下）
あたしは仕事ができるだけじゃない。光り輝く夜のあたしを見てくれ——。名門女子高から一流企業に就職し、娼婦になった女の魂の彷徨。泉鏡花文学賞受賞の傑作長篇。（斎藤美奈子）
き-19-9

桐野夏生
ポリティコン（上下）
東北の寒村に芸術家たちが創った理想郷「唯腕村《いわんむら》」。村の後継者となった高浪東一は、流れ者の少女マヤを愛し、憎み、運命を交錯させる。国家崩壊の予兆を描いた渾身の長篇。（原　武史）
き-19-16

貴志祐介
悪の教典（上下）
人気教師の蓮実聖司は裏で巧妙な細工と犯罪を重ねていたが、綻びから狂気の殺戮へ。クラスを襲う戦慄の一夜。ミステリー界の話題を攫った超弩級エンターテインメント。（三池崇史）
き-35-1

貴志祐介
罪人の選択
パンデミックが起きたときあらわになる人間の本性を描いたSFから手に汗握るミステリーまで、人間の愚かさを描く、貴志祐介ワールド全開の作品集が、遂に文庫化。（山田宗樹）
き-35-4

（　）内は解説者。品切の節はご容赦下さい。

島本理生
ファーストラヴ
父親殺害の容疑で逮捕された女子大生・環菜。臨床心理士の由紀が、彼女や、家族など周囲の人々に取材を重ねるうちに明らかになった環菜の過去とは。直木賞受賞作。（朝井リョウ）
し-54-3

雫井脩介
検察側の罪人（上下）
老夫婦刺殺事件の容疑者の中に、時効事件の重要参考人が。今度こそ罪を償わせると執念を燃やすベテラン検事・最上だが、後輩の沖野はその強引な捜査方針に疑問を抱く。（青木千恵）
し-60-1

須賀しのぶ
革命前夜
バブル期の日本から東ドイツに音楽留学した眞山。ある日、啓示のようなバッハに出会い、運命が動き出す。革命と音楽の歴史エンターテイメント。第十八回大藪春彦賞受賞作。（朝井リョウ）
す-23-1

鈴木大介
里奈の物語　15歳の枷
伯母の娘や妹弟の世話をしながら北関東の倉庫で育った少女・里奈。伯母の逮捕を機に児童養護施設へ。だが自由を求めて施設を飛び出す。最底辺で逞しく生きる少女を活写する青春小説。
す-26-1

鈴木大介
里奈の物語　疾走の先に
施設を出た里奈は頭の回転の速さと度胸で援デリ業者のトップに。信頼と裏切り、出会いと別れを経て選んだ道は——。暗闇を疾駆する少女とその先の希望を描く感動作。（北上次郎）
す-26-2

瀬尾まいこ
強運の持ち主
元OLが〝ルイーズ吉田〟という名の占い師に転身！　ショッピングセンターの片隅で、小学生から大人まで、悩める背中をちょっとだけ押してくれる。ほっこり気分になる連作短篇。
せ-8-1

瀬尾まいこ
戸村飯店　青春100連発
大阪下町の中華料理店で育った兄弟は見た目も違えば性格も全く違う。人生の岐路にたつ二人が東京と大阪で自分を見つめ直す。温かな笑いに満ちた坪田譲治文学賞受賞の傑作青春小説。
せ-8-2

（　）内は解説者。品切の節はご容赦下さい。

瀬尾まいこ
そして、バトンは渡された
幼少より大人の都合で何度も親が替わり、今は二十歳差の〝父〟と暮らす優子。だが家族皆から愛情を注がれた彼女が伴侶を持つとき――。心温まる本屋大賞受賞作。　（上白石萌音）
せ-8-3

瀬尾まいこ
傑作はまだ
50歳の引きこもり作家のもとに、生まれてから一度も会ったことのない息子が現れた。血の繫がりしか接点のない二人の同居生活が始まる。明日への希望に満ちたハートフルストーリー。
せ-8-4

瀬尾まいこ
夜明けのすべて
友達でも恋人でもないけど、同志のような特別な気持ちが芽生えた二人。人生は想像以上に大変だけど、光だってそこら中にある。生きるのが少し楽になる、心に優しい物語。
せ-8-5

髙村　薫
四人組がいた。
山奥の寒村でいつも集まる老人四人組の元には、不思議で怪しい客がやってきては珍騒動を巻き起こす。「日本の田舎」から今を描く、毒舌満載、痛烈なブラックユーモア小説！
た-39-3

高野和明
幽霊人命救助隊
神様から天国行きを条件に、自殺志願者百人の命を救えと命令された男女四人の幽霊たち。地上に戻った彼らが繰り広げる怒濤の救助作戦。タイムリミット迄あと四十九日――。（養老孟司）
た-65-1

高杉　良
不撓不屈
税理士・飯塚毅は、中小企業を支援する「別段賞与」という会計処理が脱税幇助だと激怒した国税当局から、執拗な弾圧を受ける。最強の国家権力に挑んだ男の覚悟の物語。　（寺田昭男）
た-72-10

高殿　円
グランドシャトー
高度経済成長期、義父との結婚を迫られたルーは名門キャバレーのトップホステス真珠の家に転がり込む。二人は姉妹のように仲睦まじく暮らすも、真珠には誰も知らない秘密があり――。
た-95-3

（　）内は解説者。品切の節はご容赦下さい。

中島京子
長いお別れ
認知症を患う東昇平。遊園地に迷い込み、入れ歯は次々消える。けれど、難読漢字は忘れない。妻と3人の娘を不測の事態に巻き込みながら、病気は少しずつ進んでいく。（川本三郎）
な-68-3

中島京子
夢見る帝国図書館
上野公園で偶然に出会った喜和子さんが、作家のわたしに「上野の図書館が主人公の小説」を書くよう持ち掛ける。やがて、喜和子さんは終戦直後の上野での記憶を語り……。（京極夏彦）
な-68-4

中山七里
静おばあちゃんにおまかせ
警視庁の新米刑事・葛城は女子大生・円に難事件解決のヒントをもらう。円のブレーンは元裁判官の静おばあちゃん。イッキ読み必至の暮らし系社会派ミステリー。（佳多山大地）
な-71-1

中山七里
テミスの剣《つるぎ》
自分がこの手で逮捕し、のちに死刑判決を受けて自殺した男は無実だった？　渡瀬刑事は若手時代の事件の再捜査を始める。冤罪に切り込む重厚なるドンデン返しミステリ。（谷原章介）
な-71-2

中山七里
ネメシスの使者
殺人犯の家族が次々に殺される事件が起きた。現場に残された、ギリシア神話の「義憤」の女神を意味する「ネメシス」という血文字の謎とは？　死刑制度を問う社会派ミステリー。（宇田川拓也）
な-71-3

中路啓太
昭和天皇の声
二・二六事件の裏のドラマ、共産党員から天皇主義者となった男の一生、アメリカ雑誌の取材に答える天皇の胸の裡。大戦前後を生きた男達の声がこだまする歴史連作短篇集。（杉江松恋）
な-82-2

長岡弘樹
119
消防司令の今垣は川べりを歩くある女性と出会って……（「石を拾う女」）。他、人を救うことはできるのか――短篇の名手が贈る、和佐見市消防署消防官たちの9つの物語。（西上心太）
な-84-1

（　）内は解説者。品切の節はご容赦下さい。

新月譚
貫井徳郎
かつて一世を風靡し、突如、筆を折った女流作家・咲良怜花。彼女に何が起きたのか？　ある男との壮絶な恋愛関係が今語られる。恋愛の陶酔と地獄を描きつくす大作。（内田俊明）
ぬ-1-7

神のふたつの貌《かお》
貫井徳郎
牧師の息子に生まれた少年の無垢な魂は一途に神の存在を求めた。だが、それは恐ろしい悲劇をもたらすことに……。三幕の殺人劇の果てに明かされる驚くべき真相とは？（三浦天紗子）
ぬ-1-9

屋上のウインドノーツ
額賀　澪
引っ込み思案の志音は、屋上で吹奏楽部の部長・大志と出会い、人と共に演奏する喜びを知る。目指すは「東日本大会」出場！圧倒的熱さで駆け抜ける物語。松本清張賞受賞作。（オザワ部長）
ぬ-2-1

さよならクリームソーダ
額賀　澪
美大合格を機に上京した友親に、やさしく接する先輩・若菜。しかし、二人はそれぞれに問題を抱えており――。少年から青年に変わっていく、痛くも瑞々しい青春の日々。（川崎昌平）
ぬ-2-2

六月の雪
乃南アサ
三十二歳独身、声優になる夢に破れ、祖母の生まれ故郷の台湾・台南市を訪ねた未來は、その旅の中で台湾の人々が生きてきた戦中戦後の過酷な時代の傷跡を知る。（川本三郎）
の-7-12

冷たい誘惑
乃南アサ
新宿歌舞伎町で泥酔した主婦・織江が、一万円と引き換えに家出少女から渡された包みの中身は一丁の拳銃だった！　平凡な日常に倦んだ人々を魅了し、狂わせるコルトの魔力とは？
の-7-14

最終便に間に合えば
林　真理子
新進のフラワーデザイナーとして訪れた旅先で、7年ぶりに再会した昔の男。冷めた大人の孤独と狡猾さがお互いを探り合う会話に満ちた、直木賞受賞作を含むあざやかな傑作短編集。
は-3-38

（　）内は解説者。品切の節はご容赦下さい。

林　真理子
最高のオバハン
中島ハルコの恋愛相談室
中島ハルコ、52歳。金持ちなのにドケチで口の悪さは天下一品。嫌われても仕方がないほど自分勝手な性格なのに、なぜか悩み事を抱えた人間が寄ってくる。痛快エンタテインメント！
は-3-51

馳　星周
アンタッチャブル
ドジを踏んで左遷された宮澤と、頭がおかしくなったと噂される公安の〝アンタッチャブル〟椿。迷コンビが北朝鮮工作員のテロ計画を追う！　著者新境地のコメディ・ノワール。（村上貴史）
は-25-9

馳　星周
少年と犬
犯罪に手を染めた男や壊れかけた夫婦など傷つき悩む人々に寄り添う一匹の犬は、なぜかいつも南の方角を向いていた。人と犬の種を超えた深い絆を描く直木賞受賞作。（北方謙三）
は-25-10

原田マハ
キネマの神様
四十歳を前に突然会社を辞め無職になった娘と、借金が発覚したギャンブル依存のダメな父。ふたりに奇跡が舞い降りた！　壊れかけた家族を映画が救う、感動の物語。（片桐はいり）
は-40-1

原田マハ
お帰り　キネマの神様
映画人の熱い想いと挑戦を描いた「キネマの神様」は、山田洋次監督の手で原作小説が大幅に変更され製作された名作。その映画に感銘を受けた原作者の原田が、映画を自らノベライズ。
は-40-7

原田マハ
太陽の棘《とげ》
終戦後の沖縄。米軍の若き軍医・エドは、沖縄の画家たちが集団で暮らすニシムイ美術村を見つけ、美術を愛するもの同士として交流を深めるが…。実話をもとにした感動作。（佐藤　優）
は-40-2

原田マハ
美しき愚かものたちのタブロー
美術館創設という夢を実現するため、絵を一心に買い集めた男がいた。しかし、戦争が起き、絵画は数奇な運命を辿り……。〝松方コレクション〟流転の歴史を描く傑作長編。（馬渕明子）
は-40-6

（　）内は解説者。品切の節はご容赦下さい。

宮下奈都
静かな雨
行助はたいやき屋を営むこよみと出会い、親しくなる。こよみは事故に巻き込まれ、新しい記憶を留めておけなくなり――。文學界新人賞佳作のデビュー作に「日をつなぐ」併録。（辻原　登）
み-43-3

湊　かなえ
望郷
島に生まれ育った私たちが抱える故郷への愛、憎しみ、そして憧憬……屈折した心が生む六つの事件。日本推理作家協会賞・短編部門を受賞した「海の星」ほか全六編を収める短編集。（光原百合）
み-44-2

水生大海《みずきひろみ》
ひよっこ社労士のヒナコ
ひよっこ社労士の雛子（26歳、恋人なし）が、クライアントの会社で起きる六つの事件に挑む。労務問題とミステリを融合させた新感覚お仕事小説、人気シリーズ第一弾。（吉田伸子）
み-51-2

村山由佳
星々の舟
禁断の恋に悩む兄妹、他人の恋人ばかり好きになる末っ子、居場所を探す団塊世代の長兄、そして父は戦争の傷痕を抱えて――愛とは、家族とはなにか。心震える感動の直木賞受賞作。
む-13-1

村山由佳・坂井希久子・千早　茜・大崎　梢
額賀　澪・阿川佐和子・嶋津　輝・森　絵都
女ともだち
人気女性作家8人が「女ともだち」をテーマに豪華競作！「彼女」は敵か味方か？　微妙であやうい女性同士の関係を小説の名手たちが描き出す、コワくて切なくて愛しい短編小説集。
む-13-51

村田沙耶香
コンビニ人間
コンビニバイト歴十八年の古倉恵子。夢の中でもレジを打ち、誰よりも大きくお客様に声をかける。ある日、婚活目的の男性がやってきて――話題沸騰の芥川賞受賞作。（中村文則）
む-16-1

森　絵都
カラフル
生前の罪により僕の魂は輪廻サイクルから外されたが、天使業界の抽選に当たり再挑戦のチャンスを得る。それは自殺を図った少年の体へのホームステイから始まって……。（阿川佐和子）
も-20-1

（　）内は解説者。品切の節はご容赦下さい。

森　絵都
風に舞いあがるビニールシート
自分だけの価値観を守り、お金よりも大切な何かのために懸命に生きる人々を描いた、著者ならではの短編小説集。あたたかくて力強い6篇を収める。第一三五回直木賞受賞作。（藤田香織）
も-20-3

望月麻衣　画・桜田千尋
満月珈琲店の星詠み
満月の夜にだけ開店する不思議な珈琲店。そこでは猫のマスターと店員たちが、極上のスイーツと香り高い珈琲、そして運命を占う「星詠み」で、日常に疲れた人たちを優しくもてなす。

も-29-21

望月麻衣　画・桜田千尋
満月珈琲店の星詠み～本当の願いごと～
家族、結婚、仕事…悩める人々の前に現れる満月珈琲店。三毛猫のマスターと星遣いの店員は極上のメニューと占星術で迷える人を導く。美しいイラストに着想を得た書き下ろし第2弾。

も-29-22

森見登美彦
熱帯
どうしても「読み終えられない本」がある。結末を求めて悶えるメンバーは東奔西走。世紀の謎はついに……。全国の10代が熱狂、第6回高校生直木賞を射止めた冠絶孤高の傑作。

も-33-1

山崎豊子
大地の子　（全四冊）
日本人戦争孤児で、中国人の教師に養育された陸一心。肉親の情と中国への思いの間で揺れる青年の苦難の旅路を、戦争や文化大革命などの歴史を背景に壮大に描く大河小説。（清原康正）
や-22-1

山崎豊子
運命の人　（全四冊）
沖縄返還の裏に日米の密約が！　戦後政治の闇に挑んだ新聞記者の愛と挫折、権力との闘いから沖縄で再生するまでのドラマを徹底取材で描き出す感動巨篇。毎日出版文化賞特別賞受賞。

や-22-6

山本文緒
プラナリア
乳がんの手術以来、何もかも面倒くさい二十五歳の春香。矛盾する自分に疲れ果てるが出口は見えない——。現代の〝無職〟をめぐる心模様を描いたベストセラー短篇集。直木賞受賞作。

や-35-1